ハヤカワ文庫 SF

〈SF2245〉

フロリクス8から来た友人

フィリップ・K・ディック

大森 望訳

早川書房

8387

OUR FRIENDS FROM FROLIX 8

by

Philip K. Dick

Translated by

Nozomi Ohmori

Published 2019 in Japan by

HAYAKAWA PUBLISHING, INC.

This book is published in Japan by

direct arrangement with

THE WYLIE AGENCY (UK) LTD.

The official website of Philip K. Dick: www.philipkdick.com

フロリクス8から来た友人

第一部

1

ボビーがいった。

「テストなんか受けたくない」

でも、受けなきゃいけない。父親は心の中でつぶやいた。この家の未来に、もしわずかでも希望があるとしたら。おれが死んだあと——おれとクレオが死んだあとにつづく長い年月に、もし希望があるとしたら。

「こんなふうに考えたらどうだ」

混雑した動く歩道に乗って、連邦個人基準局へと進みながら、ニック・アップルトンは声に出していった。

「人それぞれに、ちがった能力がある」そうとも、そのことならよく知っている。「たとえば、父さんの能力は、ごく限られたものだ。政府基準等級G1の資格もない。G1が最低の等級だっていうのにな」

認めるのはつらいが、認めるしかない。これがいかに重大な問題なのか、息子に理解させなければならないのだから。

「だから、父さんにはどんな資格もない。非政府系のささやかな職があるだけだ……そんなもの、仕事のうちにもはいらない。父さんみたいなおとなになりたいのか？」

「父さんはりっぱにやってるじゃないか」

十二歳なりに、せいいっぱいの力をこめて、ボビーがいった。

「いいや」

「ぼくにはりっぱな父さんだよ」

ニックは面食らった。そして、最近ではめずらしくもないことだが、絶望的な気分になった。

「いいか。地球がどんなふうに支配されているかという現実が問題なんだ。ふたつの政体が、かわるがわるに政権を担当している。まず片方が支配し、それからもう片方が支配する、というふうに。そのふたつは──」

「ぼくはどっちでもない。ぼくは〈旧人〉で〈凡人〉だ。テストなんか受けたくない。自分がなんなのかくらい、ちゃんとわかってるよ。父さんがなんなのかだって知ってるし、ぼくも父さんとおんなじなんだ」

ニックは、胃が干からび、縮み上がるのを感じた。そのせいか、刺すような欲求が突き上げてくる。あたりを見まわし、通りのずっと向こうにドラッグ・バーがあるのを見つけた。スキブ・カーや、もっと大きくてまるっこい公共輸送機関の群れを越えた、道路の向かい側だ。ボビーを連れて歩行者ランプを上がり、十分後には、くだんの歩道にたどりついていた。

「このバーにちょっと寄っていこう。二、三分ですむ」とニックはいった。「おまえを連邦本部に連れていく心の準備がまだできてないんだ——時空のこの交点では」

ニックは息子を連れてドア・アイをくぐり抜け、〈ドノヴァンのドラッグ・バー〉の暗い店内に足を踏み入れた。はじめての店だが、一目で気に入った。

「その子ははいれないよ」と、バーテンがいった。壁の掲示板を指さして、「十八歳未満だろ。未成年にニブルを売るような店に見えるかね？」

「おれの行きつけのバーじゃ——」

と口を開きかけたニックをさえぎり、バーテンはぶっきらぼうに、

「ここはあんたの行きつけのバーじゃない」

と宣言して、くるりと背を向け、暗い店の奥にいる客の注文をとりにいった。

「となりの店のショウ・ウインドウでも見てこい」ニックは息子の脇腹をつつき、いまはいってきたばかりのドアを指さした。「三、四分したら迎えにいくから」

「いっつもそういうんだから」

と不満げな顔を見せたものの、ボビーはとぼとぼ戸口のほうに歩きだし、人間性をふみにじられた群衆でごったがえす真昼の歩道へと出ていった……店の前でちょっと立ち止まり、こちらをふりかえったが、そのまま外に出て、見えなくなる。

カウンターのスツールに腰をすえて、ニックはいった。

「フェンメトラジン塩酸塩五十ミリグラムと、ステラドリンを三十。それに、アセチル－サリチル酸ナトリウムのチェイサーを頼む」

「ステラドリンは、彼方の無数の星々の夢を見せてくれる」

バーテンは気障ったらしいせりふを吐くと、ニックの前に小さなプレートを置き、その上に錠剤をのせて、プラスチックのグラスにアセチル－サリチル酸ナトリウム溶解液を注いだ。注文の品を目の前にして、ニックは背筋をのばし、考えこむような顔で耳のうしろをかいた。

「そうなるといいな」

といって、三つの無味乾燥な錠剤を口に含み――月末もこう押しつまってくると、これ以上注文する余裕はない――茶色っぽいチェイサーで飲み下す。

「息子さんを連邦テストに連れてくのかい？」

札入れをひっぱりだしながら、ニックはうなずいた。

「いかさまやってると思うか？」と、バーテンがたずねる。

「さあな」ニックは短く答えた。

バーテンは、磨きこまれたカウンターに両ひじをつくと、こちらに身を乗り出して、

「おれはやってると思うね」

ニックの金を受けとり、チリンと音をさせてレジをあける。

「十回も二十回もここに寄ってくやつらがいるよ。自分が――それとも、あんたみたいに、自分のガキが――テストに受からないって事実を認めたくないんだな。あきらめきれずに何度でもやってくるけど、そのたびに結果はおなじ。〈新人〉は、自分たち以外はこんりんざい公務員に採用する気がねえんだよ。やつらは――」

バーテンは周囲を見まわし、声をひそめて、

「自分たち以外の余分な人間に、仕事を分けてやる気がないのさ。じっさい、施政方針演説で、ほとんどそれを認めてるようなもんだ。やつらは――」

「やつらにだって、新しい血がいる」

ニックは、何度となく自分自身にいい聞かせてきたことを、バーテンに向かって強情にくりかえした。

「やつらにもやつらの子どもがいる」

「それじゃあ足りない」

といって、ニックはチェイサーをあおった。すでに、フェンメトラジン塩酸塩が効きはじめているのがわかる。おれはひとかどの男なんだという自信と、楽観的な気分がわきあがってくる。体の奥底に、力強い輝きを感じる。

「もし万一、公務員試験がいかさまだってことがばれりゃ、いまの政府は二十四時間以内にオフィスからたたき出されて、〈異人〉がとってかわる。〈新人〉が〈異人〉の支配を望んでるとでもいうのか？　まさか」

「やつらはつるんでると思うがね」

バーテンはそういい捨てると、ほかの客の相手をしにいってしまった。

おれ自身だって、いったい何度おなじことを考えたことか。バーを出てから、ニックは胸の中でつぶやいた。まず〈異人〉が支配し、つぎに〈新人〉——もし現実にやつらが結託して、個人テスト装置を好き勝手にあやつる体制を練り上げているとしたら、永遠につづく権力構造を打ちたてることも可能だ。しかし、おれたちの政治システムは、ふたつの党派がたがいに憎み合っているという事実を前提にしている……その前提こそ、おれたちの生活を支える土台なのだ。そしてもうひとつの前提は、彼らがすぐれていればこそ支配をまかせるに値し、しかも彼らにはものごとをうまく処理する能力があるのだ、と認めること。

ニックは動く歩道上の人込みをかきわけて、息子のそばに歩いていった。ボビーはショウ・ウインドウの中を夢中で見つめている。

「行くぞ」

ニックは片手を息子の肩にしっかりとのせた。ドラッグのせいで、ついこういう態度になってしまう。

ボビーは一歩も動かずに、

「ほら、遠隔苦痛発生ナイフを売ってる。ひとつ買ってくれない？　あれを持ってれば、試験を受けてるあいだ、自信をなくさずにいられるんだけど」

「おもちゃじゃないか」

「それでもほしいんだ。ねえ、おねがい。ほんとに、あれさえあればずっと気分がよくなるから」

いつかはおまえも、苦痛発生なんて手段に頼らずに支配できるようになる——同僚を支配し、主人に仕える。ニックは胸の中でいった。いつかおまえがおまえ自身の主人になれば、おれはこの世界のすべてを喜んで受け入れられるようになる。

「だめだ」

ニックは人の流れで込みあう歩道に息子をひきもどした。

「なにか具体的なもののことを考えるんじゃないぞ」と、きつい口調でいう。「抽象的なことを考えろ。中立論理学のことを考えるんだ。向こうはそれについて質問してくるに決まってるからな」

ボビーは根を生やしたように動こうとしない。

「来るんだ」

ニックはうなり声をあげ、息子を無理やり歩かせた。ボビーの不満を物理的な力として感じながら、ニックは敗北感にうちのめされていた。

もう半世紀も、ずっとこれがつづいてる。二〇八五年に最初の〈新人〉が選出されたのがそもそものはじまりだった。それから八年たって、こんどは最初の〈異人〉が、あの最高位を占めた。その当時は、目新しい趣向だった。新しく選ばれた規格はずれのやつらが、実務でどの程度の力を発揮するか、みんな興味津々だった。やつらはうまくやった――あんまりうまくやりすぎて、〈旧人〉はだれひとり追いつけなかった。向こうはまばゆく光るライトをひと山いっぺんに切り盛りできるのに、〈旧人〉はひとつ処理するのがやっと。どんな〈旧人〉にも理解できない思考過程にもとづく彼らの決定のいくつかは、人類の歴史上、類例を見ないものだった。

「あの見出しを見て」

ボビーがいきなり声をあげ、新聞スタンドの前で立ち止まった。

プロヴォーニ逮捕間近と発表

それを見ても、ニックはなんの感興も覚えなかった。信じたわけではないし、じつのところどうでもよかった。ニックに関するかぎり、トース・プロヴォーニはもはや存在していない。逮捕されようがされまいがおなじことだ。だが、ボビーはそのニュースに魅入られたようになっている。魅入られ――そして腹を立てている。

「プロヴォーニがつかまるもんか」と、ボビーはいった。

「大声を出すんじゃない」

ニックは息子の耳もとでそうささやいた。ひどく不安になる。

「だれかに聞かれたからってどうだっていうの？」

ボビーは強い口調でいった。そばを流れてゆく男たち女たちの波に手をふって、

「どうせ、みんなおなじ気持ちなんじゃないか」

と、激情のこもった燃える瞳で父親をにらみつける。

「プロヴォーニが地球を発(た)って、太陽系をあとにしたとき」ニックは静かにいった。「彼は人類全員を裏切ったんだ、〈旧人〉も――そうでない者も」

ニックはかたくそう信じていた。息子とは何度となくこの問題で議論したが、プロヴォーニについての相反するふたつの見方がひとつにまとまることはついぞなかった。トース

・プロヴォーニ。新しい惑星、すばらしい新世界――〈旧人〉が暮らし、そして自分たちの手で支配できる世界を見つけだしてみせる、そう約束した男。
「プロヴォーニは臆病者だ。それに、精神的には標準以下だ。追いかける価値があるとも思わんな。ともかく、もう見つかったらしいが」

「いつだって、そう発表するだけじゃないか。二カ月前の発表じゃ、二十四時間以内にかならず――」

「あの男は標準以下だ」と、ニックは鋭くさえぎった。「だから、勘定にもはいらない」

「ぼくたちだって標準以下だよ」

「父さんはそうだ。だが、おまえはちがう」

ふたりは、黙ったまま歩きつづけた。どちらも、話をする気分ではなかった。


上級公務員ノーバート・ワイスは、デスクのうしろの稼働中のコンピュータから緑色のスリップを引き出し、そこにあらわれた情報を注意深く読みとった。

アップルトン、ロバート

こいつのことは覚えてる、とワイスはひとりごちた。年齢は十二歳、野心満々の父親が同行……この子の予備テストの成績はどうだったかな？　E級のA。平均よりかなり上だ。しかし――。

内線映話をとりあげて、ワイスは上司のデスクの番号をダイアルした。

ジェローム・パイクマンの、細長いあばた面が画面にあらわれた。働きすぎからくるストレスが顔に出ている。

「はい？」

「アップルトンの息子がもうすぐここに来ます」とワイスはいった。「もう決まりましたか？　通しますか、落としますか？」

　ワイスは緑色のスリップを映話スクリーンにかざしてみせ、上司の記憶をよみがえらせた。

「うちの部の人間で、その子の父親の卑屈な態度を嫌っている者がいる」とパイクマンはいった。「そのくらい極端なんだ。権威という観点からすると——父親のそうした卑屈さは、息子の情動の発達にたやすくマイナスの影響を与えうると思われる。落とせ」

「完全に、ですか？　それとも一時的に？」

「未来永劫にわたって落第させろ。完全にアウトだ。そのほうがその子のためだよ。たぶん、ドロップアウトしたがってるだろうからな」

「得点はかなり高いですが」

「だが、極端に高くはない。どうしても通さなきゃならんほどじゃない」

「しかし、それではこの子にとって不公平に——」とワイスは抗議しかけた。

「公平性の観点から、その子を落とすんだよ。連邦等級を獲得するのは名誉でも特権でもない。重荷だ。責任なんだぞ。そうは思わないかね、ワイスくん？」

ワイスはそんなふうに考えてみたことがなかった。ああ、たしかにそうだ。仕事はきついし、給料は安い。パイクマンのいうとおり、名誉などないし、一種の義務があるだけ。しかし、たとえ殺されたって、この仕事をやめる気はない。どうしてそんなふうに思うのか、ワイスは自分でも不思議だった。

二一二〇年九月に、ワイスは公務員の地位を獲得し、それ以来ずっと政府のために働いている。最初は〈異人〉の委員会議長のもとで、それから〈新人〉の委員会議長のもとで……どちらのグループが最高権力を握ろうと、ワイスをはじめとする公務員たちはその地位にとどまり、熟練した手腕を発揮する。熟練し——そして才能にめぐまれた手腕を。

ワイス自身についていえば、幼少のころから、法的に〈新人〉に分類されている。ワイスの大脳皮質には、ロジャーズ節の存在が視覚的に確認された——そして、知能テストの結果、彼は適切な時期に適切な能力を示した。九歳の時点で、ワイスの思考能力はすでに成人した〈旧人〉のそれを上回っていた。二十歳のときには、頭の中で百の数値からなるランダムな表を自在に操ることができた……もちろん、それだけではない。たとえば、コンピュータの助けを借りずに、三種類の重力の影響下にある宇宙船の進路を仮想して、先天的精神能力により、任意の時点における宇宙船の座標を予測することができた。理論的実際的を問わず、任意の前提から、広範な相関を演繹することができた。そして三十二歳のときには——。

　大部数を誇る新聞に、古典的な限界理論に反駁する主張を発表した。ダンの循環時間理論をてこにして、ワイス独自のやりかたで、無限分割をあつかったゼノンのパラドックスに（すくなくとも理論的には）ありうる反論を加えたのである。

　そしてその結果、ワイスは連邦個人基準局のマイナーな支部のマイナーなポストを手に入れた。というのも、彼のなしとげたことは、独創的ではあったものの、さほど多くに値するものではなかったからだ。他の多くの〈新人〉たちのなしとげた進歩とは比較にもならない。

〈新人〉は、人類の思考地図を完全に塗りかえてしまった……わずか五十年のあいだに。〈旧人〉——すなわち、過去の種族——には、理解することも認識することもできないものに変えてしまったのだ。たとえば、バーナドの非因果性理論。二一〇三年、チューリヒ科学技術研究所のバーナドは、ヒュームの極端な懐疑主義が、根本的には正しかったことを証明した。〈旧人〉が原因と結果をひとつながりのものと考えていたのは、たんなる慣習のなせるわざでしかなかった。バーナドは、ライプニッツの単子論のほこりを払ってアップデートしたが、その結果は、壊滅的だった。人類史上はじめて、どれもひとしく真実であり、どれもが同等に原因となりうるような、さまざまな述語のスペクトルを基盤として、物理的な因果的連鎖の結果を予見することが可能になったのである。この理論を適用することで、科学はまったく新しい形態をとることになり、〈旧人〉にはついていけないものとなった。〈旧人〉の精神にとって、非因果性理論は混沌でしかない。〈旧人〉はなにひとつ予言できないのだ。

しかも、これはほんの一例でしかない。

二一三〇年、G16級認定の〈新人〉、ブレイズ・ブラックは、ヴォルフガング・パウリのシンクロニシティ理論をくつがえした。予言可能な要素としてはたらく、いわゆる〝垂直的〟な連鎖が、ランダム選択の新しいメソッドを応用することで、〝水平的〟連鎖にたやすく書き替えられることを証明したのである。このおかげで、さまざまな因果的連鎖のあいだの差異は効果的に消去され——抽象物理学は二重定義の重荷から解き放たれ——天体物理学のそれを含むすべての計算は、根本的に簡単なものになった。いわゆるブラック・システムは、〈旧人〉の理論および実践に頼る必要性に終止符を打った。

〈異人〉のはたした貢献は、これにくらべるともっと特殊なものだ。彼らは現実的な属性を持つものの働きについてのみ研究した。したがって——すくなくとも、〈新人〉であるワイスの目から見れば——〈新人〉は宇宙の新しい地図の根底にある歯車に貢献し、一方〈異人〉は、そうした全体構造の現実への応用というかたちで業績をあげた、という構図になる。

とはどうでもよかった。〈異人〉はこうした見方に異議をとなえるかもしれないが、ワイスにしてみればそんなこ

ぼくはG3級を持っている、とワイスはひとりごちた。そして、自分なりに多少の業績はあげている。われわれの集合知識に、なにがしかのものをつけくわえたのだ。どんなに才能に恵まれていようと、〈旧人〉にはとうてい不可能なことだ。唯一の例外があるとすれば、それはおそらく、トース・プロヴォーニだろう。しかし、プロヴォーニはもう何年も姿を消したままだ。〈異人〉の眠りも、〈新人〉の眠りも、かきみだしてはいない。プロヴォーニは激怒にかられて銀河の辺境をさすらい、漠然としたなにか、形而上学的といってもいいようななにかをさがしもとめている。いわば、答えを。トース・プロヴォーニは、答えが返ってくることを願って、虚無に向かって声をかぎりに叫んでいる。

神よ、もし彼が求めるものを見つけるようなことがあれば、われわれを助けたまえ、とワイスは心の中で祈った。

もっとも、プロヴォーニなどこわくはない。それは、ワイスの同僚たちにしてもおなじだ。数カ月が過ぎ、さらに数年が過ぎても、プロヴォーニがいまだに死なず、つかまりもしないというので、〈異人〉の中の神経質なやつらが、仲間内でひそひそ心配しあっているだけのこと。トース・プロヴォーニは歩くアナクロニズムでしかない。歴史を受け入れることができなかった〈旧人〉の最後のひとり。〈旧人〉伝統の無思慮な行動を夢見……

陰鬱な過去に生きる男。だが、プロヴォーニほど才能と教育と行動力に恵まれた人間をもってしても、過去を呼びもどすことはできない。

やつは海賊だ、とワイスは胸の奥でつぶやいた。数々の功績に埋もれた、半ば伝説の人物でしかない。それでも、プロヴォーニが死んだら、一抹のさびしさを感じるだろうな。けっきょく、ぼくたちだって〈旧人〉の中から生まれたのだから、プロヴォーニとまったく無縁の存在ではない。たとえ遠い縁ではあるにしても。

ワイスは上司のパイクマンに向かっていった。

「たしかに重荷です。おっしゃるとおりですね」

重荷か、と心の中でくりかえす。この仕事、いまの公務等級。ぼくは、星々に向かって飛翔することはできない。存在しないものを追い求めて、宇宙のはるかかなたを旅することはできない。われわれがトース・プロヴォーニを抹殺したとき、いったいぼくはどんな気持ちになるんだろう? たぶん、仕事がますます退屈になるだけのことだろうな。それでも、ぼくはこの仕事が好きだ。たぶん、この職を捨てるつもりはない。〈新人〉の一員であるというのは、ひとかどの人間だということなのだから。

たぶんぼくは、ぼくたち自身のプロパガンダの犠牲者なんだ、と考える。

「アップルトンが息子を連れてやってきたら」とパイクマンがいった。「そのロバートとかいう子にテストをぜんぶ受けさせろ……それから、等級の発表にはもう一週間かそこらかかるといっておけばいい。そうすれば、多少はショックがやわらぐだろう」

それから、パイクマンは酷薄な笑みを浮かべてつけくわえた。

「それに、きみも自分の口から悪いニュースを伝えずにすむというわけだ――書面で通達できるからな」

「わたしの口から話すのはかまいませんよ」

とワイスはいったが、内心はちがっていた。なぜなら、それはおそらく真実ではないから。

真実、か。ワイスはまたひとりごちた。われわれが真実なのだ。ぼくらが真実を創造する。真実はぼくらのものだ。〈新人〉と〈異人〉が力を合わせて、新しい世界の地図を描く。ぼくらの成長につれて、地図も成長する。ぼくらは変わる。来年、ぼくたちはどこまで進んでいるだろう？　それを知るすべはない……〈異人〉たちの中のプレコグはべつだ。彼らはさまざまな未来を一度に見る――うわさでは、ちょうど一列に並んだ箱のように。

インターカムから秘書の声がした。

「ミスター・ワイス、ニコラス・アップルトンさんとおっしゃるかたとその息子さんがお見えになってますが」

「通してくれ」

ワイスはそういうと、大きな模造ノーガハイド革の椅子に背中をあずけて、親子を迎える心の準備をした。デスクには、テスト書式がのっている。ワイスは考え深げにその書類をもてあそび、片目のすみでながめて、いろんなかたちを想像した……そして、一瞬、目をぎりぎりまで細めて、書式を、心の中で、そうあってほしいと思う姿にした。

2

クレオ・アップルトンは、自宅の小さなアパートメントで、せわしなく腕時計に目をやり、ぶるっと身震いした。こんなに遅いなんて、と心の中でつぶやく。時間がかかることなんてなにもないはずなのに。ふたりとも、もどってこないのかもしれない。なにかまちがったことをいってしまい、うわさに聞く強制労働キャンプに送られてしまったのかも。

「ばかよ、あの人」

クレオはテレビに向かっていった。すると、テレビのスピーカーから、満場の拍手が聞こえてきた。存在しない〝観客〟の喝采。

「アイダホ州ノース・プラットのミセス・クレオ・アップルトンは」と、〝アナウンサー〟がいった。「自分の亭主がばかだといってる。どう思うね、エド・ガーリイ？」

ふとった丸顔がスクリーンにあらわれた。TV人格（パーソナリティ）のエド・ガーリイが、気のきいた答えを考えている。

「まるっきりばかげた話だっていうのかい、大のおとななら、頭のすみでちらっと考えることあるさ、もしかしたら――」

クレオは手をふってテレビを消した。

リビングルームのつきあたりに置いてあるガスレンジから、人造アップルパイのにおいがただよってくる。このパイを手に入れるために、週給クーポンの半分と、黄色の配給切符三枚をはたいた。なのに、あのふたりときたら、ぜんぜん帰ってこないんだから。でも、アップルパイのことなんかどうだっていい。だいじなことはもっとほかにある。きょうは、ひょっとしたら、息子の人生でいちばんだいじな日になるかもしれないのだから。

だれか話をする相手がいる。待っているあいだに。いまは、テレビじゃ役にたたない。

クレオはアパートメントを出て、廊下をはさんで向かい側の、ミセス・アーリンのドアをノックした。

ドアが開く。だらしない髪の毛をした、中年のローズ・アーリン夫人が、カメみたいに首だけつきだした。

「まあ、アップルトンさんの奥さん」

「ミスター・クリーナーはまだこちらかしら？」とクレオ・アップルトンはいった。「なにもかもきちんとかたづけて、家の中をきれいにしておきたいの、ニックとボビーがもどってきたときのために。ほら、ボビーはきょう、テストを受けてるのよ。すごいでしょ？」

「テストはいんちきよ」とミセス・アーリンはいった。「そんなことをいうのは、テストに落ちた人か、落ちた人の親戚だけだわ。毎日毎日、数えきれないいくらいたくさんの人がテストに受かってるのに。そのほとんどは、ボビーみたいな子どもたちよ」

「たしかにね」

クレオは冷たい声で、

「ミスター・クリーナーはお持ちですか？　わたしには週に三時間使用する資格があるし、今週はまだ一度も使ってないわ」

ミセス・アーリンは、見るからに気の進まないようすで奥にひっこむと、しばらくして、もったいぶった傲慢なミスター・クリーナー、このビルのメンテナンス係を押しながらもどってきた。

「こんにちは、ミセス・アップルトン」ミスター・クリーナーはブリキを鳴らすようなかん高い声でいった。「じゃあまあコンセントにつないでくださいよ、しかしまたお目にかかれてうれしいですな。おはようございます、ミセス・アップルトン。じゃあまあコンセントにつないでくださいよ、しかしました――」

クレオは彼をひっぱって廊下を横切り、自分のアパートメントに連れていった。

それから、ミセス・アーリンのほうをふりかえって、

「どうしてそんなにつんけんするの？　わたしがなにをしたというの？」

「つんけんしてなんかいないわ」とローズ・アーリンが答える。「ただ、あなたを真実に目覚めさせようとしてるだけ。テストが公明正大なら、うちの娘のキャロルは合格してたはずだもの。娘は思考が聞こえるのよ、すくなくともいくらかはね。本物の〈異人〉なの、公務等級を持ってるだれにだってひけはとらないわ。等級つきの〈異人〉の中でも、能力をなくしちゃう人がおおぜいいるのよ、それは――」

「ごめんなさい。掃除しないといけないから」

　クレオはしっかりドアを閉じると、ミスター・クリーナーのプラグをどのコンセントにつなごうかとあたりを見まわし――

　そこで凍りついた。身動きもできずに立ちつくす。

目の前に、男が立っていた。小柄で痩身、敏捷そうで、汚い身なり、細く高い鼻。みすぼらしい布のコートと、しわだらけのズボン。クレオがミセス・アーリンと話しているすきに、アパートメントにはいりこんでいたのだ。

「だれ？」

　クレオは心臓が恐怖でぎゅっと縮むのを感じながら、やっとの思いでたずねた。相手には、どこかこそこそした態度がある。いつでも逃げだして身を隠せる用意をしているみたいな……細くて黒い目は神経質にあちらこちらをさまよっている。まるで――アパートメントからの脱出口をすべて把握しておこうとしているみたいに。

男はかすれた声で、

「ダービー・シャイアです」

と名乗り、視線をまっすぐこちらに向けた。追いつめられた獲物のような表情が浮かんでいる。

「古い友だちなんですよ、ご主人の。いつおもどりですか？　もどるまで待たせていただけますか？」

「そろそろ帰ってくるころですわ」

クレオは動かなかった。ダービー・シャイア——もしそれが本名なら——から、できるだけ距離を置いたまま、

「もどるまでに、アパートメントの掃除をしておかないと」

けれど、クレオはミスター・クリーナーのプラグをコンセントにさしこまなかった。ダービー・シャイアを見つめたまま、あいかわらず値踏みするような視線を投げる。いったいこの人はなにをびくびくしてるんだろう。追われてるんだろうか、公安部に？　だとしたら、いったいなにをやったんだろう？

「コーヒーを一杯いただけませんか？」

シャイアはそういってから、自分の声の懇願するような響きを打ち消そうとするみたい

に、ひょいと首をすくめた。なにかを頼むなんてもってのほかだとわかってはいるけれど、それでもそれが必要で、どうしても頼まないわけにはいかないのだ、というように。

「IDタブを拝見できますかしら？」とクレオはいった。

「どうぞどうぞ」

シャイアはコートのあちこちにあるふくれあがったポケットをひっかきまわし、プラスチックのカードを一束とりだした。それを、クレオのわきの椅子の上に放りだして、

「お好きなだけどうぞ」

「IDタブが三枚？」クレオは信じられないという声でいった。「でも、一枚しか持てないはずです。法律違反だわ」

「ニックはどこです？」

「ボビーといっしょに、連邦個人基準局に行ってます」

「へえ、息子さんがいるんですね」シャイアは皮肉っぽい笑みを浮かべた。「ニックとどのくらい長くご無沙汰してるか、これでわかるでしょう。息子さん、〈新人〉ですか？それとも〈異人〉？」

「〈新人〉です」

クレオはリビングルームの反対側の、映話（Vフォン）のところまで歩いていくと、受話器をとりあげて、ダイアルしはじめた。

「どこに電話してるんです？」

「局へ。ニックとボビーが向こうを出たかどうかきいてみます」

シャイアがVフォンのほうに歩いてきて、

「覚えちゃいませんよ。だれのことをきかれてるかさえわからないに決まってる。あの連中がどんなふうだかわかってるでしょうに」

シャイアは手をのばして、Vフォンの接続を切り、

「あたしの本を読むといい」

といって、あちこちのポケットをさぐると、一冊のペーパーバックをとりだした。よれよれの本で、ページにはしわが寄りしみがついて、カバーはちぎれている。シャイアはそれをクレオのほうにさしだした。

「まあ。けっこうです」

クレオは嫌悪感をあらわにして答えた。

「さあ。これを読めば〈新人〉と〈異人〉の専制政治からわれわれを解放するために、なにをしなければならないかがわかる。やつらのおかげであたしらの暮らしは圧迫され、人間らしいふるまいすべてが愚弄の対象にされてるんです」

シャイアは垢じみたよれよれの本をめくり、目当てのページをさがしている。

「ところで、コーヒーを一杯いただけませんかね？」と哀れっぽい口調でいう。「さがし

てる場所が見つからないみたいだ。しばらく時間がかかりますから」

クレオはちょっと考えてから、キッチン・キュービクルに歩いていき、お湯をわかして、インスタントの模造コーヒーをいれる準備をした。

「五分間だけなら、ここで待っててもいいわ」とクレオはいった。「五分たってもニックがもどってこないようなら、おひきとりいただきます」

「おれといっしょにいるところに踏み込まれるのがこわいのかい？」とシャイアはぞんざいな口調でいった。

「わたしは——ただ神経がおちつかないだけよ」

だって、あなたが何者なのかわかってるんですからね。と、心の中でつけくわえる。それに、そういう折れ曲がったぼろぼろの本なら前にも見たことがある。汚いポケットに隠されてあちらこちらに運ばれ、手から手へとこっそりわたされてゆくおそろしい本。

「あなた、ＲＩＤのメンバーでしょ」と声に出していう。

シャイアはまた、皮肉っぽい笑みを浮かべた。

「ＲＩＤのやりかたは消極的すぎる。あいつらの望みときたら、投票箱を通じて運動することだからね」

シャイアはさがしていたページを見つけたらしいが、もうへとへとで、それをクレオに見せる元気もないようだ。本を持ったまま、ただぼうっとつっ立っている。

「政府監獄に二年いたんだよ」シャイアはやがて、ぽつりといった。「コーヒーを一杯飲ませてくれ、そしたら帰るから。ニックを待つのはやめるよ。どのみち、おれのためになにかしてくれるのは無理だろう」

「いったいニックになにができると思ったの？　政府で働いてるわけじゃないのよ。政府とはなんの関係も――」

「そういうことじゃないんだ。おれは合法的に出所した。きちんと刑期をつとめあげたんだ。ここにいてもいいかな？　一文なしだし、行くあてもない。助けてくれそうな知り合いを、思い出せるかぎり思い出して、それから消去法でニックが残ったというわけさ」

シャイアはコーヒーのカップを受けとると、かわりに本をさしだした。

「ありがとう」

といって、むさぼるようにコーヒーを飲む。袖で口もとをぬぐって、

「知ってるかい、この星の権力構造がそっくり崩壊しつつあるって？　腐ってるんだ、内側から腐ってる……いつかは、おれたちが棒でひと突きするだけで転覆させられるようになる。少数の鍵を握る人物――〈旧人〉の――が公務機構内外のあちらこちらにいる。そして――」

シャイアは乱暴に腕をふりまわした。

「みんなおれの本に書いてある。あんたにあげるから読んでくれ。〈新人〉と〈異人〉が

いかにしてわれわれを操っているか、そこに書いてある。やつらのやりかたは、すべてのメディアを支配し、そして──」

「頭がおかしいわ」とクレオ。

「いや、もう、そうじゃない」

と、シャイアは首をふった。ネズミを思わせるその顔がはげしく歪む。クレオの言葉に対する、すばやい、感情的な否定。

「三年前に逮捕されたとき、おれは臨床的にも法律的にも正気じゃなかった──パラノイアだ、といわれたよ──だが、釈放される前に、また精神テストを受けさせられた。だから、いまは自分の正気を証明できる」

シャイアはまた、あちこちのポケットをさぐりはじめた。

「公式の証明書だってあるんだぜ、いつも持ち歩いてる」

「もういちど検査しなおすべきね」とクレオはいった。ああ、まったく、ニックはもどってこない気なのかしら？

「政府は、〈旧人〉の男たち全員を断種しようと計画している。知ってたかい？」

「そんなこと信じない」

その手のばかげたうわさ話なら、耳にタコができるほど聞いている。だが、それがほんとうだったためしは一度もない……ともかく、そんなことはめったにない。

「そんなことをいうのは、暴力を正当化するためよ。あなたたち自身の非合法活動に大義名分を与えるため」

「こっちには、その法案のコピーがある。すでに十七人の議員がサインしてるんだ。十七人といえば、率にして――」

そのとき、テレビがカチリと音をたて、ひとりでに息をふきかえした。

「ニュース速報です。第三軍の先発部隊からはいった報告によりますと、〈グレイ・ダイナソア〉、すなわち市民トース・プロヴォーニを乗せて地球を離れた宇宙船の位置が確認されました。同船はプロクシマ星の軌道上にあり、生命の兆候は見られないとのことです。現在、第三軍の曳航船団が、あるじを失ったと思われるこの船を回収する作戦行動に従事しており、プロヴォーニの遺体は今後一時間以内に発見されるものと見られています。続報にそなえて、テレビのそばから離れないでください」

ニュースを伝えおわると、テレビはまたカチリと音をたてて、ひとりでに切れた。

奇妙な、痙攣（けいれん）のようなふるえが、ダービー・シャイアの全身をおそっていた。顔を歪め、右手のこぶしをきつくかためる……ぎゅっと歯を食いしばり、ぎらぎらする目でクレオのほうをふりかえって、

「ぜったいつかまりやしないさ」と噛みしめた歯のあいだからいう。「理由を教えてやろう。トース・プロヴォーニは〈旧人〉だ。おれたちの中でベストの男だ。どんな〈新人〉

にも〈異人〉にも負けない。彼は助けを連れてこの太陽系にもどってくる。約束どおりに。外宇宙のどこかに、おれたちを助けてくれるものが存在する。プロヴォーニはそれを見つけだすさ、たとえ八十年かかろうとも。彼は、おれたちが植民できる星をさがしてるんじゃない。救い主をさがしてるんだ」

　シャイアは探るような視線をクレオに投げた。

「知らなかっただろ？　このことはだれも知らない――支配者どもはすべての情報を管理している――プロヴォーニに関することさえ例外じゃない。だが、真相はそういうことなのさ。プロヴォーニがもどってくれば、おれたちはもう孤独じゃなくなる。〝能力〟とやらを口実にして地球の権力を握り、永遠にそれを手放すつもりのない突然変異の楽観主義者どもの支配から逃れることができるんだ」

　シャイアはぜえぜえと荒い息をついた。その顔が激情に歪んでいる。目は狂信的な光でさらに激しく燃え上がる。

「なるほどね」クレオは気持ちが悪くなり、目をそむけた。

「信じるかい？」とシャイアがたたみかけてくる。

「信じるわ、あなたがプロヴォーニの熱烈な支持者だってことは。ええ、それは信じてます」

　それに――と心の中でつけくわえる――もうひとつ、いまのあなたが、三年前そうだったように、臨床的にも法律的にも正気じゃないってこともね。

「ただいま」

ニックがアパートメントにはいってきた。そのうしろから、のろのろとした足どりのボビーがつづく。ニックはダービー・シャイアに目をとめて、

「だれだい？」

「ボビーは受かったの？」クレオはたずね返した。

「たぶんな。結果は来週中に郵便で通知するそうだ。だめならその場で教えてくれたはずだから」

ボビーは熱のない声で、

「落ちたよ」

「おれを覚えてるかい？」ダービー・シャイアがニックに向かっていった。「ずいぶんひさしぶりだけど」

ふたりはたがいの姿を見つめあった。

「あんたの顔は忘れてないよ」ダービーは期待に満ちた口ぶりでいった。だからニックのほうも覚えてくれていていいはずだ、というように。「十五年前。場所はロサンジェルス。郡議会の記録庁舎。おれもあんたも、馬面ブラネルの事務助手をしていた」

「ダービー・シャイアか」

ニックはそういって、片手をさしだした。ふたりは握手した。

こいつ、すっかり落ちぶれてるな、とニコラス・アップルトンは思った。ひどい変わりようだ——もっとも、十五年といえば長い。

「あんたはちっとも変わってないな」ダービー・シャイアはそういうと、ぼろぼろの本をさしだした。「勧誘をしてるんだ。たとえば、いまさっきまで、奥さんを勧誘しようとしていた」

ボビーが目ざとくその本に気づいて、

「この人、〈下級人〉だね」と、興奮した声でいった。「見てもいい？」

と、本のほうに手をのばす。

「出てってくれ」と、ニックはダービー・シャイアに向かっていった。

「あんたはおれに手を貸すことが——」

といいかけたシャイアをニックは乱暴にさえぎり、

「おまえの正体はわかってるんだ」

ニックはダービー・シャイアの古ぼけたコートの肩をつかんだ。力ずくで玄関のほうに押したててゆく。

「公安の連中から身を隠してるんだろう。出ていけ」

「居場所がないのよ」と、クレオが口をはさんだ。「しばらくここに置いてほしいんだって」

「だめだ」とニック。「ぜったいに」

「こわいのか？」とダービー・シャイアがたずねた。

「ああ」

　ニックはうなずいた。だれだろうと、〈下級人〉のプロパガンダを配布しているところをつかまった人間は――そして、その人間となんらかの関わりのある人間もすべて――未来永劫にわたって、公務員試験を受ける権利を自動的に剝奪される。もし公安警察（PSS）がこの家でダービー・シャイアを逮捕するようなことがあれば、ボビーの一生はおしまいだ。それに、家族全員が罰を受けるかもしれない。無期限の再配置キャンプ送りになるかもしれない。正式の司法手続きは抜きで。

　ダービー・シャイアがおだやかにいった。

「こわがることはない。希望を捨てるな」

　シャイアは背筋をのばした――なんて背が低いんだろう、とニックは思った。それに、みにくい。

「トース・プロヴォーニの約束を忘れるな」ダービー・シャイアはいった。「それからもうひとつ。息子さんは、どのみち公務員等級をとれないよ。だから、失うものはなにもないのさ」

「おれたちには守るべき自由がある」

そういったものの、ニックはためらった。もうひと押しでダービー・シャイアをアパートメントの玄関から外の廊下へ突き出せるというところで、手をとめる。もしプロヴォーニがほんとうにもどってきたとしたら？　そう自問する。いや、そのことならもうさんざん考えたはずだ。とても信じることはできない。プロヴォーニはいまにもつかまってしまうだろう。

「だめだ」とニックはいった。「おまえさんとは関わりになりたくない。めちゃめちゃにするのは自分の人生だけでじゅうぶんだろう。他人まで巻きこむな。それに……。いいから行ってくれ」

ニックはこんどこそ、小男を廊下に押し出した。廊下の両側に並ぶドアのいくつかが開き、居住者たちがてんでに顔を出した。知っている顔もあれば知らない顔もあるが、みんなそろって、なにごとだろうとこちらのようすをうかがっている。

ダービー・シャイアはちらりとニックの顔に目をやり、それから、おちつきはらった態度でみすぼらしいコートの内ポケットに手を入れた。急に背が高くなり、威厳が生じたように見えた……なおかつ、この場を支配している。

「たいへん喜ばしいことだ、市民アップルトン」といいながら、ひらべったい小さな黒のケースをとりだし、ぱちんと開く。「きみの態度はりっぱだったよ。わたしはこのビルの個別調査をしている。いわゆる、無作為抽出調査というやつでね」

彼はニックに公式IDタブを示した。人工照明の下で、それは鈍い輝きを放った。

「PSSエージェントのダービー・シャイアだ」

ニックは胸の奥に冷たいものを感じた。体じゅうの力が抜けてゆく。黙っていた。いうべきことを思いつけない。

「なんてこと」

クレオが力ない声でいった。夫のかたわらによりそう。しばらくして、ボビーもそばにやってきた。

「でも、わたしたちのしたことは正しかった、そうでしょう？」クレオがダービー・シャイアに向かってたずねた。

「まさしくそのとおり」とシャイア。「あなたがたの反応はじゅうぶんに適切なものだった。では、ごきげんよう」

シャイアは身分証明書のひらたいケースをコートの内ポケットにしまうと、わずかに笑みを浮かべ、それからその笑みを、のぞき見している周囲の野次馬たちのほうにも向けた。

一瞬後、ダービー・シャイアの姿は消えていた。残ったのは、不安そうな顔をした傍観者たち——それにニックと、妻と、息子。

ニックは玄関のドアをしめ、クレオに顔を向けて、

「気をゆるめてはいけないということだ」

と、重々しい口調でいった。ほんとうにあぶないところだった。もうちょっとで……いてもいいといってしまうところだった。むかしなじみのよしみで。けっきょく、あいつとはじっさいに知り合いだったんだから。むかしは。

そのことがあったから、おれと家族の個別忠誠度調査にやつを派遣したんだろうな、と考える。やれやれ。まだ恐怖で胸がどきどきして、体のふるえがとまらない。

ふらつく足で、ニックは洗面所にはいり、錠剤をしまってある薬戸棚の前に立った。

「フルフェナジン塩酸塩を少々だな」とつぶやいて、精神安定剤の瓶に手をのばす。

「きょうはもう三錠も飲んでるのよ」とクレオが世話女房らしい口をはさんだ。「多すぎるわ。やめときなさい」

「だいじょうぶさ」

ニックは洗面所のコップに水を注ぎ、まるい錠剤を黙って一気に飲み下した。

体の中には、にぶい怒りがあった。体制に対して、〈新人〉と〈異人〉に対して、公務に対して、一瞬、激しい憤怒が沸き上がり――それから、フルフェナジン塩酸塩が効果をあらわした。怒りの波がすうっと引いてゆく。

しかし、完全に消えたわけではなかった。

「このアパートメントが盗聴されてると思うか？」とクレオにたずねる。

「盗聴？」クレオは肩をすくめた。「されてないみたいね。もしされてたら、とっくのむかしに呼び出されてるわよ。ボビーが口にするぞっとするような意見でね」

「もうこれ以上は耐えられそうもない」とニック。

「なんのこと？」とクレオ。

ニックは答えなかった。だが、心の奥底ではわかっていた。だれについて、なんについていったのか。そして、息子にもわかっているはずだ。いま、親子はおなじ立場にある――しかし、いったいいつまで、こんな気持ちがつづくのだろう？ いや、ボビーの公務員試験の結果がわかるまで待とう。どうするか決めるのはそれからでいい。くそっ、とんでもないことだ。いったいおれはなにを考えてる？ どうかしてるんじゃないか？

「本がまだ残ってるよ」

ボビーがかがみこんで、ダービー・シャイアが置いていった、垢じみてぼろぼろのペーパーバックを拾い上げた。

「読んでもいい？」と、父親に向かってたずねる。ぱらぱらページをめくりながら、「本物みたいだ。きっと、逮捕した〈下級人〉から没収したんだね」

「読むがいい」

ニックはぞんざいにいった。

3

二日後、政府からの手紙がアップルトン家の郵便受けにとどいた。ニックは期待に胸をふるわせながら、すぐさま封を切った。やっぱり、試験結果の通知書だ。ニックは何枚かある書類をめくって——ボビーの答案のコピーもはいっていた——ようやく結果の欄を見つけた。

「落ちた」と、ニックはいった。

「わかってたんだ」とボビー。「だから、最初から受けたくないっていったのに」

クレオが嗚咽（おえつ）をもらしはじめた。

ニックはなにもいわなかった。なにも考えていなかった。頭がからっぽで、無力だった。死そのものよりも冷たい手が心をわしづかみにして、すべての感情を殺していた。

4

内線1番の受話器をとると、公共安全特別委員会議長ウィリス・グラムは、からかうような口調でいった。

「プロヴォーニ逮捕は進展しているのかね、長官？　なにか新しいニュースは？」

グラムはくすりと笑った。トース・プロヴォーニがいまどこにいるかは神のみぞ知る。おそらく、とうのむかしに、どこか遠くの、空気さえない小惑星で野垂れ死にしているだろう。

ロイド・バーンズ公安警察長官はかたい声で応じた。

「プレス・リリースのことでしょうか、閣下？」

グラムは声をあげて笑い、

「テレビと新聞がいましゃべりたててることを教えてくれ」

もちろん、ベッドから出るまでもなく、この部屋のテレビをつけることができる。しかし、グラムとしては、この気取り屋の警察長官を、プロヴォーニ問題にかこつけていじめるのがなによりの楽しみだった。この話になると、バーンズの顔はいつも、臨床学的興味をかきたてそうな色に変わる。しかもグラムは、最高ランクの〈異人〉だったから、逃亡した背信者にすこしでも関係のある話題が出たとき、バーンズ警察長官の心を襲う混沌を、じかに楽しむことができた。

けっきょくのところ、十年前、連邦刑務所にいたトース・プロヴォーニを、矯正されたとみなして釈放させたのは、バーンズ長官自身なのだから。

「またしてもプロヴォーニは、間一髪のところでこちらの網をすり抜けました」バーンズは苦虫を嚙みつぶしたような顔でいった。

「死んだとどうしていわない？」

もしそうすれば、一般大衆にすさまじい心理的影響を及ぼすだろう――グラムにとっては願ってもない影響を。

「そのあとで、もし彼が姿をあらわしたら、われわれの政権基盤が一瞬にして崩壊することになります。ただたんに姿を見せるだけで――」

「朝食が来てないぞ」とグラムが口をはさむ。「運んでくるようにいってくれ」

「はい、閣下」バーンズがいらだちを隠しきれない声でいった。「メニューはなにを？エッグ・アンド・トーストですか？　それともハム・ステーキ？」

「本物のハムがあるのか？」とグラムがききかえす。「なら、ハムにしてくれ。それに卵を三個。ただし、くれぐれも人工品を使わんように念を押しておいてくれ」

召使いの役割を演じるのが不満らしく、バーンズは口の中で、

「はい閣下」

とつぶやいて、内線映話を切った。

ウィリス・グラムは枕にもたれて寝そべった。私設スタッフのひとりがただちに進み出て、熟練した手つきで枕の位置を直す。

さて、と。新聞はどこだ？　グラムは片手をつきだした。べつのスタッフがその身振りに気づいて、すばやくきょうのタイムズの三種類の版をさしだした。

グラムはしばし、この偉大なる由緒正しい新聞——いまは政府の管理下にある——をぱらぱらめくっていた。

「エリック・コードンか」

と、最後につぶやくと、右手を動かして口述の準備をうながした。そくざに、携帯用口述筆記装置をたずさえた書記がやってくる。

「公安特別委員会の全メンバーに告ぐ」とグラムはいった。「われわれは、プロヴォーニの死を宣言することはできない——その理由は、バーンズ長官が指摘したとおりだ——しかし、エリック・コードンに引導をわたすことなら可能だ。つまり、彼を処刑することができる。それは、きわめて大きな安堵感をわれわれにもたらすことになる」

ほとんど、トース・プロヴォーニその人を処刑するのに匹敵する効果だ、とグラムは心の中でつけくわえた。〈下級人〉の全ネットワークを通じて、エリック・コードンはもっとも尊敬されているオルガナイザーであり、代弁者だった。そしてもちろん、無数の本を書いた男でもある。

コードンは〈旧人〉に属する真の知識人で、理論物理学者だった。コードンには、昔日の夢よもう一度と熱望する覚醒した〈旧人〉たち——できるものなら、時計の針を五十年逆もどりさせたがっている連中——のあいだに、大きな集団反応を呼び起こすだけの力がある。しかし、コードンはその卓越した弁論の才にもかかわらず、思索型の人間であって、プロヴォーニのような行動派ではない。行動の人であるプロヴォーニは、〝助けを求めて〝宇宙の彼方へと去っていった。一方、かつてプロヴォーニの親友だったコードンは、はてしない演説や書物、薄汚い小冊子で、プロヴォーニの活動を報告しつづけている。しかし、いくら人気があるとはいっても、プロヴォーニとちがって、コードンは公共の安全に対する脅威ではない。コードンを処刑すれば、そのあとには、彼が必死に埋めようとしてかなわなかった、うつろな穴が残るだけ。一般大衆に訴えかける力がどれほどあろうと、しょせんエリック・コードンは小物でしかない。

しかし、〈旧人〉の多くは、その事実を理解していない。英雄崇拝が、エリック・コードンに箔をつけている。プロヴォーニは抽象的な希望だが、コードンは実在する。そしてコードンは、この地球で活動し、書き、演説している。

内線2番の受話器をとって、グラムはいった。

「コードンをメイン・スクリーンに出してくれ、ミス・ナイト」

受話器を置くと、グラムはまたベッドに横たわり、新聞記事を読みはじめた。

「口述をおつづけになりますか、議長?」しばらくたってから、書記がたずねた。

「ああ、頼む」グラムは新聞をわきに押しやった。「どこまで行ったかな?」

「『つまり、彼を処刑することができる。それは、きわめて大きな安堵感を——』」

「よし、つづけるぞ」グラムはひとつ咳ばらいして、「各部の長全員に——ついてきてるか?——この措置の背後にある目的を把握し、理解しておいてもらいたい。そもそもわたしが、このなんとかいう人物——」

「エリック・コードンです」と書記。

「そうだった」グラムはうなずいて、「そもそもわたしが、エリック・コードンを抹殺せねばならない理由は以下のとおりである。コードンは、地球の〈旧人〉とトース・プロヴォーニとのあいだのかけ橋となっている。コードンが生きているかぎり、一般大衆はプロヴォーニの存在を感じている。コードンがいなければ、〈旧人〉は、外宇宙のどこかにいるあのろくでもない宇宙野郎との接触を、現実のものであれ幻想のものであれ、すべて失ってしまう。ある意味でコードンは、プロヴォーニの不在を埋めるプロヴォーニの声だといってもいい。コードンの処刑が裏目に出る可能性があることは認める。当座のあいだ、〈旧人〉は暴動に走るかもしれない……しかし一方、そうなれば、潜伏している〈下級人〉どもも姿をあらわすだろうから、逮捕が可能になる。いわば、意図的に、〈下級人〉の無分別な行動を誘うべく火をつけるのが狙いだ。コードンの死が公表されれば、ただちに激しい反応が波状的に広がるだろう。しかし、最終的には――」

グラムは口をつぐんだ。グラムの広大な執務寝室の、つきあたりの壁一面を占める巨大なスクリーンに、ひとつの顔が浮かび上がっていた。頰のそげた上品な顔だちで、あごのあたりにへこみがある。軟弱なあごだな、と、グラムは動く口をながめながら思った。縁なし眼鏡をかけ、乏しい髪の毛を禿げ上がった頭になでつけてある。

「音声を」

と、グラムは指示した。コードンの唇はあいかわらずむなしく動きつづけている。

「……の喜びです」

コードンの声が、だしぬけに部屋に鳴り響いた。ボリュウムが大きすぎたのだ。

「お忙しいことは承知しております、閣下。しかし、わたくしとお話しになりたいのでしたら――」コードンは優雅な身振りをした。「わたくしはここに控えております」

わきに控えている副官のひとりに向かって、グラムがたずねた。

「やつはいまどこにいる？」

「ブライトフォース刑務所です」

「食べものはじゅうぶん足りているかね？」グラムがスクリーンに向かっていった。

「はい、それはもうじゅうぶんに」

コードンは、満面に笑みを浮かべ、白い歯まで見せた。いかにも——おそらくは現実にも——つくり笑いのように見える。

「で、自由に書くこともできる？」

「材料はありますから」

「教えてくれ、コードン」グラムは熱をこめていった。「どうしてあんなくだらんことを書いたり話したりするんだ？　真実じゃないことはわかってるくせに」

「真実は、見る者の目の中にあります」

コードンはユーモアの欠けた冷たい笑いをもらした。

「二、三カ月前の裁判のことだが」とグラム。「きみは反逆罪で懲役十六年を宣告されたな？　まことに遺憾ながら、陪審員たちは、きみへの判決をさかのぼってとり消した。新たに、きみには死刑が宣告されることになったよ」

コードンの薄笑いの表情には、なんの変化も見られない。

「聞こえてるだろうな？」

グラムは副官にたずねた。

「はい、もちろんです、閣下。まちがいなく聞こえております」

グラムは先をつづけて、

「われわれはきみを処刑するんだよ、コードン。知ってのとおり、わしにはきみの心が読める。どんなにおびえているかはお見通しだ」

それは事実だった。コードンの心の中はふるえている。たとえ、純粋に電気的につながっているだけで、現実のコードンとは二千マイルの距離にへだてられていても、グラムにはそれがはっきりとわかった。この種のサイ能力に、〈旧人〉は決まって狼狽する——〈新人〉でさえ、おなじ轍を踏むことが多い。

コードンはなにもいわない。しかし、グラムがテレパシーによって自分の感情をさぐりあてているという事実を理解したのはまちがいない。

「心の奥底で、きみはこう考えている」とグラム。「転向すべきかもしれない、プロヴォーニは死んだのだから、と。そしてきみは——」

「プロヴォーニが死んだなんて思っちゃいない」

コードンが怒りをあらわにして、乱暴にさえぎった。彼の表情にあらわれた、はじめての変化だった。

「潜在意識で、だよ」とグラムがおだやかにいう。「きみ自身、それに気づいてさえいないがね」

「たとえトースが死んだとしても――」

「おいおい、よしてくれ。きみにもわしにもよくわかっていることだ。もしプロヴォーニが死ねば、きみはいまやっている大衆扇動やプロパガンダをすべて放りなげ、公衆の前からこそこそ逃げだして、隠れ家にこもって知的生活とやらの余生を過ごすことになる」

と、そのとき、グラムの右手にある連絡装置のブザーがだしぬけに息を吹き返し、鳴り響いた。

「失礼」

グラムはことわって、スイッチを入れた。

「奥様の弁護士がいらっしゃっています、議長。弁護士のかたが見えたら、いかなる場合でもただちにお通しするようにとの伝言をお残しでしたので。いかがいたしましょう？お通ししますか、それとも――」

「通してくれ」

グラムはコードンに向かって、

「また連絡する――おそらく、バーンズ長官を通じて、ということになるだろうが――きみの処刑予定時刻の一時間前にな。ではこれで。用事ができた」

グラムが手をひと振りすると、壁一面のスクリーンから色が失せはじめ、不透明のパネルにかわった。

執務寝室のドアが開き、背の高い、身だしなみの整った痩身の男がきびきびした足どりではいってきた。短いあごひげを生やし、片手にはブリーフケース。ホレース・デンフェルドは、いついかなるときもこのいでたちだった。

「いましがた、エリック・コードンの心からなにを読みとったと思う？」とグラムはいった。「潜在意識で、やつは〈下級人〉などに加わらなければよかったと思ってる。ところがいまのコードンは、〈下級人〉どもの指導者だ——ま、たいして指導する余地もあるまいがね。コードンの処刑を命じたんだが、きみは賛成かね？」

椅子に腰をおろして、デンフェルドはブリーフケースのファスナーをあけた。

「アルマからの指示と、わたしの職業的助言の結果、いくつかの条項に——ささいなものですが——変更が生じました。別居手当ての合意事項についてです。どうぞ」

デンフェルドは綴じた書類の束をグラムにさしだした。

「ごゆっくりごらんください、議長」

「コードンがいなくなったらどうなるかな？」

グラムはそうたずねながら、法定サイズの書類ファイルを開き、拾い読みしはじめた。とくに、赤で線を引いてある箇所を中心に目を通してゆく。

デンフェルドはぶっきらぼうに、

「わたくしには想像もできませんな、閣下」

「〝ささいな条項〟だと」書類を読みながら、グラムは自嘲的な口調でいった。「なんてこった、子どもの養育費を月々二百ポップスから四百に引き上げてるじゃないか」

ぱらぱらページをめくってゆくうちに、グラムは耳たぶが怒りに――そして陰鬱なショックに――かっと熱くなるのを感じた。

「おまけに、別居手当ては三千から五千に増額。しかも――」

グラムはようやく最後のページにたどりついた。赤い線がそこらじゅうに乱舞し、総額が鉛筆で書きこんである。

「――わしの旅行支出の半額を要求しとる。くわえて、今後受けとる予定の講演料全額」

ねっとりした不快な汗が噴き出し、首筋がべとべとする。

「しかし奥様は、文筆収入はすべて閣下のポケットにはいることを認めてらっしゃいますし――」

「文筆収入なんぞあるもんか。わしをだれだと思っとる。エリック・コードンじゃないんだぞ」

グラムは書類の束をベッドに放り投げた。しばし、じっとすわったまま、怒りの炎を燃やす……怒りの一部はいましがた読んだ書類に対するもの、残りは目の前の弁護士、ホレース・デンフェルドによってかきたてられたものだった。〈新人〉であるデンフェルドは、〈新人〉の一般的水準からすれば能力の低いほうに属するが、それでも〈異人〉たちすべてを——グラム自身を含めて——進化の奇形と見なしている。グラムはその考えを、彼の心から拾うことができた。さほど強くはないものの、つねに一定した優越感と軽蔑の念がある。

「よく考えてみる必要があるな」とグラムはいった。こっちの弁護士に見せて相談してみよう、と、心の中でつけくわえる。政府内で最高の弁護士たち——すなわち、税務局の弁護士と。

「ひとつ考慮に入れておいていただきたいことがあります、閣下」デンフェルドがいった。「ある意味で、不公平に思われるかもしれません、ミセス・グラムが閣下の財産に対してこれほど大きな——」と、言葉をさがして、「占有率を主張するのは」

「そうとも」とグラムはうなずき、「自宅、ペンシルヴェニア州スクラントンにある四つのアパートメント・ビル。その全部に加えて、こんどはこれだ」

「しかしですね」

デンフェルドはなめらかな口調で反論しはじめた。その舌は、風に躍る吹流しさながらにひらひらと回転する。

「もっとも重要なのは、閣下と奥様の離婚を、いかなる犠牲を払っても秘密にせねばならないということです——ご夫婦のあいだだけの秘密に。公共安全特別委員会議長としては、どのようなものであれけっして……ふむ、そうですな、ラ・カルーニャに巻き込まれては

──」

「なんだ、それは？」

「スキャンダルですよ。〈異人〉であれ〈新人〉であれ、政府高官がスキャンダルに巻き込まれてはならないのはご承知のとおりです。しかし、この点と、閣下の地位とを合わせて考慮すれば──」

「辞(や)めてやるさ」とグラムは吐き捨てるようにいった。「そいつにサインする前に。別居手当てが月に五千ポップスだと。あの女は正気じゃない」

グラムは顔を上げ、デンフェルドを値踏みするように見やった。

「別居もしくは離婚の申し出を受けた女は、とつぜんどうにかなってしまうんじゃないか。女房は──女房族ときたら、なにもかも欲しがる、動産も不動産も一切合財。家、アパートメント、車、世界じゅうの金(ポップス)のありったけ──」

くそったれ。グラムは心の中で毒づき、ふるえる手で額の汗をぬぐった。従僕のひとりに向かって、

「コーヒーをくれ」

「かしこまりました」

副官はコーヒー・メーカーをてきぱきとあやつり、ブラックで濃いエスプレッソのカップをさしだした。

その副官と、部屋の中にいる全員に向かって、グラムは訴えるようにいった。

「いったいなにができる？　女房に首根っこを押さえられてるんだ」

グラムはベッドのそばにあるデスクのひきだしに書類の束をしまった。

「もう話し合うことはない」とデンフェルドに向かっていう。「弁護士を通じて、こちらの決定を伝える」

グラムはデンフェルドをにらみつけた。まったくもって、この男は気に入らない。

「では、ほかに仕事がありますので」

グラムがあごをしゃくると、副官ががっしりした手を弁護士の肩に置いて、寝室の戸口のひとつにデンフェルドを案内した。

デンフェルドの背後でドアがしまると、グラムはあおむけに寝そべり、コーヒーを飲みながら考えにふけった。あの女がなにか法律を破ってくれさえしたら。交通違反だってかまわない——なんらかのかたちで警察と関わりになることならどんな違反でもいい。横断歩道で信号無視した現場をつかまえたら、そいつを鞭に使える。逮捕に抗議して、公衆の面前で口汚い言葉やわいせつな言葉を吐けばこっちのものだ。故意に法を侮辱したかどで、公序良俗に対する脅威として処罰できる……。それとも、バーンズの部下たちが彼女を重罪容疑で逮捕することができれば。たとえば、アルコール類の購入／飲酒とか。そうなれば（この件については専属の弁護士から説明を受けていた）、母親として不適格であるとの訴訟を起こし、子どもたちをとりかえして、本物の離婚訴訟であの女に責任を負わせることができる——そういう状況でなら、表立った行動をとることも可能だ。

しかし、現状では、グラムにとって不利な材料が多すぎる。まともに離婚訴訟を戦えば、彼のイメージが相当悪くなるのが目に見えている。しかもアルマは、そのどぶをさらって、なにもかも奪いとってしまうだろう。

グラムは内線1番の受話器をとりあげた。

「バーンズ、あの女刑事（デカ）、アリス・ノイズをつかまえて、こっちによこしてくれ。きみにもいっしょに来てもらったほうがいいだろう」

ノイズ捜査官の率いるチームは、もう三週間近くにわたって、アルマの弱みを握る努力をつづけている。一日二十四時間、グラムの妻は警察のAV機器の監視下にある……もちろん、アルマはそのことを知らない。じっさい、一台のヴィデオ・カメラが、アルマのバスルームで起きたハプニングをとらえたが、残念ながらそれは、云々（うんぬん）できるほどのものではなかった。アルマのいうことやることぜんぶ、会う人間、行く場所のすべて——その一部始終がテープにおさめられ、デンバーの公安警察（PSS）本部に保管されている。だが、その労力のいっさいが、現在のところまったくの無駄骨におわっている。

あの女には、自分の警察がついてるからな。グラムはむっつりそう考えた。買物に出るときも、パーティーに行くときも、かかりつけの歯医者、ドクター・ラドクリフのところへ通うときも、ＰＳＳのデカ上がりの連中がアルマにぴったりついている。

なんとしても、あの女を排除しなきゃならん。そもそも〈旧人〉の女房などもらったのがまちがいだ。とはいえ、結婚ははるかむかしのことで、当時のグラムはのちに登りつめた地位とは無縁の存在だった。〈異人〉、〈新人〉を問わず、だれもかれもが陰でおれのことをせせらわらってやがる。まったくもって気に入らない。

グラムは、多くの、あまりにも多くの人間から、そのおなじ考えを読みとった。心の奥底、軽蔑が位置しているあたりに埋められた考え。〈新人〉のあいだでは、とくにそれが強い。

寝そべって、バーンズ長官とノイズ捜査官を待つあいだ、グラムはまたタイムズを手にとり、総計三百ページの記事をでたらめにめくっていった。

気がつくと〈大耳〉プロジェクトに関する記事が目の前にあった……署名記事で、筆者はエイモス・イルド。しごく地位の高い〈新人〉で、グラムにも手出しできない相手のひとりだ。

ふむ、〈大耳〉実験は順調に進んでるらしいな、とグラムは記事を読みながら冷笑的につぶやいた。

可能性はゼロに等しいと思われていたにもかかわらず、世界初の純粋に電子的なテレパシー波聴取装置開発計画は満足すべきスピードで進展している——現在〈大耳〉の愛称で呼ばれるようになった装置の設計・開発を担当したマクマリー・コーポレーション職員はきょう、多数の懐疑的なオブザーバーを集めた記者会見でそう発表した。マンロー・キャプの見解によれば、「〈大耳〉が完成すれば、何万人もの人間の思考波をテレパシー的にモニターすることができます。さらに——〈異人〉たちのあいだでもこのような能力は例を見ませんが——そうした膨大な量の思考の洪水をひとつひとつ分別することが可能となり……

グラムは新聞を投げ出した。ふかふかのカーペットに落ちて、どすんと重い音をたてる。〈新人〉のごろつきどもめ。心の中でそう毒づき、やりきれぬ思いで歯ぎしりする。やつらはあの計画に何十億ポップスと注ぎ込んでいる。〈大耳〉が完成したら、こんどはプレコグの〈異人〉にとってかわる装置をつくりはじめるにちがいない。そうやって、ひとつひとつすべての能力を機械に置き換えてゆく。騒霊機械（ポルターガイスト・マシン）がうなりをあげて通りを行き交い、空をぶんぶん飛びまわるようになる。おれたちは無用の長物になってしまう。

そして……現在の強力で安定した二大政党政府のかわりに、一党独裁の社会体制が生まれる。〈新人〉がすべてのレベルですべての重要なポストを占める、一枚岩の怪物。さらば公務員試験——唯一のこるのは、〈新人〉の皮質活動テストだけ。あるものはその反対のものに等しく、矛盾が大きくなればなるほど適合性が高くなるというあのインテリめかした中立論理学。くそったれ！

ひょっとしたら、〈新人〉思考の構造全体が、大がかりなまやかしなのかもしれない。いや、われわれにはあれが理解できない。〈旧人〉にも理解できない。われわれは、彼らのいうことを鵜呑みにして、それが人類の脳機能の進化におけるまったく新しい一歩だと信じこんでいる。たしかに、ロジャーズ節とかなんとかいうものは存在する。彼らの大脳皮質の構造に、物理的な相違があることはまちがいない。しかし……。

内線のひとつがカチリと鳴った。

「バーンズ長官と女性捜査官が――」

「通してくれ」

グラムは背中を倒して姿勢を楽にすると、腕を組んで待った。ふたりに新しいアイデアを話してきかせるのを。

5

午前八時半、ニコラス・アップルトンは仕事場に着き、始業準備をはじめた。

太陽が彼の作業場、彼の小さな建物に降りそそいでいる。その中で、ニックは袖をまくりあげ、拡大鏡をかけて、発熱ゴテをコンセントにつないだ。

ボスのアール・ジータがこちらにやってきた。両手をカーキ色のズボンのポケットにつっこみ、イタリア葉巻をぶあつい唇の端にくわえている。

「どうだ、ニック?」

「あと二日ばかりしないとわからない。結果は郵便で送ってくるそうで」

「ああ、そうだった、おまえの息子か」ジータは日に焼けたごつい手をニックの肩にのせた。「溝の掘りかたが浅すぎるな。外被まで掘り下げてくれ。チューブの中まで」

ニックは抗議するように、

「でも、これ以上ちょっとでも深くしたら……」

タイヤはマッチの燃えさしを踏んだだけでもバーストしちまうぜ、と心の中でいい足す。

レーザー・ライフルで撃たれるのとおんなじだ。

「わかったよ」いいかえす気力が体から抜けてゆく。どうせ、ボスはアールだ。「もっと深くする、コテが反対側に突き抜けるまで」

「そんなことをしたらクビだぞ」

「あんたの哲学によれば、いったん注射器を買ったら、あとは買った人間がそれでなにをしようと――」

「三つの車輪が公共の路面に触れたら、その瞬間にこっちの責任は終わりだ。そのあとタイヤになにが起ころうが、それは買ったやつの問題だ」

ニックは、タイヤの溝掘り職人などになりたくなかった――溝の摩滅した中古タイヤを回収し、赤熱した焼きゴテで新しい溝を深く深く掘りつけてゆき、まともなタイヤに見えるようにする。必要なトレッドがちゃんとあるように見せる。この技術を、ニックは父親から受け継いだ。父親も、その父親から受け継いだ。長い歳月をかけて、父から息子へと受け継がれる仕事。この仕事が大嫌いではあったけれど、ニックにもひとつわかっていることがある。彼は優秀なタイヤ溝掘り職人であり、これからもずっとそうでありつづけるだろう。ジータはまちがっている。タイヤの溝は、すでにじゅうぶん深くなっている。おれは芸術家なんだ、とニックはひとりごちた。溝の深さはおれが決めるべきだ。

ジータは大儀そうに首のラジオのスイッチをぱちんと入れた。安っぽくてやかましい音楽が、がっちりした巨体にちらばる七つか八つのスピーカー・システムから流れだした。

と、音楽がやんだ。一瞬の沈黙につづいて、アナウンサーの声が、職業的な淡々とした口調でしゃべりだした。

「PSSスポークスマンが、ロイド・バーンズ長官に代わってさきほど発表したところによりますと、民衆への敵対行為により長く投獄されていた刑事被告人エリック・コードンが、ブライトフォース刑務所からカリフォルニア州ロングビーチの短期収容施設へと移送されました。これがコードンの処刑を意味するものであるかとの質問に対し、PSSスポークスマンは、それについての決定はまだ下されていないと述べています。一方、PSS外部の消息筋は、これがコードン処刑の先触れであるとはっきり言明し、その根拠として、これまでロングビーチ拘置所に個別に移送された過去九百人のPSS囚人のうち八百人近くが、最終的に処刑されているという事実を指摘しています。このニュース速報は、信頼をモットーとするみなさまの──」

痙攣（けいれん）するような手つきで、アール・ジータはボディ・ラジオのスイッチを切った。手をすべらせ、握りしめたこぶしをぶるぶるふるわせながら、かたく目を閉じて、体を前後に揺すっている。

「畜生どもめ」食いしばった歯のあいだから、言葉がもれる。「彼を殺すつもりだ」

ジータは目を開いた。歪められた顔には、激しく深い苦痛の表情が浮かんでいる……やがて、しだいしだいに、ジータは自制心をとりもどしはじめた。苦悩の色がやわらいだように見えた。が、完全に消えてしまったわけではない。肥満した体をこわばらせたまま、彼はニックを見つめた。

「あんた、〈下級人〉なんだな」とニックはいった。

「おまえと知り合ってからもう十年になるな」

ジータはうなるような声でいった。赤いハンカチをとりだして、ゆっくりと額をふく。その手がふるえていた。

「なあ、アップルトン」

ジータは、なんとかいつもの声を、もっとしっかりした声を出そうと努力しているようだ。それでも、体の奥深く、目に見えないところでは、まだふるえがおさまっていない。ニックはそれを感じとった。まだふるえている。恐怖のあまり、隠し、埋めこんではいるけれど。

「おれもおしまいだ。コードンを処刑するというんなら、それだけでやめるわけがない。おれたちぜんぶを上から順番に消してゆき、最後はおれみたいな下っ端のところまでやってくる。そして、おれたちは例の収容所へ送られるんだ。あのくそいまいましい、腐り切ったおぞましい、月の収容所へ。ルナ・キャンプのことを知ってるか？　おれたちはあそこに送られるんだ。おれたち――おれの仲間は。おまえはちがう」

「収容所のことは知ってる」

「おれのことを密告するつもりか？」

「いいえ」

「どのみち、おれはつかまる」ジータは苦い口調でいった。

「もう何年も前から、やつらは名簿をつくってるんだ。長さが一マイルもある名簿だ、マイクロテープを使ってもな。あっちにはコンピュータがある。スパイがいる。知ってる人間、話をしたことのある人間、だれがスパイでもおかしくない。いいか、アップルトン――コードンの死は、おれたちが政治的平等のためだけに戦ってるわけじゃなくて、おれたちの命そのもののために戦ってることを意味している。わかるか、アップルトン？　おまえはおれのことがあんまり好きじゃないかもしれん――ウマが合わんのはおたがいによくわかっている――しかし、おれが殺されるのを見たいか？」

「おれになにができるんです？」とニック。「おれにPSSは止められない」

ジータは絶望に硬直した肥満体を起こした。

「おれたちといっしょに死ぬことができる」とジータはいった。

「わかったよ」とニックはいった。

「『わかった』だと？」ジータは、ニックの考えがわからないというように、じっと彼の目を見つめた。「どういう意味だ？」

「できることをするよ」

ニックは自分の言葉を他人ごとのように聞きながら、体から力が抜けてゆくのを感じた。もう、なにもかもなくなってしまった。ボビーのチャンスはまんまと反古にされ、タイヤ溝掘り職人の仕事は未来永劫、子々孫々へと受け継がれてゆくのだ。

待つべきだったのに、とニックは思った。なぜか、こんなことになってしまった。予想もしていなかった——わけがわからない。きっとボビーが落ちたせいだ。そのせいでここでこんなことをいってしまった。もうおしまいだ。

「おれのオフィスに行こう」とジータが乱暴な口調でいった。「ビールを一パイントあけようじゃないか」

「酒を持ってるのかい？」

ニックには想像もできないことだった。罰はおそろしくきびしい。

「エリック・コードンに乾杯するんだ」

ジータはそういって歩きだした。

6

「アルコールを飲むのははじめてだ」

　ニックはジータとさし向かいでテーブルについていた。すでに、ひどく妙な気分になりかけている。

「新聞にしじゅう書いてあるだろ、アルコールを飲むと頭がおかしくなり、人格が豹変し、脳障害をこうむるって。じっさい――」

「ただのおどかしさ」とジータ。「もっとも、最初はのんびりやらなくちゃいかんのはほんとうだ。ゆっくり飲むんだ。体にじっくりしみこませる」

「飲酒に対する罰はなんだったかな？」

　ニックはたずねた。もうろれつが怪しくなっている。

「一年の強制労働。執行猶予の可能性はゼロ」

「それだけの値打ちがあるかい？」周囲の部屋が、非現実的に見える。存在感や質感が失せている。「それに、習慣になるんじゃないか？　新聞によると、いちど酒を飲むくせがついたら、もう二度と――」

「いいから自分のビールを飲め」

ジータはグラスをあおり、見たところやすやすと飲み下した。

「なあ」とニックはいった。「おれがアルコールを飲んだりしたら、クレオがなんというかわかるだろ」

「女房なんてそんなもんさ」

「いや、それはちがうね。クレオはそんなもんだが、そうじゃないのもいる」

「いや、女房はみんなおんなじさ」

「どうして？」

「女房どもにとっては、亭主が唯一の財源だからさ」

ジータはげっぷをもらし、顔をしかめると、回転椅子の背にもたれた。ごつい手には、ビール瓶を握っている。

「女房どもにしてみりゃ――いや、こう考えたらどうだ。おまえは機械を持ってる。とても複雑でデリケートなマシンだ。ちゃんと機能してるときには、ざくざく金を吐き出してくれる。そこでだ、もしその機械が――」

「女房は自分の亭主のことをほんとにそんなふうに思ってるのかい？」

「そうとも」

　ジータはまたげっぷをもらし、ニックにビール瓶を手わたした。

「非人間的な考えだな」とニックはいった。

「もちろんそうだとも。おまえの汚いケツに誓ってもいい」

「クレオがおれのことを心配するのは、ちいさいころに父親をなくしたせいだと思う。クレオのやつ、世の中の男がみんな――」

　言葉をさがしたが、見つからない。いまでは頭の中がゴムみたいになって、へんてこな膜におおわれているような気がした。いまだかつてこんな経験をしたことは一度もなく、ニックはこわくなった。

「とにかくおちつけよ」とジータ。

「クレオはたぶん、無味乾燥なんだ」

「『無味乾燥』？　『無味乾燥』ってなんだ？」

「空虚なんだよ」ニックは身振りをして、「つまり、受け身ってことかな」

「女は受け身なもんだぜ」

「でもそのおかげで――」ニックは言葉につまり、困惑で顔に血が昇るのを感じた。「そのおかげで、人間的な成長がさまたげられる」

　ジータはニックのほうに身を乗り出した。

「おまえがだらだらしゃべってるのは、女房に反対されるのがこわいからだ。女房は〝受

け身〟だというが、それこそまさにおまえの求めてるもんじゃないか、この件に関しては
な。おまえは女房についてきてほしがってる。つまり、自分のやってることに賛成しても
らいたいわけだ。しかし、そもそもどうして女房なんぞに話す？　なぜ知らせる必要があ
る？」
「これまではなにもかも打ち明けてきた」
「どうして？」ジータが声を大きくする。
「夫婦っていうのはそういうもんなんだ」
「このビールをかたづけたら」とジータがいった。「いっしょに出かけよう。どこへ、と
はいわん——とある場所へだ。運がよければ、そこで、あるものを手に入れることができ
る」
「つまり、〈下級人〉のものを、かい？」
ニックは心臓を冷たい手でぎゅっとわしづかみにされたような気がした。危険な水域へ
と向かう船に無理やり乗せられたみたいな気分。
「その手のパンフレットなら、一冊、もう持ってる。友だちが——」文章を組み立てられ
なくなって、ニックは口をつぐんだ。「とにかく、危険をおかすつもりはないよ」
「もうたっぷりおかしてるじゃないか」
「でも、もうこれでじゅうぶんだ。ここでこうしてビールを飲んだり、いまみたいな話を

してるだけで」

「重要な〝話〟ってのは、たったひとつしかない。エリック・コードンの話だ。本物だぜ。街場(まちば)に流布してる作り話じゃなくて、コードンがほんとうにいったこと、まじりけなしの本物だ。おれは、自分の口からはおまえになにもいいたくない。コードンの言葉を聞かせたいんだ。彼の小冊子に書いてあることを。そいつが見つかる場所を知ってる」

　ジータは立ち上がった。

「おれがいってるのは、〝エリック・コードンの言葉〟のことじゃない。おれがいってるのは、エリック・コードンのほんとうの言葉だ。彼の警告、たとえ話、計画——自由な人間たちの世界の真のメンバー、つまり、ことばのもっとも正確な、真の意味での〈下級人〉にしか知られていないもののことだ」

「クレオが賛成してくれないようなことはしたくないんだ」とニック。「夫と妻はたがいに正直であるべきだ。おれがこんなことに関わりになったら——」

「女房が賛成してくれないんなら、賛成してくれる女房をさがすんだな」

「本気でいってるのか？」

　頭にかすみがかかったようで、ジータの言葉がまじめなのか冗談なのかよくわからない。本気なのだとしても、彼のいうことが正しいのかどうかわからない。

「つまり、これが別れる原因になりうるってことか」

「これまでにも、たくさんの夫婦を別れさせてきたよ。ともかく、おまえはいまの女房に満足してるのか？　さっきいったじゃないか、〝クレオは無味乾燥だ〟って。はっきりそういったぞ。それも、おまえがいったんだ、おれじゃなくて」

「アルコールのせいさ」

「もちろんアルコールさ。『酒の中に真実がある（イン・ウィーノ・ウェリタース）』というじゃないか（酔うと本音が出るの意）」ジータはにやっと笑って、茶色い歯をむきだしにした。「ラテン語の格言だ。意味は――」

「知ってるよ」

ニックは怒りを感じたが、自分がなんに対して怒っているかわからない。ジータに対して？　いや、そうじゃない、クレオだ。クレオがこの件にどんな反応を見せるかはわかってる。トラブルに進んで巻き込まれるなんてとんでもないわ。月の短期収容ドームに、おそろしい強制労働キャンプに送られてしまうことになる……。

「どっちがだいじなんだ？」と、ニックはジータにたずねた。「あんただって結婚してるじゃないか。奥さんに、子どもがふたり。あんたの責任は――」

また舌がまわらなくなってしまう。

「どっちが重要なんだい？　家族？　それとも政治活動？」

「いちばんだいじなのは人間さ」

ジータは顔を上げ、ビール瓶を口にもっていくと、最後の一口を飲みほした。からにな

った瓶をテーブルにどんとたたきつけて、

「よし、行こう」と宣言する。「聖書にあるだろ。『汝、真実を知れ。さらば真実が汝を自由にせん』」

「『自由』？」

やはり立ち上がりながら──そして、そうすることに困難を覚えながら──ニックはききかえした。

「そいつこそ、コードンの小冊子がおれたちにぜったい与えてくれないものじゃないか。スパイがおれたちの名前を調べ上げ、コードンの書いたものを買ったことをつきとめて、それから──」

「いつもいつも肩ごしにふりかえって、スパイに見られていないかびくびくする」ジータは辛辣にいった。「そんなことで生きていけるもんか。おれは何百人という連中が小冊子を売り買いするのを見てきた。中には一度で千ポップスが動く取引もあったし……」

ちょっと間をおいて、

「……ときには、スパイがもぐりこんできたこともあった。ディーラーに金をわたすところを徘徊車(プロール・カー)に目撃されることだってあるさ。そうなれば、おまえがいうとおり、月の監獄行きだ。しかし、危険を避けて通るわけにはいかん。人生そのものが危険なんだ。『こんな危険をおかす値打ちがあるのか？』と自問して、『ああ、あるとも、くそったれ、あるに決まってるじゃないか』と答えるのさ」

ジータはコートを着て、オフィスのドアをあけると、陽光の下に足を踏みだした。ニックはしばしためらったあげく――ジータがふりかえりもしないのを見て――のろのろとあとについていった。おもてにとめたジータのスキブの前で追いついた。

「そろそろ新しい女房をさがしはじめたほうがいいかもしれんな」

ジータはそういって、スキブのドアをあけると、巨体を運転席に押しこんだ。ニックもつづいて乗りこみ、バタンとドアをしめる。スキブが朝の空を切り裂いて飛びはじめると、ジータがにやりと笑った。

「そいつはあんたの知ったこっちゃないよ、まったく」とニックがいった。

ジータは答えず、運転に神経を集中させている。それから、ニックのほうに首をかしげて、「いまならひどい運転もできる。つつかれたってきれいなもんだからな。しかし、帰り道はブツを持ってるから、スピード違反や蛇行運転でPSSのおまわりにとめられちゃまずい。な？」

「ああ」

とニックは答えて、脱力感をともなう恐怖が腹の底からわきあがってくるのを感じた。もう逃げられない。この道は一直線だ。どこにも逃げ場はない。でもどうして？　ニックは自問した。やりとげるしかないのはわかってる。でも、なぜだろう？　スパイに破滅させられることなど恐れていないと証明するため？　女房のいいなりになってるわけじゃないと証明するため？　ありとあらゆるまちがった理由のためだ――ニックはそうひとりごちた。そして、最大の理由は、アルコールを飲んだせいだ。青酸をべつにして、人間が飲めるもっとも危険なしろもの。ああ、それがどうした。

「いい天気だ」とジータがいった。「青い空、隠れようにも雲ひとつない」

ジータは上機嫌でスキブを大空に上昇させた。なすすべもなく、座席にもたれてぐったりとただすわっているニックを乗せて、スキブはゆったりと飛びつづけた。

公衆映話で、ジータは電話をかけた。会話は符丁めいた二言三言で構成されていた。

「あるか？　いるんだな？　よし。ああ、わかった。どうも。じゃ」

ジータは通話を切って、

「こいつは気に入らないんだけどな。電話のこと。一日の通話は何百万本とあるんだから、とてもぜんぶは盗聴できないはずだと祈るしかない」

「でも、パーキンスン法がある」ニックは、高揚感の入り交じった恐怖をなんとか隠そうとしながら、「もしなにかあったら――」

ジータはスキブにもどって、

「まだなにかあったことはない」

「でもいつかは」

「いつかは」と、ジータが指摘する。「みんな死ぬさ」

ジータがスキブのエンジンをかけ、ふたりはまた空に舞い上がった。やがて、街の郊外に広がる居住区画の上空に出た。ジータは眼下を見下ろし、顔をしかめて、

「あの家どもときたら、みんなまるっきりそっくりでやがる」と、ひとりごとのようにいう。「空から見分けるのは、じっさいひと苦労だぜ。もっとも、いいこともある。やつは、一千万人からいる、ウィリス・グラムや〈異人〉や〈新人〉やその他もろもろの忠実な信奉者たちの中にまぎれこんでるわけだからな」

スキブがとつぜん急降下した。

「えいくそ。まいったね、あのビールのせいだ――じっさい、影響があったわけだ」ジータはニックのほうを向いてにやりと笑い、「おまえのほうは、剝製のフクロウみたいな顔になってるぞ。頭を三百六十度回転させられそうだぜ」

ジータは声をあげて笑った。

スキブは、とあるビルの屋上離着陸場に降りた。

ジータは大儀そうにスキブを降りた。ニックもそのあとにつづき、ふたりはエスカレーターに向かった。ジータは声をひそめて、

「警官に止められて職務質問されたら、おれたちはスキブの修理工で、客が忘れていった

キーを返しにきたと答えるんだぞ」

「それじゃあ話にならないよ」とニック。

「どうしてだ？」

「だって、おれたちがスキブのキーを持ってるなら、お客はここまでもどってこれなかったはずじゃないか」

「わかったよ。じゃあ、客に頼まれて、奥さん用につくった予備のキーを持ってきたということにしよう」

ジータは五十階でエスカレーターを降りた。ふたりはじゅうたん敷きの廊下を歩いていった。人影はない。ジータはだしぬけに立ち止まると、すばやく左右を見まわし、目の前のドアをノックした。

ドアが開いた。小柄で黒髪の少女が立っていた。美人だが、どこか風変わりで、タフな感じがする。ししっ鼻、男心をそそる唇、エレガントな頬骨。女だけが持つ魔術的なオーラを発散している。ニックはそのオーラに直撃された。この娘のほほえみは、周囲を明るくする、とニックは思った。その笑みが顔全体を輝かせ、生命の光を与えている。

ジータは彼女を見ても、とりたてて喜んだようすはなく、

「デニーはどこだ？」と、低いがはっきりした声でたずねた。

「はいって」少女はドアをおさえて、場所をあけた。「すぐ来るわ」

不安そうな面持ちでジータは中にはいり、ついてこいとニックに手招きした。ニックを少女に紹介しようとはせず、リビングルームを通って簡易寝室をのぞき、それから小動物じみたこそこそした態度で、リビングルームの一角のキッチン・コーナーへと向かう。

「ここはクリーンなんだろうな？」と、少女に向かってジータがだしぬけにたずねた。

「ええ」少女は目を上げて、ニックの顔を見た。距離はほんの三十センチ。「あなた、はじめての人ね」

「クリーンじゃないぞ」

とジータがいった。ダスト・チューブに片手をつっこんでいる。やにわに、チューブの内側にテープでとめてあったパッケージをとりだして、

「おまえらガキどもときたら、ほんとにどうしようもないな」

「そんなのがあるなんて知らなかった」少女は鋭くかたい声でいった。「どのみち、そこにあるんなら、たとえ密偵（トラック）が踏みこんできたって、ひと突きするだけでチューブに落とせるから、証拠は残らないわ」

「やつらはチューブをふさぐんだ」とジータがいった。「焼却炉行きになる前に、二階かそのあたりで止めちまう」

「あたしはチャーリーよ」少女がニックに向かっていった。

「女の子なのにチャーリー？」とニック。

「シャーロットのあだ名」チャーリーは片手をさしだし、ふたりは握手した。「あなたのこと、知ってるような気がする。ジータのところの、タイヤ溝掘り職人でしょ」

「ああ」

「で、本物の小冊子がほしいわけ？　金を払うのはあなた、それともジータ？　デニーはもうツケでは売らないのよ。現金(ポップス)だけ」

「おれが払うよ」とジータ。「とにかく、きょうの分は」

「それがここのやりかたなの」とチャーリー。「一冊目の小冊子はただ。二冊目は五ポップス。三冊目は十ポップス。四冊目は――」

アパートメントのドアが開いた。三人ともその場で凍りつき、息を止めた。

ハンサムな少年が立っていた。がっちりした体つき、おしゃれな服装、くしゃくしゃのブロンド・ヘアに大きな瞳。思いつめたようなきつい表情のおかげで、ととのった顔立ちに似合わず、醜く残酷な一途さを感じさせる。

少年はジータを一瞥し、それからニックに目を向けた。そのまま無言の数秒がすぎ、やがて少年はうしろ手にドアをしめ、差し込み錠を下ろすと、窓辺に歩み寄った。親指の爪を噛みながら外のようすをうかがう。その全身から、不吉なムードが放射されている。なにかおそろしいこと、すべてを破壊するようななにかが、いまにも起こりそうな……いやむしろ、こいつが自分からなにかをやりそうだ、とニックは思った。いまにもおれたち三人をぶちのめしかねない感じ。少年は力のオーラを発散している。が、それは病的な力だ。大きすぎる瞳やもつれた髪と同様に、その力もまた、熟しすぎている。街のドブから生まれたディオニソス。つまり、この男がディーラーというわけか、とニックはひとりごちた。この男から、本物の小冊子とやらを買うんだな。

「あんたのスキブが屋上にあるのを見たよ」

少年は、邪悪な行為を発見したと宣告するような口調で、ジータに向かっていった。

「こいつは？」

と、ニックのほうにあごをしゃくる。

「客だ――おれの知り合いで――買いにきた」とジータ。

「なるほどね」

デニーという名の少年は、ニックのそばに歩み寄り、間近から検分した。ニックの服装を、顔を、ながめまわす。おれを値踏みしてやがる、とニックは思った。こいつの心の中で、なにか不気味な闘争がおこなわれているみたいだ。だが、それがどういうものなのか、おれには見当もつかない。

だしぬけに、デニーのせりだした大きな目がきょときょとと動いた。簡易寝台のほうを見やって、その上の包装した小冊子に目をとめる。

「おれがダスト・チューブから掘りだした」とジータ。

「ちびのあばずれめ」デニーが少女をどなりつける。「ここはきれいにしておけといっただろうが。忘れたのか？」

デニーはチャーリーをにらみつけている。少女は目を上げ、不安そうに半分唇をひらいて、デニーの目を見返した。少女の目には警戒の色が宿り、まばたきひとつしない。デニーはさっと視線をそらし、小冊子をとると、包装をはがして中身を調べた。

「フレッドから買ったんだな。いくら払った？　十ポップスか？　十二か？」

「十二よ」とチャーリー。「あんた、パラノイアじゃないの。この中に密偵(トラック)がいると思ってるみたいな目つきはやめてよ。いつもだれかが密偵(トラック)じゃないかと疑ってるんだから。自分が個人的に――」

「あんた、名前は？」とデニーがニックに向かってたずねた。

「いわないほうがいいわよ」とチャーリー。

デニーがさっと少女のほうを向き、片手をふりあげた。チャーリーはおだやかに相手を見返した。その表情はかたく、動じるようすもない。

「なぐりなさいよ。そうしたら蹴り返してやる。一生、傷跡が痛むことになるわよ」

「この男はおれの雇い人なんだ」と、ジータが口をはさんだ。

「ほう、そうかい」デニーがこばかにしたような口調でいった。「で、子どものころからの知り合いだっていうんだろ。どうせなら、弟だとでもいやあいいのに」

「うそじゃない」とジータ。

「仕事は？」デニーがニックにたずねた。

「タイヤの溝を掘ってる」

デニーがにっこりした。やっかいごとが消えてなくなったというみたいに、態度ががらりと変わる。

「へえ、そりゃどうも」と声をあげて笑い、「まったくなんて仕事だ。そういう職業もあるんだな。父親譲りの仕事ってわけ？」

「ああ」

とニックは答え、憎しみを感じた。その憎しみを態度に出さずにいるのがせいいっぱいだ。ニックとしては、その気持ちを隠しておきたかった。デニーのことがこわい——たぶん、この部屋にいるふたりも彼をおそれているからだろう。ジータとチャーリーの感情が、ニックにも伝染している。

デニーが片手をさしだして、

「よし、タイヤ溝掘り人さんよ、小冊子はニッケルのがいいかい、それともダイムかい？どっちもあるぜ」レザー・ジャケットの内ポケットに手を入れて、一束の小冊子をとりだした。「上物だ。ぜんぶモノホン。印刷をやってるやつが知り合いでね、工場でコードンの生原稿を見たぜ」

「金を払うのはおれなんだから」とジータがいった。「ニッケルの小冊子にしてもらおう」

「『正しき人間のモラル』がおすすめよ」とチャーリーがいった。

「ほう、そうかい」

デニーがこばかにしたようにいって、チャーリーに目を向けた。チャーリーは、さっきと同様、たじろぐようすもなくその視線をまっすぐ見返した。チャーリーはデニーとおなじくらい意志が強い。彼女なら、デニーと互角にわたりあえるだろう、とニックは思った。でも、いったいなんのために？　そんな値打ちがあるんだろうか、こんな暴力的な男のそばにいるなんて？　そう、この男にはたしかに暴力を感じる、それに短気だ。いつなんどき、どんなことをやりだすとも知れない。アンフェタミン依存型の性格だ。たぶん、アンフェタミンの一種をたっぷりやってるんだろう、飲んでるのか注射してるのかは知らないが。それとも、こういう仕事をしていると、こんな人間になるしかないのかもしれない。

「そいつをもらおう」ニックはいった。「彼女がすすめてくれたやつを」

「あんた、だまされてるんだよ。みんなこの女にだまされるんだ、ともかく、男はみんなそうだ」とデニー。「この女はばかだ。ばかでちびの淫売なのさ」

「なにさ、オカマ野郎」とチャーリーがいった。

「ふん、レズ女のくせに」とデニー。

ジータは五ポップス札をとりだしてデニーに手わたした。はやく取引を終えて、ここからおさらばしたがっているようだ。

「気に障ったかい？」唐突に、デニーがニックに向かってたずねた。

「いいや」ニックは用心深く答えた。

「気に障る人もいるからね」とデニー。

「気に障るにきまってるでしょ」

チャーリーは手をのばし、デニーが抱えている小冊子から一束とると、そこから一冊選んで、ニックのほうにさしだし、同時に、輝くような笑みを見せてくれた。

十六歳ってとこだな、とニックは思った。それより上ってことはない。生と死、憎しみと戦いのゲームに興じる子どもたち。しかし——なにかトラブルが生じれば、ふたりで力を合わせるんだろう。デニーとチャーリーのあいだの表面的な敵意は、もっと深いレベルでたがいに惹かれ合っていることを隠している。どういうわけか、ふたりひと組でうまくやっている。共生関係ってやつか。愉快な推測ではないけれど、それが真実だ。ドブ育ちのディオニソスと、小柄でかわいい、タフな少女。彼女は、デニーをうまくあしらうことができる——もしくは、そのつもりでいる。憎んでいるだろうが、それでも離れられない相手。たぶん、チャーリーからすれば、デニーは魅力的な肉体を持つ本物の男と見えるからだろう。デニーのほうが自分よりもタフで、チャーリーはそこを高く買っている。チャーリー自身とてもタフだから、それの持つ意味がわかるのだ。

しかしまた、なんという相手と組んだことか。熱帯のねばつく果実さながら、デニーはとろけきっている。顔はやわらかく溶けて、燃える目の光だけが、かろうじて顔の造作をひとつにまとめている。

コードン文書の流通や売買は、理想主義的で気高い仕事だと、ニックは思いこんでいた。が、このふたりを見るかぎり、どうやらそうではないらしい。コードンの著作は非合法だ。だから当然、非合法なことに手を染める人間たちをひきつける。そして、このふたりがその典型的な例というわけだ。自分たちが売っているものなど、彼らの知ったことではない。ただ、売り物が非合法であり、客が高い金を、たいへんな金額を払ってくれることだけが重要なのだ。

「ここがもうクリーンになったっていうのはたしかなんだろうな?」デニーが少女に念を押した。「おれはここに住んでる。一日十時間、ここで過ごすんだ。もしここでなにか見つかろうもんなら――」

デニーはあたりをうろつき、いちいちたしかめている。野生動物みたいに疑り深い。憎しみに満ちた、病的なまでの猜疑心。

デニーがだしぬけにフロア・ランプを持ち上げた。ざっと調べたあと、ポケットからコインをとりだす。ランプを上下さかさまにして、底蓋のネジをコインでゆるめた。蓋をはずすと、シャフトの空洞から、三冊のまるめた小冊子が出てきた。

デニーはチャーリーのほうに向きなおった。少女は身じろぎひとつせず、(すくなくともはた目には)おだやかな顔で立っている。なにか決意したみたいに、その唇がぎゅっと結ばれる。

右手をふりあげ、デニーが少女の眉間めがけてパンチを見舞ったが、的をはずした。チャーリーは頭をひっこめたものの、完全にはよけきれず、デニーのこぶしは耳の上の側頭部に当たった。つぎの瞬間、チャーリーはのびきったデニーの腕を目にも止まらぬはやさでつかみ、ぐいと引き寄せて嚙みついた。白い歯が、腕の肉に深く食いこむ。デニーは悲鳴をあげ、なんとかその歯からのがれようと、左手をばたばたふりまわした。

「助けてくれ!」

ニックとジータに向かって、デニーが叫んだ。どうしたものかと迷いながらも、ニックは少女のほうに歩み寄った。放してやりなさい、神経を嚙み切ったら、一生麻痺が残るかもしれないよ、と、もごもごしゃべっている自分の声が、他人の声のように聞こえる。しかし、ジータのほうはもっと直接的な行動に出た。チャーリーのあごをつかみ、油が黒くしみついたごつい指であごの関節をおさえつけて、無理やり口を開かせる。

デニーはさっと腕を引き離し、嚙まれたあとを調べた。一瞬、ぼうっとしているように見えたが、つぎの瞬間には、また凶暴な表情がもどってきた。こんどは、人を殺しかねない凶暴さだ。瞳がふくれあがり、文字どおり顔からとびだしそうだ。身をかがめてフロア・ランプをつかむと、それを高くふりあげた。

ジータがうしろからデニーをはがいじめにした。太い腕でがっちり少年をおさえつける一方で、荒い息の下からニックに向かっていった。

「その娘を連れ出せ。どこか、こいつの目のとどかない場所へ連れてくんだ。なにぼやぼやしてる？　この坊やはアル中だぞ。なにしでかすかわかったもんじゃない。さっさと行け！」

ぼうっとしたまま、ニックは少女の手をつかみ、急ぎ足でアパートメントを出た。

うしろから、ジータがあえぎ声で叫ぶ。

「おれのスキブを使え！」

「わかった」

ニックは少女の手を引いて――チャーリーはあらがいもせずおとなしくついてくる。小さくて、体が軽い――エレベーター・ホールまでたどりつき、ボタンを押した。

「屋上までなら、走って上がったほうがはやいわ」

と、チャーリーがいった。おちついているようだ。それどころか、こちらを見上げてほほえみさえした。輝くようなその笑みで、信じられないほど愛らしい顔になる。

「あいつがこわいのかい？」

エスカレーターに乗り、一度に二段ずつ駆け上がりながら、ニックはたずねた。まだ手を握ったままだが、チャーリーのほうもあいかわらず遅れずについてくる。しなやかな動きは、まるで妖精のようだ。駆ける速さは動物のよう、すべるようなその足どりには、超自然的な感じさえある。鹿みたいだ、とニックは走りながら思った。

エスカレーターのずっと下のほうに、デニーが姿をあらわした。

「もどってこい！」と、興奮にふるえる声で叫ぶ。「病院に行って、おまえに嚙まれた傷を診てもらわなきゃいけない。病院まで送ってくれ」

「いつもああいうのよ」デニーの哀れっぽい訴えにも眉ひとつ動かさず、チャーリーがおだやかにいった。「かまわないでいいから、彼の足があたしたちより速くないことを祈りましょう」

「しょっちゅうあんなことをされるのかい？」

屋上にたどりつくころには、ニックは息を切らせていた。ジータのスキブめがけて走りだす。

「どんな報いがあるかは、あの人だってわかってるのよ」とチャーリー。「見たでしょ、わたしのやったこと――嚙みついてやるの。デニーは嚙まれるのにがまんできないたちなのね。ねえ、大のおとなに思い切り嚙まれたことある？　どんなに痛いか考えたことある？　それに、あたしにはもうひとつ技があるの――両手を壁につっぱって、体をしっかり支えといて、それから蹴るの、両足で思いっきり。いつか見せたげる。とにかく、これだけは忘れないで。あたしがさわられたくないと思ってるときには、ぜったいさわらないこと。どんな男だって、そういうことをやったらただじゃすまないわよ」

ニックはチャーリーをスキブに押しこむと、運転席側にまわって、ステアリングの前にすべりこんだ。エンジンをかける。と、そのとき、エスカレーターの上にデニーがあらわれた。はあはあ肩で息をしている。その姿を見て、チャーリーはさもうれしそうに、少女のような笑い声をたてた。両手を口にあて、肩を揺らしながら、目をきらきらさせている。

「おやまあ。彼、ほんとに怒ってる。なのにどうすることもできないのよ。さあ、離陸して」

パワー・ノブを押して、ニックはスキブを離陸させた。このスキブは、外見こそおんぼろだが、ジータが自作した強化エンジンを搭載しているし、すべてのパーツに手を加えてある。デニーのスキブに追いつかれるはずがない。もちろん、デニーが自分のスキブを強化していればべつだが。

「デニーのスキブのこと、なにか知ってるかい?」ニックはたずねた。チャーリーは助手席で髪の毛をなでつけ、腰の位置をなおしている。「彼は――」

「デニーは自分の手を汚す仕事はまるでだめ。手にグリースがつくのが嫌いなのよ。でも、彼のスキブはB3エンジン搭載のシェリンバーグ8よ。だからとっても速い。ほかのスキブがいない夜中なんかだと、エンジン全開にして五十でぶっ飛ばすこともある」

「ならだいじょうぶ。この老いぼれ鉄クズは、七十から七十五くらいまで出せるそうだ。

ジータの言葉が信用できるとしてだけどね」

スキブはいま、朝のスキブの列を縫うようにして、高速で飛んでいた。

「振りきってみせるよ」とニックはいった。バックミラーに、まばゆい紫色のスキブが映っている。「あれかい？」

チャーリーが首をひねってふりかえった。

「ええ、あれ。全国でも、紫のシェリンバーグ8は、デニーの一台きりなの」

「交通量の多い、市街空域にはいろう」

ニックは、短距離用スキブでごったがえすレベルへと、スキブを降下させはじめた。たちまち、平凡なスキブが二台、すぐうしろにくっつき、目の前にはべつのスキブのテールが広がった。

「それから、ここで曲がる」

〈ヘイスティングズ・アヴェニュー〉と書いたバルーンが右手にあらわれると、ニックはそういってステアリングを切った。その先は予想どおり、駐車場所をさがすスキブののろのろ運転の列。ほとんどは買物にやってきた主婦たちが運転しているその列に、ニックのスキブもまんまとまぎれこんでしまう。

紫のシェリンバーグ8は影も形もない。どこかに見えないかと、ニックは四方八方に目をこらした。

「振り切ったのよ」チャーリーがたんたんとした口調でいった。「彼はスピードが頼りなの――ほら、交通量のすくない、制限速度なしのレベルがお好みなわけ。でも、こんな下じゃ――」

チャーリーは声をたてて笑い、その目が輝いた。ニックには喜びの輝きに見えた。

「こんな下じゃ、デニーはとてもしんぼうできない。こんなとこ、ぜったいドライブしない人よ」

「じゃあ、どうすると思う？」

「あきらめるわね。どうせ二日もすれば、怒りの発作もしずまるから。でも、これから約四十八時間は、人殺しもしかねない。ランプにあの小冊子を隠しとくなんて、ほんと、あたしもどうかしてたのよね。それでも、殴られるのは嫌い」

チャーリーは考えこむような顔で、耳の上の殴られたところをなでた。

「デニーは思いきり殴るくせに、反撃されるのはがまんできないの。あたしのほうから殴り返しても無駄だけど――体がちいさすぎるから――でも、嚙みつくの見たでしょ」

「ああ。今世紀オールタイム・ベストワンの嚙みつき攻撃だった」そのこと
については議論したくなかった。

「あなたって、ほんとにいい人ね」とチャーリーがいった。「まるで部外者なのに、こんなふうに助けてくれて。見ず知らずも同然の相手でしょ。名字も知らないのに」

「チャーリーで手を打つよ」ニックはいった。ぴったりの名前みたいだ。

「あなたの名前、まだ聞いてなかったわ」

「ニック・アップルトン」

チャーリーは両手の指のあいだから、はじけるような明るい笑い声をもらした。

「本に出てくる人物の名前みたい。『ニック・アップルトン』。私立探偵、ってとこかしら。でなきゃ、TV番組にでも出てきそう」

「有能な男の名前なんだ」

「たしかに有能よ」とチャーリーはうなずいて、「つまり、あたしたちを――あたしを――あそこから連れ出してくれたでしょ。ありがとう」

「これからの四十八時間、どこで過ごすつもりだい？」とニックはたずねた。「彼の頭が冷えるまで？」

「もうひとつアパートメントがあるの。あたしたち、そこも使ってるのよ。ブツを行き来させてるわけ。PSSの家捜令状が出たときのために。ほら、家宅捜索のこと。でも、あたしたち、ぜったい疑われない。デニーの家は大金持ちで、影響力が強いの。前に一度、密偵がかぎまわりだしたときは、デニーのパパの友だちで、PSSのトップにいる人が、こっそり連絡してくれた。トラブルが持ち上がったのはそのとき一回きり」

「そのアパートメントに行くのはよしたほうがいいんじゃないか」

「どうして？　あたしの持ち物はみんなあそこにあるのよ。行かないと」

「彼に見つからない場所をさがしたほうがいい。殺されるかもしれないぞ」

ニックは、アルコール中毒によって生じる人格変化についての記事を読んだことがあった。野獣のような凶暴性が結果としてあらわれることが多い。移り気な躁状態と、パラノイアックな猜疑心による怒りとが交互に現われる、精神病質にひとしい人格構造。

まあこれで、おれもアルコール中毒の実物を目にすることができたわけだ、とニックは慨嘆した。しかし、お世辞にも気に入ったとはいえない。当局がアルコールを非合法に——名実ともに非合法に——しているのも無理はない。アルコール中毒患者は、もし捕まれば、ほとんどの場合、余生のすべてを精神矯正労働キャンプで送ることになる。ただし、大物弁護士を雇う金があれば、その弁護士に金のかかるテストをお膳立てさせて、中毒期間が過ぎ去ったことを証明するチャンスがなくはない。だが、もちろん、アルコール中毒は過ぎ去ったりしない。アルコール依存症は永遠についてまわる。経口欲求を制御する間脳にプラット方式の外科手術をほどこしたとしても、完全に除去することはできない。

「殺されたら、殺し返してやる」とチャーリーがいった。「それに、基本的に彼のほうがあたしよりこわがりなのよ。デニーはこわいものがたくさんあるの。彼のすることのほとんどは、恐怖のせい――パニックのせい、といったほうがいいかしら。しじゅうヒステリックなパニック状態にあるのよ」

「もし酒を飲んでなかったら？」

「やっぱりおびえてるわね。だって、そのせいで飲むんだもの……でも、飲んでないときは、暴力はふるわない。ただ逃げだして、どこかに隠れたいと思うだけ。でも、それはできないわけ――まわりの人間はみんなタレコミ屋で、自分の正体を知ってると信じこんでるから。だから飲むの。そして、あんなふうになる」

「でも、アルコールを飲むと、他人の注意を引くことになる。それこそ、彼がいちばん避けたいことだろ。ちがうかい？」

「たぶんちがうわね。たぶん彼、捕まりたいのよ。小冊子やパンフレットやマイクロテープの商売をはじめるまで、デニーはこれっぽっちも自分で働いたことがなかった。いつも家族に養ってもらってたの。で、いまのデニーは、他人の信――なんていうんだっけ？」

「軽信（クレデュリティ）？」とニック。

「それ、なんでも信じたがるってこと？」

「ああ」かなり近い。

「つまり彼は、お客の軽信につけこんでるわけよ。迷信みたいにしてプロヴォーニを信じてる人がおおぜいいるの。ほらね、いつかプロヴォーニがもどってくるとか、そういうこと。コードンの本に書いてあるその手のたわごとよ」

ニックは信じられない思いできさかえした。

「つまり、きみたちはコードンの本のディーラーなのに、彼の書いたものを売ってるっていうのに——」

「べつに信じる必要はないわ。だれかに酒を一パイント売るからって、その人が自分でもアル中じゃなきゃなんないってことはないでしょ」

その論理にまちがいはないが、それでもニックはショックを受けた。

「金のためなんだな。たぶん、ああいう小冊子に書いてあることも読んでないんだ。倉庫で働いてる事務員みたいに」

「すこしは読んだわ」

チャーリーはこちらに顔を向けた。まだ耳の上をマッサージしながら、

「ああくそ、頭が痛い。あなたの家に、ダーボンかコデインないかしら？」

「いいや」

ニックはとつぜん、突き刺すような不安を感じた。この娘(こ)はきょうから二日間、おれといっしょに過ごすつもりでいる。

「いいかい」とニックはいった。「これからきみをモーテルに連れていく。でたらめに選んだモーテルだから、デニーに見つかることはない。二日分の料金をぼくが前払いしておくよ」

「だめ」とチャーリー。「例の中央座標監視電算・管制センターが、北アメリカ全土のモーテルとホテルすべてにチェックインした全員の名前を記録してる。二ポップス出して電話するだけで、デニーにもその記録が呼び出せるのよ」

「じゃあ、偽名を使えばいい」

「だめ」チャーリーは首をふった。

「どうして？」ニックの不安がさらにつのる。とつぜん、チャーリーが蠅とり紙みたいに

7

べったりくっついてきたような気がする。ひきはがそうにも離れない。

「ひとりになりたくないの」とチャーリーはいった。「もしどこかのモーテルにいるところを見つかったら、めちゃめちゃに殴られる。あなたには想像もつかないでしょうけど、うそじゃない。だれかといっしょにいるしかないのよ。だれか――」

「どのみちぼくには止められやしない」

ニックは心の底からいった。たとえあのジータが全力をふりしぼっても、デニー相手では二分もちこたえるのがせいぜいだろう。

「あなたとはけんかしないわよ。デニーは、だれかほかの人に見られたくないの。第三者に、あたしに対してやってることを目撃されるのがいやなのよ。でも――」

チャーリーはいったん口をつぐんだ。

「あなたを巻きこもうなんてまちがってるわね。フェアじゃないわ。たとえば、もしあなたの家でけんか騒ぎが起きて全員PSSに連行されたりしたら、さっき買った例の小冊子が発見されて……罰則は知ってるでしょ」

「捨てるよ。いますぐ」

ニックはスキブの窓をあけ、ポケットの中をさぐった。

「じゃあ、エリック・コードンは二番めってわけね」チャーリーが抑揚のない平板な声でいった。「いちばんは、あたしをデニーから守ること。おかしな話じゃない？　ほんとにへん！」

「重要度でいうんなら、個人の自由のほうが理論より――」

「まだ首までつかってるわけじゃないのね。まだコードンを読んでないから。読めば、気持ちが変わるわよ。どのみち、あたしのハンドバッグにも二冊はいってるんだから、その小冊子を捨てたっておなじことよ」

「それも捨てるんだ」

「いやよ」

なるほど、ブッは彼女にすくなからぬ影響を与えているわけだ、とニックは思った。チャーリーはパンフレットをあきらめるつもりもないし、モーテルでおれと別れるつもりもない。さあ、どうする？　スキブがごったがえすこのいまいましい市街空域を、燃料切れになるまでぐるぐるまわりつづけるのか？　が、いつかシェリンバーグ8にばったり出くわして、そこでなにもかもおしまいになる可能性はゼロじゃない。おれたちはたたきのめされ、ふたりとも殺されてしまうかもしれない。デニーがすでにアルコールの影響から抜け出していればべつだが。

「ぼくには女房がいる」ニックは単刀直入に切りだした。「子どももひとり。ぼくには家族を危険に――」

「もう巻きこんでるわよ。小冊子がほしいとジータに知らせたことで。ジータといっしょったのよ」

に、あたしたちのアパートメントのドアをノックしたその瞬間から、もう抜けられなくな

「その前からだ」

ニックはそういってうなずいた。ああ、たしかにそうだ。

なんて速さだろう。まばたきするあいだに、首までどっぷり関わりあいになってしまった。とはいえそれは、長い長い時間をかけて、じょじょに積み上げられてきた結果なのだ。

コードンがまもなく殺される——ありていにいえば、そういうことだ——というニュースが決断をくだす引き金になり、その瞬間、クレオとボビーも危険に巻きこまれた。

もっとも、PSSはダービー・シャイアを餌に、おれを無作為抽出調査したばかりだ。おれと——それにクレオは、そのテストにパスした。統計的確率からすれば、またすぐに調査の手がのびるとは考えにくい。

だが、そんな論理で自分をごまかすわけにはいかない。やつらはきっと、ジータを見張っているだろう。あのふたつのアパートメントのことも知っているはずだ。知るべきことはすべて知っている。あとはただ、いつ行動に移るかの問題でしかない。

もしこの推測があたっているとすれば、もうあとの祭りだ。毒を食らわば皿まで、とことんつきあったところでたいしたちがいはない。クレオとボビーのいる家に、チャーリーを二日間かくまってやろう。リビングルームのカウチがベッド代わりになる。これまでに

も、友だちを家に泊めたことがあるじゃないか。

　だが今回は、そういう過去の例とはまるきりちがっている。

「うちに泊まっていい」とニックはいった。「いま持ってる小冊子さえどうにかしてくれれば。べつに、捨ててしまうことはない——どこかよく知ってる場所に置いておくわけにはいかないのかい？」

　チャーリーはそれには答えず、小冊子の一冊を手にとると、ページをめくり、朗読しはじめた。

「『人間をはかる尺度は、その知性ではない。歪んだ社会体制のもとでどれだけ出世するかでもない。人間をはかる尺度とは、こうだ。他人の必要に対して、いかにすみやかに反応できるか？　みずからが持てるもののどれだけを相手に与えることができるか？　ほどこしは、見返りを求めてのものであってはならず、真実のほどこしでなければならない。すくなくとも——』」

「そうとも。ほどこしをすればなにかしら見返りがあるものさ」とニックはいった。「だれかになにかを与える。すると相手は、そのお返しになにかをほどこしてくれる。わかりきった話だよ」

「それは与えることじゃないわ。取引よ。いいこと、『神はいった——』」

「神は死んだよ。二〇一九年に死体が見つかった。アルファ星のそばの宇宙空間を漂流していた」

「見つかったのは、あたしたちより数千倍進化した有機生命体の死体。居住可能な世界をつくりだし、そこに生命体を住まわせることはできたみたいだけど、でも、だからといってそれが神だという証拠はないわ」

「ぼくは、神様だったと思うね」

「おたくに泊めてもらえるかしら、今晩と、もし必要なら——どうしても必要なら、だけど——あしたの晩も。いい？」

チャーリーはニックの顔を見上げた。まばゆい笑みは無邪気な光に満ちている。ミルクをねだる子猫みたいな顔。たいしたことじゃないでしょ、というような。

「デニーのことなら心配ないわ。あなたを殴ったりしないから。だれか殴るとしたら、相手はあたし。でも、あなたのアパートメントなんか見つけられっこない。でしょ？　あなたの名前も知らないし、それにあなたの——」

「ぼくがジータのところで働いてることを知ってる」

「ジータはデニーのことをこわがってない。ジータなら、反対にデニーをこてんぱんに——」

「矛盾してるぞ」

と、ニックはいった。すくなくとも、そんな気がした。まださっきのアルコールが抜け切っていないのかもしれない。いつになったら酔いが醒めるんだろう？　一時間？　二時間？　ともかく、スキブはちゃんと運転できているらしい。すくなくとも、ＰＳＳの警官に降りてこいと旗を振られたり、牽引ビームでつかまえられたりはしていない。

「奥さんになんといわれるか心配なんでしょ」とチャーリーがいった。「あたしを連れて帰ったら。いろいろと気を回されるわね」

「ああ、それはたしかだな」とニック。「それに、承諾年齢未満の女性との性交は、制定法上の強姦罪になる。きみは二十一歳未満だろ？」

「十六よ」

「ほらね。だから――」

「わかった」チャーリーは明るくいった。「着陸して。降りるから」

「金はあるのか？」

「ないわ」

「でも、なんとかなる？」

「ええ。いつだってなんとかできるもん」

チャーリーの口調に刺（とげ）はなかった。ニックの優柔不断を責める気はないらしい。たぶん、チャーリーとデニーのあいだには、いままでに何度もこういうことがあったんだろう、とニックは思った。そして、おれみたいな赤の他人が、そのけんかに巻き込まれてきた。善意でいっぱいの第三者たちが。

「あたしを連れて帰ったらどんなことになるか、教えてあげようか」とチャーリーがいった。「自分の家にコードン文書があるということだけで、あなたは破滅する。制定法上の強姦で破滅する。コードン文書については奥さんも同罪だから、逮捕されて、あなたと離婚する。わかってもらえる望みも許してもらえる望みもないわね。それでもあなたは、あっさりあたしを放り出すことができない、たとえあたしのことを知らなくても。あたしがどこにも行くあてのない女の子だから――」

「友だちがいるだろう。だれか頼りになる友だちがいるはずだ」

それとも、そういう知り合いも、みんなデニーのことをこわがってるんだろうか？　しばらく考えてから、ニックはいった。

「きみのいうとおりだ。あっさり放り出すわけにはいかない」

誘拐だな、とニックは心の中でつぶやいた。たしかに誘拐罪を適用することもできる、もしデニーがPSSに通報する気になれば。しかし――デニーにそんなことはできない、いや、したがらないだろう。通報すれば、コードン文書の売人として逮捕されかねない。そんな危険はおかさないはずだ。

「きみは変わった子だな」とニック。「天真爛漫そのものなのに、その一方で、ドブネズミみたいにタフだ」

非合法文書を売りさばく生活が、チャーリーをこんなふうにしたんだろうか？　それとも、その反対か。したたかでタフな人間に育ったおかげでこういう仕事につくことになったのかもしれない。ちらっと目をやると、チャーリーは服のしわを直していた。ずいぶんぜいたくな服を着ている。あのドレスは相当値が張りそうだ。たぶん、ぜいたく好きの性格なのだろう――やばい仕事は、その欲求を満たす金をかせぐ手段なのだ。チャーリーにはドレス。デニーにはシェリンバーグ8。それがなければ、ふたりはただのティーンエージャーだ。ジーンズに型崩れしたトレーナーで、毎日学校に通っていることだろう。

善に仕える悪、というわけか。いや、コードン文書はほんとうに善なのか？　ニックはそう自問した。これまで、本物のコードン文書を見たことは一度もなかった。いまは、どうやら本物らしきものを一冊持っているのだから、好き勝手に読んで、結論を出すことができる。で、もしそれが善だったら、チャーリーをうちに置いてやることにするっていうのか？　もし善でなければ、狼の群れの前に放り出す。デニーと、テレパシー能力を持つ〈異人〉たちが四六時中聞き耳をたてている徘徊車（プロール・カー）の前に。

「あたしは生命よ」とチャーリーがいった。

「なんだって？」面食らって聞き返す。

「あなたにとって、あたしは生命力の素だってこと。あなたいくつ、三十八？　四十？　なにを習ってきたの？　なにかやりとげたことある？　あたしを見て、ほら。あたしは活力だから、いっしょにいれば、多少は活力が移るわよ。いまのあなたは、そんなに老けこんだ感じがしないでしょ？　こうやってスキブのとなりにあたしを乗せてると」

「ぼくは三十八で、老けたなんて思ってない。それどころか、きみといっしょにいると、めっきり老けこんだ気がしてくるよ、若返るんじゃなくて。なんにも移ったりしてない」

「そうなるわ」

「経験でわかるんだな。年上の男との。これまでにもそういうことがあったのか」

チャーリーはハンドバッグをあけて、コンパクトと頬紅をとりだすと、目の下からはじめて、頬骨やあごの線をていねいになぞりはじめた。

「化粧が濃すぎるんじゃないか」とニック。

「いいわよ、立ちんぼと呼んで」

「なんだって？」

ニックはチャーリーの顔を見つめた。一瞬、朝の交通から注意がそれる。

「なんでもない」

チャーリーは頬紅のケースを閉じ、コンパクトといっしょにハンドバッグにしまった。

「アルコール欲しくない？　デニーとあたしは、アルコールの入手ルートをたくさんおさえてるの。あなたの分を調達することだってできるかも――なんていったっけ？――そうそう、スコッチとか」

「神のみぞ知る原料を使って、密造蒸溜所（フライ・バイ・ナイト）でつくったやつか」

チャーリーは、もうがまんしきれないとでもいうように笑いだした。右手で目をおおい、顔を伏せて。

「目に浮かぶわね、蒸溜所が夜空を飛んで逃げていくところが。ＰＳＳに見つからない場所へ高飛びするわけよ」

その情景が脳裏を離れないというみたいに、頭を抱えてまだ笑いつづけている。

「アルコールを飲むと失明する危険がある」

「メチルはね。木精（ウッド・アルコール）は危ないわ」

「メチル・アルコールじゃないってどうしてわかる？」

「世の中のことがなんだってわかるとでも思ってるの？　いつデニーに見つかって殺されるかもわからないし、ＰＳＳにつかまるかもしれない。でも、そんなことはありそうにない。ありそうなことで妥協するしかないのよ、ありうることじゃなくて。どんなことだってありうるんだから」

チャーリーはニックの顔を見上げてほほえんだ。

「でも、それは悪いことじゃないでしょ、ね？　いつだって希望を持つことはできるわけだから。彼はそういってる、コードンは――ええ、覚えてる。コードンは何度も何度もそうくりかえした。ほんとの話、コードンのメッセージにそうたいした内容があるわけじゃないけど、そのことだけはあたしも覚えてる。あなたとあたしは恋に落ちるかもしれない。あなたは奥さんと別れ、あたしはデニーと別れて、デニーはすぐさま正気を失うかもしれない――デニーは飲んだくれつづけて、あたしたちみんなを殺し、自殺するかもしれない」

チャーリーは声をあげて笑った。明るい瞳がきらきら光る。

「でも、すてきじゃない？　どんなにすてきなことかわからない？」

ニックにはわからなかった。

「そのうちわかるわ」とチャーリー。「さあ、と。これから十分くらい、あたしに話しかけないでね。あなたの奥さんになんというか、考えないといけないから」

「ぼくから話すよ」とニック。

「あなたじゃ、なにもかもめちゃくちゃになっちゃう。あたしにまかせて」

チャーリーはぎゅっと目を閉じ、考えにふける顔つきになった。ニックは車を自分のアパートメントのほうに向けて、運転をつづけた。

8

バーンズPSS長官の私設副官、フレッド・ハフは、上司のデスクにリストを置いた。

「失礼します。ご要望のあった、3XX24Jアパートメントの一日分の監視報告書です。標準声紋テープを使用して、立ち寄った人物の身元を確認しました。もっとも、やってきたのは――つまり、はじめてやってきたのは、ということですが――ひとりだけです。ニコラス・アップルトンという男です」

「聞き覚えのない名前だな」とバーンズ。

「ワイオミング大学からリースで借りているコンピュータにかけてみました。この、ニコラス・アップルトンなる人物について、すでにわかっているデータすべて――年齢、職業、経歴、未婚既婚の別、子どもの有無などなどです――を入力した結果、興味深い推論が導きだされました」

「その男は、これまでのところ、どんな法律も犯してはいないんだな」

「捕まったことがないという意味では、おっしゃるとおりです。それについても、コンピュータに照会しました。当該人物が、法律違反であることを知ったうえで重罪を犯す可能性について。結果は、おそらくノー。そんなことはしない可能性が高いとのことです」

「だが、3XX24Jを訪ねた時点で、すでに重罪を犯しているじゃないか」バーンズがせせら笑うようにいった。

「そう記録されています。コンピュータによる今後の予測は以下のとおりです。アップルトンの例や、この数時間のそれに似たいくつかの例から外挿した結果、コンピュータは、コードンの処刑が差し迫っているとのニュースによって、地下に潜っているコードン派の数がすでに四十パーセント増加していると推定しました」

「ばかな」とバーンズ長官。

「統計的事実から、コンピュータがそう判断したのです」

「連中が抗議運動に結集するというのか？　おおっぴらに？」

「いえ、公然とではありません。しかし、抗議運動についてはイエスです」

「コードンの死が発表されたらどんな反応が起きるか、コンピュータにたずねてみろ」

「それは、コンピュータでは予測できません。データが足りないのです。いや、予測することと自体は不可能ではありませんが、ありうべき分岐の数が多すぎて、なにも予測しないにひとしい結果になるでしょう。たとえば、十パーセントの確率で大衆蜂起、十五パーセントの確率でコードンの死を否認――」

「いちばん確率が高いのはなんだ？」

「コードンの死を信じ、かつ、プロヴォーニは死んでいないと考えることです。つまり、プロヴォーニは生きていて、いつかもどってくると信じるわけです。たとえコードンがいなくても。コードンの手になる数千の文書が——本物偽物をとわず——地球上のいたるところにつねに出回っているという事実を忘れてはいけません。コードンが死んでも、それが消えてなくなるわけではないのです。二十世紀の著名な革命家、チェ・ゲバラのことを思い出してください。彼の死後も、ゲバラの日記は残り——」

「キリストとおなじというわけか」

バーンズの胸を失望感がよぎった。じっと考えをめぐらして、

「キリストを殺したあとに、新約聖書が残った。チェ・ゲバラを殺したあとには、世界じゅうに支配力を及ぼす方法を指示した例の日記が残った。そして、コードンを殺したあとには——」

バーンズのデスクのブザーが鳴った。

「はい、議長」と、バーンズがインターカムに向かっていう。「ノイズ刑事も同道しています」

バーンズがうなずいてみせると、ノイズはバーンズのデスクの向かいの革張りの椅子から立ち上がった。

「さあ、行こう」

バーンズはノイズに手を振ったが、同時に抜きがたい反発を感じていた。

そもそも、女性警官という存在自体が気にくわない。制服を着たがる女性警官はなおさらだ。女性は制服を着るべきではないというのが、はるかむかしからのバーンズの持論だった。女性の情報提供者はべつに気にならない。彼らは女性性を犠牲にする必要などまったくないからだ。しかし、ノイズ婦警はセックスを欠いている——現実的生理学的事実として。シュナイダー手術を受けたノイズは、法的にも肉体的にももはや女性ではない。性器もなければ、胸もない。尻は男のそれとおなじく細くて、不可解で冷酷な顔をしている。

「まあ、考えてみろ」

バーンズは、並んで廊下を歩きながら、ノイズに向かっていった。両側には兵器警察の警備員がずらりと並んでいる。ウィリス・グラムの執務室の、どっしりしたオーク材の飾りドアの前まで来て、

「アルマ・グラムの尻尾をつかむのに成功したら、どんなにほっとすることか。残念だな」

バーンズがノイズの脇腹をひじでつついたとき、ドアが開き、ふたりはグラムの寝室兼オフィスに足を踏み入れた。グラムは、巨大なベッドの中で、タイムズのページの山に埋もれて横たわっていた。その顔に、狡猾な表情が浮かんでいる。

「委員会議長」とバーンズが口を開いた。「アリス・ノイズです。特命捜査官として、奥様の道徳的習慣に関する材料の収集を担当しています」

「前に会ったことがあるな」グラムがノイズに向かっていった。

「はい、委員会議長」とアリス・ノイズがうなずく。

グラムはおちついた口調でいった。

「女房をエリック・コードンに殺させたい。全世界に実況中継するTVカメラの前で」

バーンズはまじまじとグラムの顔を見つめた。グラムはおだやかにその目を見返した。ずるがしこい動物のような表情が、まだ浮かんでいる。

しばらくして、アリス・ノイズが口を開いた。

「もちろん、奥様を消すのはかんたんです。ヨーロッパかアジアへのショッピングの途中に、痛ましいスキブ事故が起きる、とか。奥様はしじゅうスキブでお出かけになりますからね。しかし、エリック・コードンに殺されるとなりますと——」

「そこがこの計画のかなめなんだ」とグラムはいった。

しばし間を置いて、アリス・ノイズがいった。

「失礼ですが、委員会議長、われわれがその計画を練り上げるのでしょうか、それとも、どのような方法をとるかについて、議長になにかお考えがおありなのでしょうか？　くわしくお話しいただければ、われわれの仕事は、実行レベルにいたるまでの全段階で楽になりますが？」

グラムがノイズをじろりとにらんで、

「つまり、わしがやりかたを知っているのかといいたいのか？」

「わたし自身も困惑しています」ここでバーンズ長官が口をはさんだ。「まず最初に、コードンがそのようなことをした場合、平均的な市民にどのような影響が出るかを想像しようとしているのですが……」

「その場合、〈旧人〉、〈新人〉、〈異人〉の三者のあいだの愛、人材交流、相互扶助、共感、協力といったものが、大言壮語のたわごとでしかなかったとさとるだろうよ。しかも、アルマを厄介払いできる。そこを忘れんでくれよ、長官。そこを忘れてもらっては困る」

「その点は忘れません」とバーンズ。「しかし、どうすればそんなことが可能なのか、まだわからないのですが」

「コードンの処刑に際しては」とグラム。「政府高官は全員、夫人同伴で出席する——つまり、わが女房も出るわけだ。コードンは十数人の武装した警察官に囲まれて引き出されてくる。TVカメラがその一部始終を見守っている。いいか、ここがかんじんなところだぞ。さて、そのときとつぜん、ありがちな千慮の一失というやつで、コードンが警官のひとりの小火器を奪いとり、わしに銃口を向ける。が、銃弾はそれ、妻の役目としてわしのとなりにすわっているアルマに命中する」

「なんとまあ」バーンズ長官が重い声でいった。とてつもない重さが肩にのしかかり、自分を押しつぶそうとしているような気がする。「コードンの脳をいじって、無理やりそうするよう仕向けろというんですか？　それとも、ただやつに頼んで、やつがもし――」

「そのときにはすでに、コードンは処刑されている。おそくとも、その前日までには」

「では、いったいどうやって――」

「コードンの脳に人工神経制御装置を埋め込み、彼を――むしろ、それを、というべきかな――われわれの望みどおりに操る。かんたんなことだよ、エイモス・イルドに処置させればいい」

「〈大耳〉をつくっている〈新人〉ですか？」とバーンズ。「この件に関して彼の助力をあおぐ、と？」

「むしろこういうぐあいだ。彼が協力しなければ、〈大耳〉開発に対する資金援助をすべてカットする。そして、だれかべつの〈新人〉をさがして、コードンの脳をすくいださせる――」アリス・ノイズがぶるっと身震いするのを見て、グラムは口をつぐみ、「失礼。コードンの脳を除去させる、といったほうがよさそうだな。いずれにしてもおなじことだ。どうだ、バーンズ？　みごとな計画だと思わんか？」

グラムは言葉を切った。沈黙が流れる。

「返事をしろ」

「たしかに」とバーンズは慎重に口を開いた。「〈下級人〉の政治運動をおとしめる助けにはなるでしょう。しかし、あまりにもリスクが大きすぎます。潜在的メリットをはるかに上回る危険があります。さしでがましいようですが、そういう観点から考えなおしたほうがいいのではないでしょうか」

「どんなリスクがある?」

「まず第一に、トップクラスの〈新人〉を巻き込むことになります。つまり、彼らに頼らなければならなくなるわけですが、これはぜったいに避けるべきです。それに、彼らが研究センターでつくっている研究用の合成脳は——あてになりません。とつぜんおかしくなって、まわりの人間をかたっぱしから撃ち殺すことにもなりかねない。あなただって撃たれるかもしれないんですよ。その代物が銃を持ってあらわれて、プログラムどおりに動きだすとき、現場に居合わせたくはないですね。百万マイル離れた場所で隠れてますよ」

「つまり、このプランは気に入らんというわけだな」とグラム。

「そう解釈していただいてけっこうです」バーンズは、内心、怒り狂っていた。グラムはもちろん、それを感じとっている。

「きみはどう思う、ノイズ?」グラムは婦警に向かってたずねた。

「これまで耳にした中でもいちばんすばらしい、最高のプランだと思います」

「ほらな？」グラムはバーンズに向かっていう。

バーンズは好奇心にかられたようにノイズの顔を見やって、

「いつそういう結論に達したんだ？　ついさっき、委員会議長が話していたときには――
――」

「たんに議長の言葉づかいの問題です。すくいとる、という表現が気になっただけで。でも、いまは計画の全体像が把握できましたから」

「わしが公務につき、この最上階のオフィスに来て以来、もうずいぶんになるが、この計画は、その長い年月を通じてわしが思いついた最上のアイデアだよ」

と、グラムは誇らしげにいった。

「おそらくそうでしょう」とバーンズが疲れた声でいった。「そのとおりなんでしょう」

たしかに、あんたにとってはそのとおりだろうさ、と心の中でつけくわえる。

バーンズの思考を感じとって、グラムは渋面をつくった。

「ちょっと心をよぎっただけの、あいまいな思考のきれっぱしですよ」とバーンズが弁解する。「すぐに消えてしまう疑念にすぎません」

グラムのテレパシー能力のことをうっかり忘れていた。もっとも、忘れていなかったとしても、いやおうなくおなじ考えが頭に浮かんでいただろうが。

「たしかに」バーンズのその考えも読みとって、グラムがいった。「辞めたいのか、バーンズ？　この一件から手を引きたいのか？」

「いいえ、閣下」バーンズがうやうやしくいった。

「よし」グラムはうなずいた。「できるかぎりはやくエイモス・イルドをおさえろ。これが国家機密だということをきちんと理解させたうえで、コードンの脳の人工的な複製をつくる作業をはじめさせるんだ。脳造影図でもなんでも、必要なものを用意しろ」

「脳造影図ですね」バーンズがうなずいた。「つまり、コードンの精神の——頭脳の、といってもいいですが——包括的かつ徹底的な調査を行なうわけですね」

「一般大衆の目にアルマがどんなふうに映っているかを忘れるな」とグラム。「われわれは彼女の正体を知っている。しかし大衆は、アルマがやさしく寛大な博愛主義者で、善行の人だと思っている。慈善運動や公共美化活動全般に寄付している女なんだ。空中浮遊庭園の資金を出したのもアルマだ。しかし、われわれにとっては——」

「ですから」とバーンズが口をはさみ、「コードンが罪もない愛すべき人間を殺害したと、一般大衆は考える。おそろしい犯罪ですな、〈下級人〉の目から見ても。邪悪で冷酷な行為におよんだのち、ただちにコードンが〝処刑〟されれば、だれもかれもが大喜びするでしょう。つまり、イルドの人工脳が〈異人〉のテレパスをまんまとごまかせるくらい優秀だったら、ということですが」

　バーンズの脳裏には、合成脳に操られたコードンが処刑場をはねまわり、百人単位の人間をみな殺しにする場面が浮かんでいた。

「いいや」またバーンズの思考を読みとって、グラムがいった。「コードンはただちに射殺する。騒動が起きる可能性はない。十六人の武装兵士、射撃の名手ぞろいの男たちが、瞬間的にコードンに向かって発砲する」

「瞬間的に、ね」バーンズが醒めた口調でいった。「つまり、数千の群衆の中のたったひとりをコードンが射殺した一瞬後に、ということでしょう。コードンの射撃の腕は、よほどすぐれていなければなりませんね」

「しかし、大衆は彼がわしを狙っていたのだと考える」とグラム。「そして、わしは最前列にすわっているんだ……アルマと並んで」

「どのみち、彼を〝瞬間的に〟射殺するわけにはいきませんよ」とバーンズが指摘した。「コードンが銃を撃つのに、一、二秒の間はあるでしょうからね。そして、その狙いがちょっとでもそれたら――あなたはアルマのすぐとなりにすわってるんですよ」

「ふむ」グラムは唇を嚙んだ。

「数インチの誤差で、アルマではなくあなたが標的になる。〈下級人〉およびコードンに関する問題とアルマの問題を、大向こう受けする派手な一発で解決しようというのは、なんというか、いささか……」バーンズは考えをめぐらした。「ギリシャ語にぴったりの言葉がありますね」

「演出(テルプシコレ)がすぎる、か」

「いいえ。傲岸不遜(ヒューブラス)です。多くを求めすぎる。やりすぎです」

「それでもわたしは、グラム委員会議長の案に賛成です」アリス・ノイズがぶっきらぼうに冷たくいい放った。「たしかに危険な賭けではあります。しかし、これで一挙に、じつに多くの問題を解決できるのです。委員会議長のように、支配する立場の人間ならば、このような決断がおできになるはずです。組織を円滑に機能させつづけるために、危険な計画を実行に移す決断が。この、たった一度の行動で――」

「警察長官を辞職します」と、バーンズがだしぬけにいった。

「なぜだ?」

グラムが驚いたようにききかえす。バーンズの心に、唐突なこの発言の前兆となるような思考はいっさいなかった――どこからともなく出現した決断だった。

「この計画がおそらくあなたの死を招くことになるからです」とバーンズ。「エイモス・イルドはきっと、コードンがアルマではなくあなたを撃つように脳をプログラムするでしょう」

「わたしに考えがあります」とアリス・ノイズが口をはさんだ。「コードンが広場の中央に引き出されてきたとき、アルマ・グラムは白い薔薇を手に、壇上の自分の席を降りてゆくのです。アルマは薔薇をコードンにさしだします。そしてその瞬間、コードンはぼんやりしていた警官の武器を奪いとり、アルマを撃つのです」

アリス・ノイズはかすかに笑みを浮かべた。いつもはどんよりした目が、きらきら輝いている。

「これは、彼らの評判を永遠に地に墜とす結果になるでしょう――そのような無分別で残虐なふるまいは。白い薔薇を捧げてくれている女を殺すのは、狂人にしかできないことです」

「どうして白なんだ？」とバーンズ。

「白って、なんのことですか？」とノイズ。

「薔薇だよ。白い薔薇といっただろう」

「白は無垢の象徴だからです」とノイズは答えた。

ウィリス・グラムはまだ唇を嚙み、渋面をつくったままで、

「いや、それはうまくない。コードンはわしを狙っていたように見せねばならん。彼にはわしを狙う動機がある。だが、アルマを殺すどんな動機があるというんだ？」

「彼女を殺すのは、彼女がいちばんあなたが愛している人間だからです」

バーンズが笑った。

「なにがおかしい？」とグラム。

「うまくいくかもしれませんね」とバーンズ。「そこがいちばんおかしいところですよ。

それと、『彼女を殺すのは、彼女がいちばんあなたが愛している人間だからです』ってやつ。こいつをきみの言葉として引用させてもらってもいいかな、ノイズ？　学校で教えるのにうってつけの例文だ。じつに文法的だからね」

「学者ばか」ノイズが吐き捨てるようにいった。

グラムは怒りに顔を赤くして、ぞんざいな口調で、

「彼女の文法のことなどどうでもいい。わしの文法もどうでもいい。だれの文法だろうと知るものか。わしにとって問題なのは、これがすぐれた計画であり、ノイズがそれに賛成し、そしてきみはたったいま辞職したということだ。したがって、今後この件に関しては、きみには一切の発言権がない……ともかく、きみの辞職願いをわしが受理した場合には、な。それについてはちょっと考えてみなくてはならん。追って連絡する。それまで待機していろ」

グラムの声はしだいに低くなり、やがては自閉的なつぶやきになった。懸案事項について、じっと思いをめぐらしているらしい。だしぬけに目を上げると、グラムはバーンズに向かって、

「きょうのきみはおかしいぞ。いつもなら、わしの提案にはなんでも賛成するのに。なにがあったんだ？」

「3XX24Jです」

「なんだ、それは?」

「われわれが監視している〈下級人〉アパートメントのサンプルです。そこに立ち寄る人間たちの特性を、ワイオミングのコンピュータに統計的に分析させています」

「そして、気に入らない情報がはいってきたというわけか」

「ごくささやかな情報ですがね」とバーンズ。「平均的一市民が、どうやらコードンが処刑されるというニュースを耳にしたらしく、とつぜん一線を踏み越えたんです。われわれが無作為抽出で忠誠度検査を行なったばかりの男ですよ、じつをいうと。コンピュータは、これを非常に重大視しています。これほど大きな忠誠度の振幅が、これほど短期間に起きるというのは……コードンの処刑を公表したのは、あるいはまちがいだったかもしれません――いまならまだとりかえしのつくまちがいです。〝陪審員〟たちがまた考えを変えればいいんですから」

バーンズは、皮肉っぽい口調で、しかし真顔のままつけくわえた。

「委員会議長、さきほどのご計画に、小さな修正を加えたほうがいいと思います。コードンだけでなく、彼が奪いとる武器も偽物にすりかえておくんです。コードンはねらいをつけ〝発砲〟します。その瞬間に、アルマのそばに隠れていた射手が、本物の銃弾でアルマを撃つんです。このやりかたなら、あなたが撃たれる確率は事実上ゼロになります」

「名案だ」とグラムがうなずく。

「こんな提案をまじめに受けとるんですか？」とバーンズ。

「すばらしい提案だよ。これできみの指摘した欠点は改善される。つまり――」

「公人としての立場と私人としての立場は切り離して考えなければなりません。あなたはなにもかもごっちゃにしている」

「きみにもうひとついっておくことがある」グラムはまだ怒りに紅潮した顔で、ぞんざいにいった。「あの弁護士のデンフェルドだ――コードンの手記や小冊子をやつのアパートメントに隠しておけ。やつが現行犯で逮捕されるところをこの目で見たい。それから、コードンといっしょにブライトフォース刑務所にぶちこむんだ。おたがいに話ができるように」

「デンフェルドは話すことができます」とアリス・ノイズがいった。「コードンはそれを書きとめることができる。ほかの受刑者たちは全員、それを読むことができます」

「わしはこれが、公私両面の問題を一挙に解決する、わしならではの天才的なプランだと思う。オッカムの剃刀（かみそり）の要求にも見合っている、きみたちにこの形容が理解できればだが。どういうことかわかるかね？」

バーンズもノイズも答えなかった。バーンズはさっきの退職願いをどうやって撤回しようかと考えていた。あとさきを考えず、衝動的に口にしてしまった。そして、そう考えてから、いつものように、ウィリス・グラムが聞き耳をたてていることに気づいた。

「心配するな」とグラムがいった。「辞職する必要はない。しかし、あのアイデアは気に入った。射撃の名手がわしとアルマのそばに隠れていて、コードンが偽物の銃を撃つのに合わせてアルマを射殺する。ふむ、じつにすばらしい。きみの協力には感謝する」

「どういたしまして」

バーンズは、反感と脳裏を駆けめぐるさまざまな考えをおさえつけて答えた。

「きみがなにを考えようと、わしは気にしない。気にするのは、きみがなにをするかだけだ。好きなだけ敵意を燃やすがいい。そんなことはどうでもいいのだ、きみがこの計画に百パーセント集中し、全力をかたむけてくれるかぎりは。いますぐかかってもらいたい……コードンがわれわれの計画を尻目に自殺したりしないともかぎらんからな。ところで、この計画には名前が必要だな。コード・ネームだ。どうする？」

「バラバ」とバーンズがいった。

「意味はわからんが、それでいい」とグラム。「よし。いまからこの計画をバラバ作戦と呼ぶことにする。文書でも口頭でも、つねにその名称を使用することとする」

「『バラバ』というのは」とノイズが口をはさんだ。「ふたりの人間のうち、まちがったほうが殺される、という状況を示す言葉です（バラバは、民衆の要求でキリストの代わりに放免された盗賊の名）」

「なるほど。ふむ、それでもやはり、うってつけの名前に思えるな」グラムはいらだたしげに唇を嚙んだ。「で、殺された無実の人間はなんという名前なんだ？」

「ナザレのイエスです」とバーンズ。

「アナロジーのつもりなのか？」とグラムが詰問口調になる。

「コードンが現代のキリストだと？」

「もう決まったことじゃありませんか」とバーンズ。「それに、もうひとついわせてもらえば、コードンの書いたものはすべて、力と衝動的な行動と暴力に反対しています。彼がだれかを殺そうとするなど、考えられませんね」

「そこがかんじんなところだ」グラムはしんぼう強くいった。「いちばんだいじなのはそこだよ。この行為によって、彼が書いたものはすべて価値をなくすことになる。コードンの偽善者としての正体が白日のもとにさらされるわけだ。コードンの文書や小冊子はひとつ残らず汚名をかぶる。わかったか？」

「反動がありますよ」とバーンズ。

「わしの解決策がほんとうに気に入らんようだな」グラムはバーンズに値踏みするような視線を向けた。

「わたしの考えでは」とバーンズ。「今度ばかりは――あなたはひどく無分別になっている」

「どういう意味だ？」とグラム。

「たわごとを吹き込まれているということです」

「だれからも吹き込まれてはいない。わしの考えだ」

バーンズ長官は、そこであきらめた。彼は深い物思いに身をゆだね、口をつぐんだ。

だれも気づいていないらしい。

「では、バラバ作戦ということにしよう」

グラムはほっとしたようにいい、満面にうれしそうな笑みを浮かべた。

9

合図にしているノックの音を確認して、クレオ・アップルトンはアパートメントのドアをあけた。真っ昼間に帰ってくるなんて。きっとなにかあったんだわ。

玄関に立っていたのは、夫と、小柄な少女だった。年は十八、九だろうか、金のかかった服装で、化粧が濃い。少女は白い歯を見せて、親しげに笑うと、

「あなたがクレオね」といった。「会えてうれしい、お話はニックから聞いてますから」

少女とニックはアパートメントにはいってきた。少女は周囲の家具や壁の色を見まわし、インテリアのプロみたいな目で室内装飾を値踏みしている。なにひとつ見落とさない視線だ。クレオはそのせいで神経質になり、いたたまれない気分になった。でも、これじゃあべこべだわ。この子、いったい何者なの？

「ええ」とクレオはいった。「わたしがミセス・アップルトンよ」

ニックはうしろ手にドアをしめた。

「彼女、ボーイフレンドから逃げてるんだ」と、ニックはクレオに向かって説明した。

「殴られそうになって、逃げだしてきた。おれがだれで、どこに住んでるかなんて、その男は知らないから、追ってはこられない。だから、彼女もここにいれば安全だと思って」

「コーヒーは？」とクレオがたずねた。

「コーヒーって？」と、ニックが聞き返す。

「コーヒーをかけてあるのよ」

クレオはそういいながら、横目で少女を観察した。化粧は濃いけど、相当の美人。それにずいぶん小柄ね。あれじゃサイズの合う服を見つけるのがたいへんでしょう……そういう苦労だったら、わたしもしてみたいけど。

「あたし、シャーロット」

と、少女がいった。リビングルームのカウチに腰をおろし、すねあて（グリーヴ）のバックルをはずしている。その顔にはあいかわらず、あけっぴろげな明るい笑みが浮かんでいた。クレオを見上げた目には、愛情といってもいいような色が宿っている。愛情ですって！ 出会ったばかりの相手だというのに。

「ひと晩、うちに泊まっていってもいいといったんだが」とニック。

「ええ、かまわないわ」とクレオ。「そのカウチがベッドになるから」

クレオはキッチン・エリアに行くと、三人分のコーヒーを注いだ。

「コーヒーにはなにを入れる？」と、少女に向かってたずねる。

「ねえ」とシャーロットがいって、しなやかな動きで立ち上がり、こちらにやってきた。

「あたしのことだったら、ほんとにおかまいなく。迷惑はかけたくないの、一日二日、デニーの知らない場所に隠れてたいだけ。それに、デニーは撒いちゃったわ、ラッシュの渋滞で振りきったの。だから、全然心配はないの、ここで——」と身振りをして、「大立ち回りになるなんてことは。約束する」

「コーヒーになにを入れるか、まだ聞いてないわね」

「ブラック」

クレオはシャーロットにカップをわたした。

「おいしい、このコーヒー」とシャーロット。

カップふたつを持ってリビングルームにもどってくると、クレオは片方をニックにわたして、プラスチック製の黒い椅子に腰をおろした。ニックと少女は、映画館の座席につくアベックみたいに、カウチに並んですわった。

「警察には連絡したの？」とクレオがたずねた。

「警察に？」と、シャーロットがけげんな顔で聞き返した。「いいえ、もちろんしてない。彼、いつもああなのよ。あたしとしては、しばらく身を隠して、待つだけ——どのぐらい待てばいいかはわかってるし、それからまたもどるわけ。警察に連絡して、逮捕させる？そんなことしたら、あいつ、刑務所で死んじゃう。自由な空気を吸ってないと生きていけない人なの。すごい速さで、広い大空をしじゅうぶっとばしてないと気が済まないたちなのね、お気にいりのスキブに乗って。紫セイウチ(パープル・シー・カウ)って呼んでるけど」

それから、シャーロットはおいしそうにコーヒーをすすった。

クレオは考えをめぐらした。頭の中で、いろんな感情がごっちゃになり、混沌としている。この子は赤の他人じゃないの。この子のことなんかなにも知らないし、ボーイフレンドの話がほんとかどうかもわからない。なにか裏があるとしたら？　警察に追われてるんだとしたら？　でもニックは彼女のことが気に入っているらしい。信用しているみたいだ。でも、もし彼女の話がほんとなんだとしたら、もちろんここに置いてあげるべきでしょうね……。

それから、クレオはあらためて思った。この子、ほんとにきれい。ニックが泊めてやりたがってるのは、そのせいかもしれない。ひょっとしてニックは彼女に――クレオは頭の中で適切な言葉をさがした――特別な関心を持っているのかもしれない。あんなに美人じゃなかったら、うちに泊めたがるかしら？　でも、それはニックらしくない。もっとも、自分のほんとうの気持ちに気づいてないこともありうる。あの子を助けてやりたいと思ってはいるけれど、どうしてそう思うのか、自分でちゃんとわかっていないのだ。

ま、多少の危険はおかしてもいい。クレオはそう心を決めた。「必要「あなたをこのうちにお迎えできてうれしいわ」と、クレオは声に出していった。

なだけいてくれていいのよ」

それを聞いて、シャーロットの顔がぱっと明るくなった。

「コートをあずかりましょう」

と、クレオがいい、少女がコートから腕を抜きかけると、ニックが紳士的に手を貸そうとした。

「いいえ、ひとりでだいじょうぶよ」とシャーロットがいった。

「この家で過ごすなら」と、クレオがシャーロットのコートをとり、「どこかにコートをかけておかなきゃね」

クレオは、アパートメントにひとつきりしかないクローゼットのドアをあけ、ハンガーに手をのばし……そのとき、ポケットのひとつに、乱暴にまるめてつっこんである一冊のパンフレットに気づいた。

「コードン文書」クレオはそれをポケットからとりだすと、声に出していった。「あなた、〈下級人〉ね」

シャーロットの顔から笑みが消えた。不安そうな表情は、頭の中であわてて言い訳をさがしていることを物語っている。

「つまり、ボーイフレンドがどうこうっていう話は」とクレオが夫に向かっていった。

「ぜんぶうそなのね。追われてる。だからあなた、ここにかくまってやろうとしたのね」

クレオはコートと小冊子をシャーロットのほうにさしだした。

「あなたをここに置くわけにはいかないわ」

「先に話しておくべきだったが」ニックが口をはさんだ。「しかし──」と手を振って、

「そういう反応をするだろうと思ってね。やっぱり思ったとおりだったよ」

「デニーのことはほんとなの」シャーロットがおだやかなおちついた口調でいった。「あたしはデニーから隠れてるのよ。警察に追われてるわけじゃない。それに、ニックの話だと、ここは無作為抽出検査を受けたばかりでしょ。このアパートメントは、当分だいじょうぶよ──そう、これから何カ月かは。ひょっとしたら何年も」

クレオは、コートをシャーロットのほうにさしだしたまま、じっと立っている。

「彼女が行くなら、おれもいっしょに行く」とニックがいった。

「そうしてもらいたいわね」とクレオ。

「本気でいってるのか?」

「ええ、本気よ」

シャーロットが立ち上がった。

「おふたりの仲を裂く気はありません。そんなのフェアじゃないもの──あたし、出てくわ」

シャーロットはニックのほうを向いて、

「とにかく、ありがとう」

クレオの手からコートを受けとり、そでを通すと、戸口に向かって歩きだす。

「気持ちはわかるわ、クレオ」

といって、ドアをあけた。明るい――しかしいまは凍りついたような――笑みを浮かべると、

「さようなら」

ニックの動きはすばやかった。さっと戸口に歩み寄ると、肩をつかんで出ていこうとするシャーロットをひきとめた。

「だめよ」シャーロットはそういうと、女性に似合わぬ力でニックの手をふりはらった。

「またね、ニック。ともかく、紫セイウチは撒けたわ。おもしろかったわね、あれ。あなた、凄腕のドライバーになれるわよ。デニーのスキブを振り切ろうとした男は大勢いるけど、ほんとに成功したのはあなただけだもの」

シャーロットはニックの腕を軽くたたくと、思いきりよく廊下に出た。

ボーイフレンドの話はきっとほんとうなんでしょうね、とクレオは思った。ほんとにぶん殴られそうになったんだわ。ここに置いてあげたほうがいいのかもしれない、あれのことがあるにしても……。

でも――と、クレオは思いなおした――ふたりは黙っていた。彼女も、ニックも。わざ

といわないのは、うそをつくのとおなじことだ。わたしの知るかぎり、ニックはこれまで、隠しごとをしたことなんか一度もなかった。ところがいま、ニックはあんな危険にふたりを巻きこもうとした。それも、わたしにはひとことの相談もなく――たまたまわたしが、コートのポケットにあの小冊子があるのを見つけただけ。

それに、ニックはほんとに彼女といっしょに出ていく気かもしれない、自分でいったとおりに。だとすれば、あの子とぬきさしならない関係になっているにちがいない。偶然出会ったばかりなんてことはありえない。どこのだれが、赤の他人にそこまで手を貸そうとするだろう……いくらその他人が、小柄で無力な美少女だといっても。でも、男なんてみんなそう。男の精神構造には、こういう状況に置かれてはじめて顔を出す弱点がある。理性的な考えや行動をどこかに置き忘れてしまう。とつぜん、〝騎士道精神〟の権化に変身してしまうのだ。どんな代償を払っても――そして、いまの場合には、妻や子どもにどんな犠牲を強いても。

「置いてあげる」

クレオは廊下に出ると、コートを着ようとしていたシャーロットにそう呼びかけた。ニックはただぼうっとつっ立っている――この状況についていけない、理解することもできない、というように。

「いいえ」とシャーロットはいった。「さようなら」

そして、まるで野鳥のように飛びだしていった。

「なんてやつだ」とニックがクレオに向かっていった。

「あなたもね」とクレオはいった。「あんな子を家に入れて、わたしたちの生活をめちゃめちゃにしようなんて。しかも、わたしにひとことも話さないなんて、ほんとになんてやつっ」

「チャンスがあれば話していた」

「追いかけるんじゃないの？」とクレオはたずねた。「そうするっていったでしょ」

ニックは憤怒に顔を歪め、妻をにらみつけた。収縮した瞳孔に暗い色が満ちている。

「おまえは彼女に、月の強制労働キャンプ四十年の刑を宣告したんだ。あの子は金も行くあてもなく街をほっつきまわり、いつか徘徊車にとめられて、尋問されることになる」

「あの子はばかじゃないわ。小冊子は処分するでしょ」

「それでも、つかまるさ。なにかの口実をつけられて」

「じゃあさっさと追いかけてって、面倒をみてあげればいいじゃないの。わたしたちのことなんか、ボビーとわたしのことなんか忘れて、あの子の無事をたしかめにいけばいいのよ。行きなさい。とっとと行きなさいったら！」

ニックはあごをひきしめた。ぶん殴る気ね、とクレオは思った。新しいガールフレンドから、もう学んだってわけね、暴力を。

だが、ニックはクレオを殴らなかった。かわりに、クレオに背を向けると、シャーロットを追って廊下を走っていった。

「ろくでなし!」

クレオは、このビルの住人のだれに聞かれようがおかまいなしに、夫の背中に向かって大声で叫んだ。それから、アパートメントにもどると、ドアをばたんとしめ、錠をおろした。そのうえに、差し込み錠をがちゃんとはめる。これで、鍵があってもドアはあけられない。

ふたりは商店の建ち並ぶ混雑した通りを、手に手をとって歩いていた。どちらも黙りこんだまま、歩道の人込みを縫って進んでゆく。

「あなたの家庭をめちゃめちゃにしちゃったわね」

しばらくして、チャーリーがいった。

「いや、きみのせいじゃない」

とニックはいった。これは本心だった。チャーリーを連れ帰ったために、それまでずっと隠れていたものが表面にあらわれたというだけのこと。おれたちはさまざまな恐怖がもつれあった暮らしを送ってきた。不安と哀れむべき恐怖に満ちた生活。ボビーがテストに落ちるんじゃないかという恐怖、警察に対する恐怖。そしていまの恐怖は――紫セイウチだ。おれたちのいまの心配の種といえば、あれが爆撃してきはしないかということだけ。そう考えると、思わず声をあげて笑ってしまった。

「なにがおかしいの？」

「デニーが急降下爆撃してくるところを想像したんだ。おおむかし、第二次大戦のころに使われてたシュトゥーカ（ドイツの急降下爆撃機）みたいにね。そしてみんな、蜘蛛の子を散らすように歩道を逃げまどう。北西ドイツでとうとう戦争がはじまったんだと思って」

ふたりは、それぞれもの思いにふけったまま、手をつないで歩いていた。それから、チャーリーが唐突に口を開いた。

「あたしについてくることないわ、ニック。ここで別れましょう。あなたはクレオのところにもどればいい――もどってあげたら喜ぶわよ。女ってそういうものなの。怒りの発作はすぐに消えてしまうの。とくに、自分に対する脅威が――つまり、この場合はあたしがってことだけど――なくなったあとには。ね？」

たぶん、そのとおりだろう。が、ニックは答えなかった。こんがらがった思考の網からの出口がまだ見つからない。きょう一日のできごとすべてを整理すると、いったいどういうことになるんだろう？　まず、ボスのアール・ジータが〈下級人〉だということを知った。それから、ジータといっしょにアルコールを飲んだ。ふたりでチャーリーの――あるいはデニーの――アパートメントに行った。そこでひと悶着あり、大男で力持ちのボスの手を借りて、見も知らぬ他人だったチャーリーを助けだし、くだんのアパートメントから逃げのびた。

そして、クレオとの一件。

「あのアパートメントがPSSにばれてないってのはたしかなのかい？」と、ニックはチャーリーにたずねた。いいかえると、このおれはまだ、容疑者としてマークされてないのかい？

「あたしたち、すごく慎重なのよ」

「そうかね？　きみがポケットにあの小冊子を入れっぱなしにしてたおかげで、クレオに見つかったじゃないか。あれが慎重なやりかたとは思えない」

「頭のタガがはずれてたのよ。紫セイウチを撒いてからずっと。ああいう冒険をやる女じゃないの、ふだんのあたしは」

「ほかにも持ってるんじゃないだろうな？　ハンドバッグの中とか？」

「いいえ」

ニックはチャーリーのハンドバッグをとって、中をあらためた。たしかにはいっていない。それから、並んで歩きながら、コートのポケットぜんぶをたしかめた。コートもシロ。しかし、コードン文書はマイクロフィルムのかたちでも出回っている。そういうものをいくつか身につけている可能性はある。そして、もし網にひっかかったら、PSSの追跡官が見つけだすことになる。

信用しないほうがいいだろうな、とニックは腹をくくった。クレオとのあいだであんなことがあったんだから。一度あったことが二度ないという保証はもちろんない——。

が、そのとき、べつの考えが頭に浮かんだ。追跡官たちは、おそらくあのアパートメントを見張り、なんらかの手段で監視しているだろう。はいっていく人間、出てくる人間を。おれははいっていき、そして出てきた。もし、ほんとうに監視されているのだとしたら、おれはブラック・リストに載ってしまった。

じゃあ、ボビーとクレオのもとにもどりたいと思っても、あとの祭りだ。

「ずいぶん暗い顔ね」

チャーリーが屈託のない声で明るくいった。

「くそっ」とニックはいった。「おれは一線を越えちまった」

「ええ。いまのあなたは〈下級人〉よ」

「だとしたら、だれだって暗い顔にもなるんじゃないか?」

「喜びでいっぱいになるはずだけどな」

「強制労働キャンプ送りなんかごめんだ、あんな——」

「でも、そういう羽目にはならないわよ、ニック。プロヴォーニがもどってくる。そうしたら、万事うまくいく」

ニックの手を握って、頭を振り首をそらせて、小鳥みたいにニックの顔をのぞいた。

「元気を出して、しゃんとなさい！　明るい顔して！　明るくなって！」

おれの家庭は崩壊した、この女のせいで。おれたちにはどこにも行き場がない——モーテルに泊まれば、やすやすと見つかってしまう。それに——。

ジータだ。ジータなら助けてくれる。それに、ジータには責任がある。そうとも、もとはといえばジータの責任だ。きょう起きたことすべては、ジータに端を発しているのだから。

「なに？」腕をつかんで歩道橋のほうへとひっぱっていくニックに、チャーリーはびっくりしたようにいった。「どこへ行くの？」

「〈新古スキブ大即売センター〉の駐車場」とニックはいった。

「あら、アール・ジータのところね。いまごろアパートメントにもどって、デニーと殴りあってるかも。いいえ、デニーはもういなくなってるはずね。ともかく、さっきスキブに乗ってたときには、あたしたち、屋上にいるデニーの姿を見てそう考えた。まあ、すてき。これでまたあなたのドライビング・テクニックを楽しめるわけか。ねえ、デニーはほんとに運転がうまいのに、あなたはそのデニー並み、いえデニー以上なのよ。この話、前にしたっけ？　うん、たしかしたわよね」

チャーリーは咳きこむような声をもらした。それからとつぜん、不安そうな顔になった。

ずねた。

「どうしたんだ?」

スキブを駐めてある五十階の駐車場をめざして昇りランプに向かいながら、ニックはた

「あのね、デニーがあそこを見張ってるんじゃないかって気がするの」とチャーリーは答えた。「近所をこそこそうろつきながら、見張ってるんじゃないかって。じっと見張ってやがんの」

ぞんざいな口調で、吐き捨てるようにそういったので、ニックはびっくりした。彼女にこんな面があるとは知らなかった。

「だめ。あたし、行かない。ひとりで行って。途中で下ろしてくれればいい。それとも、いますぐ下りランプに乗って、そして――」

チャーリーはてのひらをこちらに向けて片手を振ってみせた。

「あなたの人生から永遠に姿を消す」

チャーリーはまた笑い声をあげた。これは、ニックにもおなじみの彼女だ。

「でも、あたしたちはずっと友だちでいられる。葉書でやりとりできるわ」にっこり笑って、「二度と会うことはなくても、いつだっておたがいの消息を知ってるの。ふたりの魂は交差した。そして、いちど魂が交差したら、どちらかが死ぬまで、その絆が切れることはない」

チャーリーは抑えきれない笑いに肩をふるわせている。ヒステリーの一歩手前。両手で顔をおおい、その指のあいだからなおも笑い声をもらしている。

「それがコードンの教え。まったく、おかしいったらないわ。ほんと、どうしようもなく笑えるよね」

ニックはチャーリーの両手をつかみ、顔からどかした。チャーリーの目はきらきら輝いている。その星のような目がじっと彼の目を見つめ、言葉ではなく彼の目に映るものの中に答えをさがしているみたいに、瞳の奥深くを探っている。

「あたしがバカだと思ってるのね」とチャーリーはいった。

「疑いの余地なしだ」

「あなたとあたしはいま悲惨な泥沼の中にいて、コードンは処刑されようとしてる。あたしにできることといったら、笑うことだけ」

チャーリーの笑いは静まっていたが、そのために努力しているのが目に見えてわかる。笑いを抑えこんだ口が、ぶるぶるふるえている。

「アルコールが手にはいる場所を知ってるわ。そこに行きましょ。ふたりで、思いっきり舞い上がるの」

「いや。ぼくはもうじゅうぶん舞い上がってるよ」

「だからあんなことをしたのよ、クレオをほっぽりだして、あたしといっしょに来るなんて。ジータに飲まされたアルコールのせい」

「そうなのか?」

たぶん、そうなのだろう。アルコールが人格変化を引き起こすことはよく知られている。たしかに、きょうのおれはいつものおれじゃない。だが、いつもの状況でないのもたしかだ。きょうの出来事に対する〝いつもの〟おれの反応というのは、どんなものなんだろう?

状況を自分でコントロールしなければならない。この少女を、おれの支配下におく——さもなければ、ここで別れる。

「ボス面されるのは願い下げよ」とチャーリーがいった。「いわなくてもわかる、ボス面して、ああしろこうしろと指図するつもりなんでしょ。デニーみたいに。親父みたいに。いつか、親父があたしにしたことを話してあげなきゃね……そうしたら、あなたにもわかるかもしれない。親父に無理やりやらされたひどいことをいくつか話してあげる。セックスに関すること」

「そうだったのか」

ニックはつぶやいた。これで、チャーリーのレズビアン指向の説明がつく——デニーのいったことが正しいとしての話だが。

「あなたをコードン文書印刷センターに連れてこうかと思うんだけど」

「場所を知ってるのか？」信じられないという口調で、ニックはいった。「それなら、追跡官が万難を排しても――」

「わかってる。大喜びで捕まえにくるでしょうね。その話はデニーから聞いたわ。彼、あなたが思ってるより大物のディーラーなのよ」

「きみがそこへ行くのは、彼も承知なのかい？」

「あたしが場所を知ってること、デニーは知らないのよ。一度、彼をつけていったことがあるの――ほかの子と寝てるんじゃないかと思って。でも、そうじゃなくて、行き先は印刷センターだった。こっそりそこを離れて、アパートメントから一歩も出なかったふりをした。夜遅かったから、寝てるふりをしたの」

チャーリーはニックの手をとって、ぎゅっと握りしめた。

「そこ、とくにおもしろい工場なのよ、コードン文書を子ども向けに改訂したのを印刷してるんだから。たとえば、『そのとおり！　馬です！　そして、自由だった時代の人間は、馬に乗っていたのです！』とかね」

「声が大きい」と、ニックはいった。昇りランプにはほかにも人がいたし、ヴィブラートのかかったチャーリーの高い声は、熱狂のあまり大きくなって、遠くまで運ばれてゆく。

「わかった」チャーリーはおとなしくいった。

「コードン文書の印刷工場は、組織の頂点にあるんじゃないのか？」

「組織なんてない、同胞の個人的なつながりだけ。いいえ、印刷工場は頂点じゃない。頂点にあるのは、受信ステーションよ」

「受信ステーション？　なにを受信するんだ？」

「コードンからのメッセージ」

「ブライトフォース刑務所から？」

「コードンは体の中に送信機を埋め込んでるの。X線で調べられたけど、まだ見つかってない。ふたつは見つかっちゃったけど、まだひとつ残ってるわけ。その送信機を通じて、毎日、瞑想の結果や思考の進展やアイデアが送られてくる。そしてそれを、印刷工場がせいいっぱいのスピードで印刷する。完成したコードン文書は工場から各流通センターへと送られて、そこで売人たちが受けとり、持って出て、みんなに売りさばくという仕組み。わかるでしょうけど、売人たちの死亡率はとても高いのよ」

　チャーリーは最後にそうつけくわえた。

「印刷工場はぜんぶでいくつあるんだい？」

「さあね。そう多くはないわ」

「当局は——」

「腐れ外道（ピサー）ども——あら、ごめんなさい、PSSは——何カ月かごとに工場の場所を特定する。でも、すぐまたべつの場所に新しく工場をつくるから、だいたいの数は変わらない」

チャーリーは口をつぐみ、考えこむような顔になった。

「あなたのスキブで行くより、タクシーを拾ったほうがいい。それでかまわない?」

「特別な理由があるのかい?」

「それほどでもないけど。あなたの免許番号がチェックされてるかもしれない。あたしたち、印刷工場に行くときは、なるべくレンタカーを使うようにしてるのよ。いちばんいいのはタクシー」

「遠いのか?」

「何マイルも離れた郊外にあるのかってこと? いいえ、工場は街のどまんなか、オフィス街にある。さあ」

チャーリーはひらりと身をひるがえして下りランプにとびうつり、ニックもそのあとにつづいた。数十秒後、ふたりはまた、通りに立っていた。チャーリーはすぐさま車の流れに目をこらして、タクシーをさがしはじめた。

10

一台のタクシーが、流れを抜けてゆっくり降下してくると、ふたりのわきの縁石のところで停車した。ドアがするっと開いて、ふたりは車に乗った。

「フェラー旅行用品百貨店」と、チャーリーが運転手に告げる。「十六番街の」

「あいよ」

運転手は答えて、車を離陸させると、ふたたび——ただしさっきとは反対向きの——流れに乗った。

「でも、フェラー旅行用品店は——」

と、ニックは口を開きかけたが、チャーリーに脇腹をつつかれて口をつぐんだ。事情を察して、ニックはそれ以上のせんさくをやめた。

十分後、ふたりはタクシーを降りた。ニックが料金を支払い、タクシーはブリキのおもちゃみたいに空へと浮かび上がっていった。

「フェラー旅行用品店は」と、チャーリーが豪奢なビルを見上げながらいった。「この街でいちばん古くていちばん権威のある小売店よ。町はずれのガソリンスタンド裏の倉庫かなにかを想像してたんでしょ。ネズミがうようよしてるような場所を」

チャーリーはニックの手をとって、自動ドアを抜け、世界的に有名な店のじゅうたんに足を踏みだした。

スマートな服装の店員が近寄ってきた。

「いらっしゃいませ」と、愛想よくいう。

「鞄をひとそろい、こちらであずかってもらってるんだけど」とチャーリーがいった。

「合成オストリッチ革が四つ。名前はバロウズ。ジュリー・バロウズよ」

「こちらにおいでいただけますか？」

店員はそういってきびすを返すと、威厳たっぷりの足どりで店の奥に向かって歩きだした。

「ありがとう」とチャーリーはいって、こんどはいたずらっぽくニックの脇腹をひじでつつき、にっこりした。

どっしりした金属のドアが左右に開き、小さな部屋があらわれた。飾り気のない木の棚に、いろんな種類の鞄がずらりと並んでいる。三人の背後で、音もなくドアが閉じた。店員は腕時計に目を落としてちょっと待ち、それから時計のネジを巻き……と、そのとき、つきあたりの壁がさっと分かれて、その向こうに大きな部屋が出現した。ドシンドシンという重い音が、ニックの耳にとどいた。巨大な印刷機械が稼働しているのが見える。印刷技術にはまるっきりうといニックだが、そこにある印刷機が最新鋭・最高級の機種であることはわかった。それに、おそろしく高価なものだ。〈下級人〉の印刷所がガリ版と無縁であることだけはまちがいない。

グレーの制服に身を包み、ガスマスクをつけた四人の兵士が、ふたりの周囲をとりまいた。四人とも、殺傷能力の高いホップス・ライフルで武装している。

「だれだ？」と、そのうちのひとり、軍曹がたずねた——詰問した。誰何した。

「デニーのガールフレンドよ」とチャーリーが答える。

「デニーって？」

「知ってるでしょ」チャーリーは身振りをまじえて、「デニー・ストロング。この地域の流通を担当してる」

スキャナーが前後に動いて、チャーリーとニックを走査している。

兵士たちは、口もとのマイクを使ってなにかつぶやき、右耳につけたイアフォンからの声に耳を傾けている。

「わかった」

リーダー格の軍曹がようやくいった。ニックとチャーリーに注意をもどすと、

「なにしに来たんだ」とたずねた。

「しばらく置いてほしいの」とチャーリー。

軍曹はニックのほうにあごをしゃくって、

「こいつは？」

「転向組よ。きょう、こっちについたの」

「コードンの処刑の発表を聞いたから」とニックが説明する。

軍曹は舌打ちして、考えこむような顔になった。

「ここの居住スペースはもうほとんどいっぱいなんだ。どうかな」

下唇を噛み、眉根にしわを寄せる。

「おまえもここにいたいのか？」とニックに向かってたずねる。

「一日かそこら。それだけでいい」

チャーリーが熱をこめた口調で、

「デニーが怒ると、気が狂ったようになるのは知ってるでしょ、でもふつうはそう長くは
――」

「おれはその男を知らん」と軍曹はいった。「ふたりおなじ部屋でいいのか？」

「え――ええ、いいわ」とチャーリーがいった。

「かまわない」とニック。

「七十二時間なら、ここの部屋を貸せる。そのあとは出てってもらうことになる」

「ここはどのくらいの大きさなんだい？」とニックが軍曹にたずねた。

「四ブロック分だ」

いまなら、そう聞いても素直に信じられる。

「しみったれた地下工房とは大違いだな」と、ニックは兵士たちに向かっていった。

「そんなやりかたじゃ、とても間に合わない」とひとりが答えた。「ここでは百万部のオーダーで文書を印刷してる。ほとんどは、最終的に当局に没収されるが、ぜんぶがぜんぶそうなるわけじゃない。おれたちはダイレクト・メールの原理を採用してるんだ。じっさいに読まれるのは五十分の一だとしても——残りはすべて破棄されるとしても——それだけの価値はある。それがここのやりかたなんだ」

「いま、コードンからはどんなメッセージが来てるの？」とチャーリーが口をはさんだ。

「自分が処刑されることを知ってるわけでしょ？　それとも知らないの？　本人には通告されてるの？」

「受信ステーションのほうでは、もうメッセージを受けているはずだ」と軍曹が答えた。

「しかし、こっちに回ってくるまでには、もう二、三時間かかる。素材が編集されるあいだ、いつも多少のタイムラグがある」

「じゃあ、コードンの言葉は、一語一句彼のいったとおり印刷されてるわけじゃないのか」とニック。

　兵士たちは、笑っただけでとりあわない。

「とりとめのないおしゃべりなのよ」と、チャーリーが説明する。

「処刑の執行停止に向けて運動する計画はあるのかい？」とニックがたずねた。

「決まったという話は聞かないな」と兵士のひとりが答えた。

「そんなことをしても効果はない」とべつのひとり。「失敗するに決まってる。コードンは処刑されて、おれたちは全員、強制労働キャンプ送りだ」

「じゃあ、このままコードンが死ぬのを黙って見てるのか？」とニック。

「おれたちにはどうしようもない」と、兵士の何人かが同時にいった。

「コードンが死んだら、あんたたちは印刷するものがなくなるんだぞ」とニック。「ここも閉鎖するしかなくなる」

　兵士たちはいっせいに笑った。

「プ、プロヴォーニから連絡があったのね」とチャーリーがいった。

　しばしの沈黙のあと、軍曹が口を開いた。

「意味不明のメッセージだったが、まちがいなく本物だ」

　ニックの横にいた兵士が、静かにいった。

「トース・プロヴォーニはいま、もどってくる途中なんだ」

第二部

11

「これで、事態は一変することになるな」ウィリス・グラムはむっつりといった。「傍受した通信を、もういちど読んでくれ」

　バーンズ長官は、目の前のコピーを音読した。

「『……てくれる相手が見つかった……彼らの助力があれば……だからわたしは……』解読できたのはこれだけです。残りは雑音がひどくて」

「しかし、答えはすべてその中にある」とグラムはいった。「やつは生きている。そしていま、帰途についている。だれかを見つけたんだ――なにかではなく、だれかを。『彼らの』という言葉を使ってるからな。『彼らの助力があれば……』、か。穴をうめれば、おそらく、『彼らの助力があればだいじょうぶだ』とか、そんなような文章なのだろう。でなくても、それに近いもののはずだ」

「悲観的すぎるんじゃありませんか」とバーンズがいった。

「そうなって当然だろう。ともかく、くそっ、悲観的になるべき証拠が手にはいったのだからな。やつらは、いままでずっと、プロヴォーニからの知らせを待ちつづけてきた。そしていま、それが届いたわけだ。やつらの印刷工場は、六時間以内に、このニュースを惑星全土に広めるだろう。そして、こちらにそれを止める手だてはない」

「十六番街の中央印刷工場を爆撃できます」と、バーンズ長官がいった。これは、バーンズの悲願といってもいい。〈下級人〉の巨大秘密印刷工場の急襲許可が下りるのを、もう何カ月もずっと待っている。

「やつらはこのニュースをTV回線に割り込ませる」とグラムがいった。「二分間だ——二分あれば送信機を発見してとどめを刺せる、だが、そのときにはもう、くそいまいましいメッセージが電波にのっている」

「じゃあ、お手上げですね」

「降伏するつもりなどない。ぜったいに、そんなことはしない。プロヴォーニが地球の土を踏んでから一時間以内に、やつを殺させる。それに、だれだろうと、やつが連れてきた助っ人も——抹殺させる。いまいましい非人類生物め。きっと六本足に、トゲつきのしっぽがあるんだ。サソリみたいにな」

「刺されると命はないというわけですね」とバーンズ。

「そんなようなものだ」

バスローブにスリッパ姿のグラムは、背中で両手を組み、腹をつきだして、執務寝室の中を憂鬱そうに歩きまわっている。

「これは、人類全体に対する、旧人、下級人、新人、異人すべてをひっくるめた全人類に対する裏切り行為だ。そう思わないか？　非ヒューマノイド生命体を地球に連れてくるとはな。われわれを滅ぼしたあとは、地球を侵略しようと計画しとるかもしれんのに」

「ただし、彼らがわれわれを滅ぼすわけじゃありません」と、バーンズが指摘した。「われわれが彼らを滅ぼすのです」

「こういう問題に、百パーセント確実ということはありえんのだ」とグラム。「やつらは橋頭堡を確保するつもりかもしれん。それだけは、なんとしても阻止せねばならん」

「通信がやってきた距離からすると、コンピュータの計算では、彼が——それに彼らが——ここに到着するのは、まだ二カ月先のことです」

「超光速ドライブを持っているかもしれん」グラムが抜け目なくいった。「プロヴォーニが〈グレイ・ダイナソア〉に乗ってもどってくるとはかぎらん。非人類種族の船に乗っている可能性もある。それに、〈グレイ・ダイナソア〉にしても、相当なスピードが出る。覚えているだろう、あれはフルモデル・チェンジした新型恒星間輸送船のプロトタイプだった。やつは完成した一隻めを手に入れて、地球を離れたんだ」

「プロヴォーニが船の駆動装置を改良した可能性があることは認めます。大幅にパワーアップさせているかもしれません。彼は優秀な技術者でした。その可能性は無視できません」

「コードンはただちに処刑する」とグラムはいった。「いますぐ手配してくれ。メディアに通知して、処刑に立ち合わせろ。シンパを集合させるんだ」

「こちらのですか、彼らのですか？」

グラムは吐き捨てるようにいった。「こちらの、だ」

「もうひとつ」と、バーンズはノートにメモしながらたずねた。「十六番街の印刷工場の件ですが。爆破許可をいただけますか？」

「あの工場は、耐爆弾設計だ」

「正確にはちがいます。蜂の巣状にこまかく分割されていて――」

「わかっている、ぜんぶわかっている――あの件についてきみがよこした、しちめんどくさくて退屈なメモは何カ月もかけて読ませてもらったよ。きみは十六番街のあの印刷工場に、よほど含むところがあるようだな」

「いけませんか？　あんなもの、はるかむかしに破壊しておいてしかるべきだったんですよ」

「そうしたくない事情があってな」

「どういうことです？」

グラムはしばらく黙っていたが、やがて口を開き、

「わしはむかし、あそこで働いていたんだ。公務につく前の話だ。当時のわしはスパイだった。あそこにいる人間は、ほとんど全員知っている。かつては友だちだった。わしの正体はついにばれなかった――いまとはちがう顔でな。人工の頭をつけていた」

「なんとまあ」

「どうかしたか？」

「ただその、なんというか――ばかげたやりかたですね。もうそんな手段は使ってませんよ。わたしが就任して以来、そういう例はありません」

「ああ、これはきみが就任する前のことだ」

「じゃあ、いまでもあなたのことは知られてないわけですね」

「工場の壁をぶち破って、全員を逮捕する許可を与える。ただし、爆撃は許可できない。いずれ、わしが正しかったことがわかる。どのみち、なんのちがいもない。やつらはプロヴォーニのニュースをオンエアする。二分間で、地球全土にニュースを広める――わずか二分だ！」

「彼らの発信機が電波を飛ばした瞬間に――」

「二分だよ。ともかく」

やがて、バーンズはゆっくりとうなずいた。

「では、納得したんだな。ともあれ、コードンの処刑のほうはすすめてくれ。ここの時間で今夜六時に刑を執行してもらいたい」

「それで、狙撃手とアルマの計画は――」

「あれはもういい。コードンだけを処刑しろ。アルマはあとで処理する。ひょっとしたら、非人類生命体のどれかが、ズダ袋みたいな原形質の体でアルマを包みこんで、窒息死させてくれるかもしれんしな」

バーンズが笑った。

「まじめにいっとるんだぞ」とグラム。

「非ヒューマノイド種族の外見に関しては、ずいぶん不気味な考えをお持ちですね」

「軽気球だ」とグラムはいった。「やつらは軽気球に似とるんだ。ただし、しっぽがついている。このしっぽには気をつけなきゃいかんぞ、毒入りだからな」

バーンズが立ち上がった。

「そろそろ失礼して、コードン処刑の段取りにかかりたいのですが。それと、十六番街の〈下級人〉印刷工場襲撃作戦に」

「ああ」とグラムはいった。

バーンズは戸口のところで立ち止まり、

「処刑には臨席なさいますか？」

「いや」

「なんでしたら、だれにも見られずに処刑を見物できる特別あつらえのボックスをご用意できますが――」

「閉回路TVで見る」

バーンズは目をぱちくりさせて、

「ということは、惑星ネットワークの通常TV放送にはのせないということですか？　処刑の模様は生中継しない、と？」

「ああ、そうだったな」グラムは不機嫌な顔でうなずいた。「もちろん中継する。処刑の目的の半分はそれだ。よし、みんなとおなじように、わしもテレビで見物するとしよう。それでじゅうぶんだ」

「十六番街の印刷工場ですが……逮捕した全員のリストをつくって、お目にかけるようにいたします――」

「旧友が何人いるかたしかめられるように、か？」とグラムがあとをひきとった。

「刑務所にたずねていくこともできますよ」

「刑務所！　どんな人間にも、刑務所で一生を終えるか処刑されて終えるかの、ふたつの運命しかないのか？　そういうことか？」

「そういうことになるのか、という意味でしたら、答えはイエスです。しかし、いまおっしゃったのがもし――」

「どういう意味でいったのかはわかっているだろう」

バーンズはちょっと考えてから、

「われわれが戦っているのは内戦ですよ。エイブラハム・リンカーンは、当時、数千人の人間を、訴追手続き抜きで投獄しましたが、なおかつ歴代最高の合衆国大統領として記憶されています」

「しかし、リンカーンはしじゅう恩赦を与えていた」

「そうなさればいいでしょう」

「なるほど」グラムは狡猾な笑みを浮かべた。「十六番街印刷工場時代の知り合いは全員釈放させよう。そいつらは、自分がなぜ自由の身になったか、永遠に知ることはない」

「善人ですね、議長は」とバーンズはいった。「敵対活動をつづけている相手にまで、むかしの忠誠心を発揮されるとは」

「わしはろくでなしの下司(げす)野郎だ」とグラムは吐き捨てるようにいった。「それは、きみもわしも、よく承知しているはずだ。こいつはただ――まあ、どうでもいい。しかし、われわれはあのころ、いっしょに楽しくやってたんだ。印刷したもので、百万の笑いをとった。当時のわれわれは、笑える材料を文書にもぐりこませていたからな。ところがいまじゃ、真面目一方の退屈な代物ばかり。わしがいたころは、みんな――ちくしょう、くだらん思い出話だな」

グラムは口をつぐんで、物思いにふけった。おれはここでなにをやってるんだ？　と自問する。こんな地位にまでよく昇りつめたものだ。よくこんな権力を手中にできたものだ。手に入れたいと思ったことなど一度もなかったのに。

だが、心の片隅では、こう考えていた。いや、これこそおれの望んでいたものなのかもしれない。

トース・プロヴォーニは目を覚ました。なにも見えない。周囲を包む深い闇だけ。おれは中にいるんだ、と思い出す。

「そのとおり」とフロリクス星系人がいった。「驚きましたよ、あなたが眠りについたときは——眠り、で正しいのですね」

「モルゴ・ラーン・ウィルク」とプロヴォーニは闇に向かっていった。「あんたも心配性だな。おれたちは二十四時間ごとに眠る。睡眠時間は八時間から——」

「知っています」とモルゴはいった。「しかし、どんなふうに見えるか考えてみてください。あなたはしだいに人格を喪失し、心搏数が減少し、脈が遅くなる……死と非常によく似かよっている」

「しかし、死とちがうのはわかってるはずだ」とプロヴォーニが指摘する。

「精神機能の大きな変化が、われわれを不安にさせるのです。あなたは気がついていないが、あなたが眠っているあいだに、尋常ならざる激しい精神活動が生じます。まず最初に、あなたはある程度はおなじみの世界にはいってゆく……そこでは、純粋に人格だけの友人や敵や社会的人物が言葉を発し、行動する」

「いいかえれば」とプロヴォーニ。「夢だ」

「その種の夢は、一日の反復によって形成されています。あなたがしたこと、あなたが思いをはせたり話をしたりした人間。われわれも、それに対して警戒心を抱きはしません。問題はそのつぎの相なのです。あなたはもっと深い内奥へと降りてゆく。見も知らぬ人格、陥ったことのない状況に遭遇する。あなたの自己、いまのあなたが解体しはじめる。あなたは神のごとき原初の霊体と融合し、はかりしれない力を持つ。そこにいるあいだのあなたは、危険にさらされています――」

「集合無意識の危険だな」とプロヴォーニはいった。「人類の生んだもっとも偉大な思想家、カール・ユングが発見したものでね。誕生の瞬間を越えて、他人の生涯、他の場所へとさかのぼっていく解除反応……そしてそこには、ユングいうところの元型が――」

「ユングは、そうした元型のひとつがいつなんどきあなたを吸収してしまうかもしれないということを強調していますか？　そして、あなた自身がついに再構成されないかもしれないという可能性を？　あなたが、しゃべったり歩いたりする、元型の延長部分にすぎなくなってしまう可能性を？」

「もちろん強調してるよ。しかし、元型が心をのっとるのは、夜、眠っているあいだのことじゃなくて、昼日中のことなんだ。元型が昼間あらわれたら——そうなったらおしまいだ」

「換言すれば、目覚めているあいだに寝ているときですね」

プロヴォーニは不承不承うなずいた。

「ああ、そうだ」

「では、あなたが眠っているあいだ、われわれはあなたを守らなければなりません。あなたが眠っているあいだ、わたしがあなたを包みこんでいることになぜ反対するのですか？　わたしは、あなたの生命が心配なのです。あなたたちは、たった一度の賭けで生命を投げ出してしまうようにつくられています。われわれの世界へのあなたの旅——あれはおそろしい賭けでした。あのようなことをすべきではなかったのです、統計的にいえば」

「しかし、おれはやりとげた」とプロヴォーニはいった。

フロリクス星系人が彼を解放すると、闇が遠のきはじめた。船の金属壁が、しだいに見えてくる。ハンモックがわりに使っている大きなかご、半分開いたままの、管制室へとつづくハッチ。彼の船、〈グレイ・ダイナソア〉。ここが、長い歳月、彼にとっての世界だった。この繭の中で、ほとんどの時間を眠って過ごしてきた。

ハンモックに横たわるこの姿を見たら、みんな、狂信者のおそろしさに驚嘆するだろう。

顔には一週間分の不精ひげ、肩まで伸びた髪、垢だらけの体。服は悪臭を放ち、さらに垢じみている。この男こそ、トース・プロヴォーニ、人類の救世主。いや、人類の一部の救世主というべきか。かつては自由だったその一部が、抑圧される身に転落し――いったいいまはどうなっているのだろう？　〈下級人〉はなんらかの助力を得ただろうか。それとも、〈旧人〉の大部分はあきらめて、卑しい地位に甘んじているのだろうか。それに、コードン。あの偉大なる代弁者兼思想家が、万一死んだとしたら？　そうなれば、彼の死とともに、すべては終わりを告げただろう。

しかしいま、彼らは――すくなくとも、おれの仲間たちは――このおれが、助けをさがしあてて帰途にあることを知っている。おれのメッセージをちゃんと受けとったとして、なおかつそれを解読できたとしての話だが。

おれは裏切り者だ。人類ならざる者の助けを呼び寄せた者。地球の存在など知る由もなかった異星人の侵略を招いた者。おれの名は、歴史にどう記録されるのだろう。人類史上最大の悪人か――それとも、救世主か。いや、それほど極端ではなく、その中間あたりかもしれない。ブリタニカ百科事典に四分の一ページのスペースで記述される人物。

「どうして自分のことを裏切り者などと呼べるのですか、ミスター・プロヴォーニ？」とモルゴがたずねた。

「まったくだ」

「あなたは裏切り者と呼ばれた。あなたは救世主と呼ばれた。わたしはあなたの意識を一分子残らず調べましたが、偉大さという虚栄に対する渇望は存在しませんでした。あなたは、ほとんど成功の望みのない困難な航海に出た。その目的はたったひとつ。仲間を助けること、それだけでした。あなたがたの叡知の書物のひとつに、こんな一節がありませんでしたか、『もしも人間が友人のために生命を投げ出すなら——』」

「その引用を完結させるのは無理だよ」と、プロヴォーニがおもしろそうにいった。

「たしかに無理ですね、あなたが知らないのですから。われわれがこれまでに得た知識は、すべてあなたの心を源泉にしています——表層にある記憶から、集合無意識のレベルにいたるまでのぜんぶを。この集合無意識というものが、夜、われわれを不安にさせるのですが」

「パヴォール・ノクトゥルヌス」とプロヴォーニがいった。「夜の恐怖。あんたたちにも恐怖症があるわけだ」

プロヴォーニはふるえながらハンモックに身を起こすと、ふらふらと立ち上がり、食糧供給コンパートメントを手探りした。ボタンを押したが、なにも出てこない。ふたつ目のボタンを押す。やはりなにも出てこない。プロヴォーニはパニックの波におそわれた。手当たりしだいにいろんなボタンを押してみる。……ようやくR糧食のキューブが、取り出し口にすべりでてきた。

「地球にもどるまで保つだけの食糧はありますよ、ミスター・プロヴォーニ」とフロリクス星系人が請け合った。

「しかし」プロヴォーニはかみつくような口調でぞんざいにいった。「ぎりぎり保つだけだ。自分でも計算してみたよ。最後の二、三日は食糧なしで耐えることになるかもしれない。なのにあんたは、おれの睡眠のことを心配している。くそ、どうせ心配するなら、腹のほうを心配してくれ」

「しかし、その必要がないのはわかっています」

「なるほどね」

プロヴォーニは食糧キューブの包装をはがして食べ、コップの再蒸溜水を飲んだ。ぶるっと身震いして、最後に歯を磨いたのはいつだろうと考える。おれはくさい。体全体がぷんぷんにおってる。みんなショックを受けるだろうな。きっと、潜水艦の中に四週間も閉じこめられてた男みたいに見えることだろう。

「彼らはわかってくれますよ」とモルゴがいった。

「シャワーを浴びたい」

「水が不足しています」

「なあ――水をつくれないのか？　なにか方法があるんだろ？」

フロリクス星系人は、これまで何度となく、もっと複雑なものをつくりだすためにプロヴォーニが必要とする化学成分を供給してくれた。それにくらべたら、水を合成するくらいなんでもないはずだ……いま〈グレイ・ダイナソア〉の周囲を包んでいるフロリクス星系人には。

「わたし自身の体内組織にも水が不足しているのです」とモルゴがいった。「すこし分けてくださいとお願いするつもりでした」

プロヴォーニは笑った。

「なにがおかしいのですか?」とフロリクス星系人がいった。

「おれたちは、プロクシマと太陽系のあいだの宇宙空間で、エリート階級による少数独裁から地球を救う旅の途上にあるというのに、わずかばかりの水をねだりあっている。水さえ合成できないとしたら、どうやって地球を救うんだ?」

「神についての伝説をひとつ聞いてください」とモルゴはいった。「はじめに神は卵をつくられた。ある生きものをおさめた巨大な卵だ。神はその殻を割って、中の生きもの――のちのすべての生物のもと――を出してやろうとした。が、殻は割れなかった。しかし、神のつくりたもうたその生きものには、その仕事におあつらえむきの鋭いくちばしがあった。そこで、その生きものは自分で殻を破り、卵から出た。そのおかげで――いま、すべての生物に自由意思があるのです」

「なぜだ?」

「神ではなくわれわれが、卵を割ったからです」

「どうしてそれが、おれたちが自由意思を持つ理由になる？」

「むろん、神にもできなかったことが、神ならぬ身のわれわれにできたからに決まっていますよ」

「なるほど」

プロヴォーニはにやっと笑ってうなずくと、フロリクス星系人の英語らしい英語に感心した。もちろんそれは、プロヴォーニ自身の言葉づかいだった。フロリクス星系人は地球人語も知ってはいるが、せいぜいプロヴォーニと同程度。まずまずじゅうぶんな英語の語彙――ただし、コードンの語彙にはおよびもつかない――プラス、ラテン語、ドイツ語、イタリア語を少々。フロリクス星系人はイタリア語で「さようなら」といえるし、そうするのが気に入っているらしく、いつも厳粛に「チャオ」といって話を終える。プロヴォーニ自身は、「またな（ビズ・ユー・レイター）」のほうが好みだが、どうやらフロリクス星系人たちは、それが下品だと考えているようだ……それとても、プロヴォーニの基準にもとづくものではあるが。この表現は公務員時代に身についたもので、いまだについ使ってしまう。心の中の大部分と同様、プロヴォーニの語彙は蚤の巣窟だ。てんでにはねまわる考えやアイデア、記憶や恐怖の断片が、彼の心に終（つい）のすみかを見つけたらしい。それを整理整頓するのはフロリクス星系人たちの役目で、どうやら彼らはそのとおりのことをきっちりやってのけたと見える。

「なあ」とプロヴォーニはいった。「地球についたら、おれはどこかでブランデーをひと瓶手に入れるぞ。それから、階段に腰を下ろしてブランデーを飲み――」

「どこの階段です？」

「大きな灰色のお役所ビルでね、窓のない、国税庁みたいな、すごくおそろしい建物なんだ。そこの階段に、古ぼけたダークブルーのコートを着たおれがすわって、ブランデーを飲んでる。公衆の面前で、堂々と。通りすがりの人々が小声でささやくんだ、『おい、あいつ、人前で酒を飲んでやがるぜ』と。するとおれはこう答える、『おれはトース・プロヴォーニだ』。すると連中はいう、『やつにはその権利がある。タレこむのはやめよう』。

そして、だれも密告しない」

「あなたが逮捕されることはありませんよ、ミスター・プロヴォーニ」とモルゴがいった。「そのときにしろ、ほかのときにしろ。着陸したその瞬間から、われわれが行動をともにします。いまここにいるわたしだけでなく、わたしの兄弟たちが、同胞が、行動をともにします。そして彼らは――」

「地球を乗っ取るんだろ。そしておれをはじきだし、始末する」

「まさか。われわれはこの目的のために手を握ったのですよ。忘れたのですか？」

「うそかもしれん」

「われわれにはうそがつけないのですよ、ミスター・プロヴォーニ。そのことは説明したはずです。それに、わたしの監督官たるグラン・チェ・ワーンも。わたしを信じず、六百万年以上生きてきた存在である彼をも信じないというなら――」

フロリクス星系人の声には、いらだちの響きがあった。

「この目で見たら、信じるとしよう」

プロヴォーニは再処理された水の二杯目を不機嫌な顔で飲みほした。水供給装置の上の赤いライトが点灯している――一週間前からずっと。

12

特使はウィリス・グラムに向かって敬礼すると、口を開いた。

「コード1の緊急連絡です。よろしければ、ただちにお読みいただければさいわいです、委員会議長」

ウィリス・グラムは内心ぼやきながら、封筒を開いた。ありきたりのA4判の紙が一枚。そこに、一文だけタイプしてある。


十六番街印刷工場に潜入させてあるスパイより、プロヴォーニから第二の通信があったとの報告。帰還は成功の模様。


やれやれ。グラムは心の中でつぶやいた。成功、か。特使の顔を見上げ、いった。

「メタンフェタミン塩酸塩をストレートで持ってきてくれ。カプセルで口から飲む。忘れるなよ、カプセルだぞ」

ちょっと面食らったような顔で、特使はまた敬礼し、

「はい、委員会議長」といってから、執務寝室を出ていった。

グラムは部屋の中でひとりきりになった。自殺でもするか、とひとりごちる。憂鬱が体を満たし、どんどんふくれあがって、破裂した風船みたいにぺしゃんこの気分になってしまった。まだコードンが死んでさえいないというのに。そうだ、とにかくコードンを始末しなければ。

グラムはインターカムのボタンを押した。

「将校をひとりここへよこせ。だれでもいい」

「はい、閣下」

「小火器を携行させろ」

五分後、こざっぱりした身なりの少佐が部屋にはいってきて、きびきびとした職業的な敬礼をした。

「ご用でありますか、委員会議長」

「ロングビーチ収容所のエリック・コードンの独房に行ってもらいたい。きみひとりで、きみの銃、いまベルトにさしているその銃を使って、コードンを射殺してもらう」

グラムは一枚の紙片をかざした。

「これが許可証だ」

「本気で——」と将校は口を開きかけた。

「本気だとも」とグラム。

「つまりその、閣下は本気で——」

「きみがやらないというなら、わしが自分で行く。さっさと行け」

グラムは執務寝室の戸口に向かって、ぶっきらぼうな身振りをした。

少佐は部屋を出ていった。

TV中継もなし、観客もなしか、と心の中でつぶやく。独房の中でふたりだけ。ふむ、これも、プロヴォーニが無理やりそうさせたことだ。あのふたりを同時に相手にするわけにはいかん。じっさい——ある意味では——プロヴォーニがコードンを殺すのだ。

いったいどんな生物だろう、プロヴォーニが見つけたのは？　と、自問する。

あのろくでなしめが。

グラムはそう毒づきながら、コードンの独房をモニターしているカメラのスイッチを手探りし、電源を入れた。細面の禁欲的な顔、灰色の眼鏡と、もっと濃い灰色の、薄くなりはじめている髪の毛……。本を書いている大学教授というところだな、とグラムは思った。よし、このおれが直々(じきじき)に、あの少佐——考えてみれば、名前も知らない——がやつを撃つところを見とどけてやろう。

スクリーンに映しだされたコードンは、すわったまま眠っているように見えた……だが、いまもメッセージを口述しているのはまちがいない。おそらくは十六番街の印刷工場に向けて。ごたいそうな演説を投射するがいい。グラムはむっつりとひとりごちると、待った。

十五分がすぎた。なにも起こらない。コードンは思考を投射しつづけている。そのとき、だしぬけに独房のドアが開き、コードンとウィリス・グラムの双方を驚かせた。ぴっちりした制服に身を包んだ少佐が、きびきびした足どりではいってくる。

「エリック・コードンか？」と少佐がたずねた。

「はい」とコードンが立ち上がって、答える。

少佐――険しい表情をした若者――が腰の銃に手をのばした。銃口をまっすぐコードンに向けると、

「委員会議長の権限において、ここであなたを抹殺するよう指示された。許可証を読むことを希望するか？」

少佐はポケットを手探りした。

「いや」とコードンはいった。

少佐は銃の引き金を引いた。コードンの体は、破壊的な光線の威力でうしろにふっとび、まっすぐ独房の奥の壁にたたきつけられた。それから、ずるずるとすべりおちて、床にすわりこむかっこうになった。両脚を大きく開き、がっくりと頭を垂れ、両手をだらりと下げたその姿は、捨てられた人形のようだ。

　グラムは、目の前の専用マイクに向かっていった。

「ご苦労だった、少佐。もう行ってよろしい。きみの任務はそれでおしまいだ。ところで——きみの名前は？」

「ウェイド・エリスであります」と少佐は答えた。

「いずれ、表彰状が贈られるだろう」

　グラムはそういって、接続を切った。ウェイド・エリス、か。これで終わった。この気持ちは……なんだ？　解放感？　そうだとも。いやはや、なんと簡単だったことか。会ったこともない、名前さえ知らない兵隊に、地球でもっとも影響力のある男のひとりを抹殺するよう命令する。そして、兵隊は、いわれたとおりのことをやってのける！

　グラムの脳裏に、ぞっとするような想像上の会話が浮かんだ。それはたとえば、こんな対話になる。

人物A　やあ、わしはウィリス・グラムだ。
人物B　ジャック・クヴェックであります。
人物A　きみの階級は少佐だな。
人物B　はい、さようであります。
人物A　なあ、クヴェック少佐、ものは相談だが、ひとり抹殺してほしいやつがいる。名前はなんといったかな……この書類の山をかたづけるまで、ちょっと待っててくれないか。

などなど。

とつぜん、執務寝室のドアが開いたかと思うと、ロイド・バーンズ警察長官がとびこんできた。怒りと驚きに、顔を真っ赤にしている。

「たったいま——」

「わかっている」とグラムはおだやかに答えた。「わざわざそれをいいに来たのか？　わしが知らんとでも思ったか？」

「では、ほんとうに議長のご命令だったんですね、刑務所長のいったとおり」

「ああ」とグラムは静かにいう。

「どんなお気持ちです？」

「知っているだろう、プロヴォーニからの第二のメッセージがとどいた。地球外生命体を連れてくることが、はっきり述べられている。もうこれは予測ではない、事実なんだ」

「コードンとプロヴォーニのふたりを同時に相手にすることはできないと思われたわけですね」バーンズは憤然といった。

「ああ、そのとおりだ！　そうだとも！」

グラムは声を荒らげ、バーンズに指をつきつけると、

「じっさい、しごく単純な話だろうが。だから、そのことでとやかくいうのはやめろ。あするしかなかった。きみたちだったら——きみたち二重頭の超進化〈新人〉だったら——

——あのふたりが地球で手を組んだとしても、同時に処理できたというのかね？　答えはノーだ」

「その答えが、厳粛な処刑だったはずです、すべての手順を遵守した」

「そして、コードンに最後の晩餐やらなんやらを与えているあいだに、光り輝く魚みたいに巨大な異星人がクリーヴランドに着陸して、〈異人〉と〈新人〉をひとりのこらずひっつかまえてみな殺しにするわけだ。ちがうか？」

しばらく間を置いてから、バーンズがいった。

「惑星全土に戒厳令を発令なさるおつもりですか？」

「救難信号（メイデー）か？」

「ええ。もっとも極端な意味での」

グラムは思案をめぐらした。

「いや、軍、警察、それに〈新人〉〈異人〉の主要人物に警告を出す——彼らには現在の正確な状況を知る権利がある。しかし、あのごくつぶしども、〈旧人〉やら〈下級人〉やらには、なにひとつ知らせる必要はない」

しかし——と、グラムは心の中でつけくわえた。どのみち、十六番街の印刷所がやつら全員にニュースを伝えるだろう、こちらがどんなにすばやく攻撃をかけたところで。そのために必要なことといえば、プロヴォーニからのメッセージを送信機や下位の印刷工場に右から左へ流すだけだ……そして、やつらはまちがいなく、もうそれをすませているだろう。

「特殊工作部隊のグリーンAが、BとCの掩護で、十六番街印刷工場に向かっています。お知りになりたいだろうと思いまして」

バーンズは腕時計に目をやって、

「あと三十分ほどで、工場の第一防衛ラインを突破します。閉回路TV中継を手配しておきましたから、ここからごらんになれます」

「ありがとう」

「皮肉ですか？」

「いやいや。言葉どおりの意味だ。わしがありがとうといったら、ありがとうということだよ」グラムは声を大きくして、「なにもかも、裏の意味がなきゃならんのか？　われわれは、暗号でやりとりし、闇にまぎれて爆弾をしかけてまわるテロリストなのか？　それともわれわれは政府なのか？」

「われわれは、合法的に機能している正統政府です。反乱と侵略という内憂外患に見舞われてはいますが。われわれは内外双方に対して、対策を講じつつあります。たとえば、深宇宙に船団を配置して、プロヴォーニの船が太陽系に再進入をくわだてたら、ただちにミサイルで攻撃し——」

「それは軍の専断事項だ。きみの決めることではない。最高平和評議会幹部会議をレッドルームに召集する」グラムはオメガの腕時計に目をやって、「本日、午後三時に」

グラムはデスクのボタンを押した。

「はい、閣下」

「きょうの午後三時に、幹部をレッドルームに召集する」とグラムはインターカムに向かっていった。「優先順位はクラスAだ」

グラムはバーンズに視線をもどした。

「できるだけ多くの〈下級人〉を検挙しますよ」とバーンズがいった。

「すばらしい」

「やつらの他の印刷工場を爆破する許可をいただけますか？　すくなくとも、こちらで把握している工場に関しては？」

「すばらしい」

「どうも皮肉っぽく聞こえますね」とバーンズが自信のない口ぶりでいった。

「わしはただ、ひどくいらついてるだけだ。だいたい、人間のくせによくも非人類生物をひっぱりこんでくるなんて非道なまねが――ああくそ、こんなことをいってもはじまらんな」

グラムは渋い顔で黙りこんでしまった。バーンズはしばらく待っていたが、やがて手をのばし、グラムの正面のTVスクリーンのスイッチを入れた。

スクリーンには、武装警察の一団がレクセロイド製のドアに小型ミサイルを撃ちこんでいるところが映しだされた。煙と武装警官が、いたるところにあふれている。

「まだ突入には成功していないな」とグラムがいった。「レクセロイドか——あれはしぶとい合金だからな」

「攻撃はまだはじまったばかりですよ」

レクセロイドのドアがその形を失って溶融したかと思うと、炎をあげる溶けた弾丸となって、火星のスカイバードさながら、四方八方にとびちった。ガッガッガッという銃声が轟く。発砲しているのは、画面手前の警官隊と、いまドアの向こうに姿をあらわした制服姿の兵士の一団だ。不意をつかれた警官隊は遮蔽物を求めて逃げまどったが、すぐに態勢をたてなおし、麻酔ガス弾らしきものをドアの奥に向かって放り投げた。充満する煙がすべてをおおい隠したが、しだいにそれが薄れてくると、警官隊が前進をはじめているのがわかった。

「ろくでなしどもをつかまえろ」

と、グラムが叫ぶ。画面では、バズーカ砲を携えたふたり組の警官が、まっすぐ兵士たちの防衛線に向かって突進してゆく。バズーカの砲弾が兵士たちの頭上をとびこして、工場内部の巨大な印刷機械のどまんなかで爆発した。

「印刷機も一巻の終わりだな」グラムが上機嫌でいった。

「ふむ、ちょろいもんだ」

警官隊はいまや、印刷工場の中央作業室に突入していた。TVカメラがそのあとを追い、緑に身をかためた警官ふたりと、グレーに身をかためた兵士三人の死闘のクライマックスに焦点をあわせている。

やがて、音量レベルが下がってきた。銃声がまばらになり、動いている人影も減ってきた。警官たちが、印刷作業員たちを逮捕しはじめている。そのあいまに、まだ生き残っている〈下級人〉兵士たちとの銃撃戦が、思い出したようにつづいている。

13

印刷所作業員からあてがわれた小さな個室の中で、ニック・アップルトンとチャーリーは、黙りこんだまま凍りついたようにすわって、外から響く戦闘の音にじっと耳を傾けていた。七十二時間の隠れ場所なんて、けっきょく存在しなかったわけだ、とニックは胸の中でつぶやいた。おれたちふたりにとっては、ひとかけらも存在しない。すべてはあとの祭りだ。

チャーリーが片手で肉感的な唇をこすり、それから、手の甲にいきなり歯をたてた。「ああもう。なんてこと！」追いつめられた動物みたいな姿勢で立ち上がり、叫び声をあげる。「もうどうしようもないわ！」

ニックはなにもいわなかった。

「なんとかいってよ！」

と、チャーリーがどなる。やり場のない怒りで、その顔がみにくく歪んでいる。

「なんとかいったらどうなの！　こんなところへ連れてくるからだと責めないの？　なん

でもいいからしゃべってよ——ばかみたいにじっと床を見つめてるのはやめて」

「きみを責めるつもりはない」

と、ニックはいった。それはうそだったが、しかし、いまさら彼女を責めてみたところでなんにもならない。警察がとつぜんこの印刷工場に踏み込んでくるなど、チャーリーには知る由もないことだった。けっきょく、いままで一度もそんなことは起きなかったのだから。チャーリーはただ、過去の事実から判断して、ここがいちばん安全だと判断したにすぎない。たしかに、この印刷工場は避難所だった。多くの人々が隠れ家を求めてやってきては、また去っていった。

当局はずっと前からここのことを知ってたんだ、とニックは思った。いまになって踏み込んできたのは、プロヴォーニ帰還のニュースのせいだ。コードン。ああ神様、天にましますわれらの神よ。きっと、コードンはただちに処刑されてしまうだろう。プロヴォーニ帰還が伝えられるなり、政府当局は、綿密に練り上げた大規模な作戦を惑星全土に展開しはじめたのだ。ブラック・リストに載っている〈旧人〉をひとり残らず検挙する肚（はら）だろう。そして、そのすべて——各印刷工場の爆破、〈下級人〉検挙、エリック・コードンの処刑——は、プロヴォーニがここに到着する前に遂行される。プロヴォーニの帰還が、当局を実力行使に踏み切らせた。プロヴォーニの帰還が、ここに本物の重火器を呼び寄せたのだ。

「だいじょうぶだよ」

といって、ニックは立ち上がり、チャーリーのかたわらによりそった。片腕を相手の腰にまわして、やせたかたい体を抱き寄せる。

「しばらくは再配置キャンプで過ごすことになるかもしれない。しかし、いつか、どんなかたちにしろこの騒動に決着がつけば――」

個室のドアがさっと開かれた。制服一面に、塵みたいなグレーの粒――灰になった人骨のかけら――を散らした警官が、B14ホップス・ライフルを構えて立っていた。ニックはそくざに両手を上げ、それからチャーリーの両手をひっつかんで上げさせると、指を開かせ、武器を持っていないことを警官に見せた。

警官は、B14をチャーリーに向かって発射した。チャーリーの体はぐったりとなって、ニックに倒れかかった。

「失神しているだけだ」と警官はいった。「鎮静レベルさ」

そして、B14をニックに向かって撃った。

14

TVスクリーンを見つめたまま、バーンズ警察長官がいった。

「3XX24Jだ」

「なんだ、それは？」と、グラムがいらだたしげにいう。

「あの部屋ですよ。娘といっしょにいる男。ほら、いまさっき緑服隊（グリーナー）が失神させたふたりの片割れ。あれは、コンピュータがサンプルとして抽出した人物で――」

「わしは旧友をさがしてるんだ」と、グラムはうるさそうにいい、「黙って見てろ。それとも、だいそれた願いかね？」

バーンズはそっけない口調で、

「ワイオミングのコンピュータがあの男を〈旧人〉の典型として選びだしたんです。コードン処刑の発表の結果、〈下級人〉に加わることになる――じじつ、そうなったわけですが――〈旧人〉のモデル・ケースですよ。いま、われわれは彼を逮捕したわけです、ただし、どうもあの女はやつの女房じゃないような気がしますがね。さあ、こんどはワイオミングのコンピュータがなんというか……」

バーンズはあたりをうろうろ歩きはじめた。

「彼を逮捕したという事実に対するコンピュータの反応は、どういうものでしょうね？　われわれはいま、〈旧人〉を代表するサンプルの身柄を拘束した。その男は――」

「あの女が女房じゃないとどうしてわかる？」とグラムが口をはさんだ。「淫売とできてるというのか、〈下級人〉に身を落としたばかりか、女房と別れて、もう後釜を見つけた、と？　コンピュータにきいてみろ、どういう答えが出るか見物だな」

しかし、あの娘はかわいいな、とグラムは思った。じゃじゃ馬っぽい感じだが、それも悪くない。よし。グラムはまた口を開き、バーンズに向かって、

「あの娘にけがをさせないよう手配できるか？　工場にいる特殊工作部隊と連絡はとれるのか？」

バーンズ警察長官はベルトに手をやると、マイクをとった。

「マリアード大尉を」

「はい、マリアードです、長官」

息づかいの荒い声に、興奮とストレスが聞きとれる。

「これは委員会議長の要請だが、いまさっきグリーナーがB14ライフルで眠らせた、脇の小部屋にいる男と娘の身に――」

「娘のほうだけだ」とグラムが訂正する。

「――その娘の身に危害が及ばないように手配してほしい。ちょっと待て、いま座標を確認する」バーンズはちらっと横目でスクリーンを見やって、「座標34／21だ、それに9か10」

「それはわたしの現在位置の右手を、多少先に進んだあたりですね」とマリアード。「はい、ただちに手配します。長官、こちらはなかなかの仕事ぶりでしたよ。二十分間で工場を事実上制圧しました。敵味方双方の損失は最小限です」

「いいから、その娘に気をつけていろ」

といって、バーンズはマイクをベルトにもどした。

「あちこちに道具をぶらさげて、まるで電話会社の保守係みたいだな」とグラムがコメントする。

バーンズは冷たい声で、

「またはじまりましたね」

「なんのことだ？」

「公私混同ですよ。あの娘」

「変わった顔をしてるな、あの娘は。アイルランド製のマグみたいにへこんでいる」

「委員会議長、われわれは異星生命体の侵略に直面しているんですよ。それに、大規模な暴動が――」

「ああいう娘は二十年に一度だ」

「ひとつお願いがあるんですが」

「いいとも」

ウィリス・グラムはすっかり上機嫌になっていた。十六番街印刷工場を制圧した警官隊の迅速な仕事ぶりには満足していたし、あの風変わりな少女を目にしたことで、リビドーのスイッチがオンになっている。

「なんだ？」

「さっきの男、３ＸＸ２４Ｊのあの男に――わたしも同席して――会っていただきたいのです……あの男を支配している感情がポジティブなものかネガティブなものかを知りたい。プロヴォーニからのメッセージを聞き、プロヴォーニが助けを連れ帰ってくることを知って希望を抱いているか、それとも警察の特殊工作部隊の急襲にあって検挙されたことでがっくりきているかを。いいかえると――」

「平均的〈旧人〉のサンプリングだな」

「はい」

「わかった。会おう。しかし、はやいほうがいい。プロヴォーニが到着する前にしてくれ。なにもかも、先にすませておかなきゃならん。プロヴォーニと怪物どもが到着する前に。

怪物、か」グラムは首をふった。「まったく、なんたる反逆者だ。悪逆非道で利己主義の低級きわまる権力亡者、野心ばかりで思想のない反逆分子め。プロヴォーニはこの形容で歴史書に書きとめられるべきだ」

　われながら、グラムはこの表現に感心した。バーンズに向かって、

「いまのを書きとめておいてくれ。ブリタニカのつぎの版に採用しよう、いまさっきの形容を、一語一句そのままに」

　バーンズ警察長官はためいきをついてメモをとりだし、グラムのせりふを几帳面に書きとめた。

「それから、これもつけくわえておけ」とグラムはいった。「歪んだ精神の狂信的過激派動物——いいな、人間じゃなくて動物だぞ——どんな手段も目的によって正当化されると信じて疑わない。しかも、その目的というのはなんだ？　支配する能力を物理的に保証された者たちによる政府の運営と維持を可能にしている社会体制を破壊することだ。もっとも人気のある者ではなく、もっとも能力のある者による支配の打倒だ。しかし、もっとも能力のある者と、もっとも人気のある者のどちらが、支配する人間としてふさわしい？　ミラード・フィルモア（第十三代アメリカ大統領）は人気があった。ラザフォード・B・ヘイズ（第十九代アメリカ大統領）も人気があった。チャーチルも、ライオンズ（オーストラリアの政治家）も。しかし、彼らは無能だった、そこがポイントだよ。いいたいことはわかるな？」

「チャーチルのどこが無能だったんです？」

「戦略拠点の急襲ではなく、民間人の居住地域への夜間無差別爆撃を提唱したおかげで、第二次世界大戦をまるまる一年長引かせた」

「ええ、おっしゃることはわかりますよ」

とバーンズはいい、心の中でつぶやいた。政治史の授業なんぞ願い下げだね……そしてグラムは、ただちにその考えを拾い上げた。その考えと、それにくわえて他の無数の思考の断片を。

「3XX24Jのその男には、こちらの時間で今夜六時に会おう」とグラムはいった。

「連れてこい、ふたりいっしょに――つまり、あの娘もいっしょに、だ」

バーンズの心から、さらに不愉快な対立する思考がいくつか放射されてきたが、グラムはそれを無視した。大多数のテレパスの例にもれず、グラムは人々の心に渦巻く未生の思考の巨大なかたまりを無視するすべを、いやおうなく学んできた。敵意、倦怠感、怒り、嫌悪、羨望。本人でさえそのほとんどを自覚していない思考。テレパスの神経は、ずぶとくならざるをえない。無意識の中にある、曖昧模糊とした思考の混沌は捨てて、相手が意識している積極的思考のみを抽出する必要がある。無意識の領域には、ほとんどありとあらゆるものが存在する……ほとんどありとあらゆる人間の中に。グラムのオフィスを出入りするどの下級事務員も、上司を殺してその地位を乗っ取ろうという考えをちらりと抱くものだし、もっと大きな野心を抱く人間もいる。日頃は従順そのものの態度をとっている男女も、頭の中には途方もない妄想の体系を持っている場合がすくなくない——そうした人間のほとんどは〈新人〉だった。

ほんとうに危険な考えを頭の中に隠している人間を見つけると、グラムは秘密裏に病院送りにした。関係者全員の利益のため……そして、とりわけグラム自身の利益のために。これまでに何度か、暗殺の野望を探知したことがある。その相手というのは、大物のこともあり小物のこともあり、まったく予想もしない人間だった。一度、グラムの専用執務室に映話システムの配線にやってきた〈新人〉技術者が、グラムを狙撃するという考えを長期にわたってもてあそんでいたことがある——実行に必要な銃も携帯していた。

何度も何度も、おなじ問題が持ちあがってくる。五十八年前、ふたつの新しい階級が出現したときにはじまった、永遠のテーマ。もう慣れっこだ……いや、そうだろうか？　たぶん、慣れているとはいえない。しかし、生まれてからずっと、この力とともに生きてきたのだし、いま、ゲームのこんな終盤になってから——プロヴォーニと非人類の仲間たちがグラム自身の人生と交差しようとしているいまこのときに——その力を失うという予見はない。

「アパートメント3XX24Jの男、なんといったかな？」

グラムはバーンズに向かってたずねた。

「調べてみないとわかりませんね」

「あの娘がやつの女房じゃないのはたしかなんだな？」

「やつの女房の写真をちらっと見たことがあります。でぶで薄汚い中年女でしたよ、あの一家が住んでるアパートメントに設置してあるモニター用デッキのヴィデオ・テープからプリントしたスチールでしたがね。ああいう準近代アパートメントならどこにでもある、標準の２４３デッキです」

「やつはどうやって生計を立ててるんだ？」

バーンズは天井をにらみ、下唇をなめてから、

「タイヤの溝掘り職人です。中古スキブ展示場で働いてます」

「なんだ、それは？」

「その、なんというか、中古のスキブを一台仕入れるでしょう。調べてみると、タイヤの溝がすっかり摩滅している。そこであの男が、熱い鉄ゴテを使って、すりへったタイヤに新しくにせの溝を掘るわけです」

「違法じゃないのか？」

「合法です」

「では、いまから違法だ。たったいま、新しい法律を制定する。メモしておけ。タイヤの溝掘りは犯罪だ。だいいち、危険だからな」

「はい、委員会議長」

バーンズは手帳にそれを書きとめながら思った。おれたちは異星人に侵略されようとしている。なのにグラムの考えていることときたら。タイヤの溝掘りか。

「重大な問題の渦中にあるからといって、小さな問題を見過ごすわけにはいかんのだ」

と、グラムがバーンズの思考に答える。

「しかし、いまのような状況で――」

「ただちに中古タイヤの溝掘りを軽犯罪に指定しろ。すべての中古スキブ業者に、そのことを明示した文書による通達が――いいか、文書で、だぞ――金曜までに送付されるよう手配しろ」

「いっそ、異星人どもを着陸させて」とバーンズが皮肉っぽい口調でいった。「その男にやつらのタイヤを掘らせてみたらどうです、そうすれば、やつらが地上走行しようとしたとたん、タイヤが破裂して、事故で全員死亡という寸法だ。名案でしょう？」

「それを聞いて、英国軍の話を思い出したよ。第二次大戦中、イタリア政府は、英国軍の上陸をひどくこわがってた――もっともな恐怖だがな。そこで、英国軍が滞在しているホテルすべてに、法外な宿泊料を請求せよという通達を出した。ほら、イギリス人というのは礼儀正しいから、文句もいえずに、黙って出ていくだろう――イタリアから永遠に出ていってくれるだろうと考えたわけだ。この話、聞いたことがあるか？」

「いいえ」

「われわれはいま、未曾有(みぞう)の混乱のまっただなかにいる。いくらコードンを殺し、十六番街の印刷工場をたたきつぶしたといっても、この事実にかわりはない」

「おっしゃるとおりです、委員会議長」

「〈下級人〉ども全員を逮捕することさえ不可能だし、その異星人どもは、H・G・ウエルズの『宇宙戦争』に出てくる火星人みたいなやつらかもしれん。ひとかじりで、スイスをぱっくり飲みこんでしまうかもしれん」

「これ以上の想像は、じっさいにやつらに出会うまでとっておくことにしましょう」

バーンズの心にある疲労と、長い休暇をとりたいという思い、そして、それと同時に、長かろうが短かろうが、休暇などというものはだれにとっても望むべくもないものだという思いとを、グラムは拾い上げた。

「すまんな」と、グラムはその思考に答えていった。

「議長のせいではありませんよ」

グラムは憂鬱な口調で、

「わしは引退すべきだな」

「だれのために？」

「きみたち二重頭の中から、だれか適当な人材を見つけるんだ。きみみたいなタイプの人間を」
「評議会にはかれますよ」
「いや。わしは辞(や)めんよ。評議会は召集されないし、その問題が議題にのぼることもない」

そのとき、バーンズの心にちらりと浮かび、すぐに抑えつけられた思考の断片を、グラムは拾い上げた。おそらく、評議会は召集されることになる。もしあなたが、異星人ども、それに地上の暴動をうまく処理できなかったら。

グラムは思った。どうしてもオフィスから追い出したいなら、おれを殺すしかない。なにか抹殺する手段を考えだすがいい。しかし、テレパスを殺すのはむずかしいぞ。

だが、あの連中はもう、なにか手段をさがしはじめているだろう、とグラムは結論した。

それは、あまり気持ちのいい考えではなかった。

15

意識がもどってきた。ニック・アップルトンは、緑色の床に横たわっていた。緑。ピサーの色、州警察の色だ。ここはPSSの強制労働キャンプ、おそらくは仮収容所だろう。頭を上げ、目をすがめて周囲を見わたした。三、四十人いるお仲間の多くは、体に包帯を巻き、傷口から血を流している。おれは運のいいほうなんだろうな、とニックは思った。そしてチャーリーは——彼女は女囚房にいて、かん高い声で看守をどなりつけていることだろう。連中も、チャーリーには手を焼くはずだ。恒久的な再配置キャンプへと連行しにくる相手の股間を思い切り蹴りつけて。もちろんおれは、もう二度とチャーリーに会うこともないわけだ。チャーリーは星のように輝いていた。おれは彼女を愛していた。あのほんのわずかのあいだでも。まるで、退屈な現世のカーテンの向こう側に、一瞬だけ、自分がしあわせになれる世界を垣間見たようなものだ。

「なにか痛み止めの薬を持ってないか？」となりにいた若者がたずねてきた。「足の骨が折れて、死ぬほど痛えんだ」

「悪いが、持ってない」と答えて、ニックはまた思いにふけった。

「そんなしょぼくれた声を出すなって」若者がいった。「ピサーどもに、ここの中まで踏みにじらせるんじゃない」と、自分の頭をたたいてみせる。

「この先一生、月の再配置キャンプかユタ州南東部で過ごすんだと思うと、そうそう笑顔もできないな」ニックは皮肉っぽくいった。

「しかし」と、若者はしあわせそうな笑みに顔を輝かせて、「プロヴォーニがもどってくるってニュースは聞いただろ。援軍を連れて」

　脚の痛みにもめげず、きらきら目を輝かせている。

「もう再配置キャンプなんてものは存在しなくなる。『天幕はひきさかれ（マタイによる福音書27：51またはルカによる福音書23：45）、もろもろの天は巻きもののごとくにまかれん（イザヤ書34：4）』」

「その文句が書かれてから、もう二千年以上待ちつづけてるのに、なんにも起こらないじゃないか」

　ニックは心の中でこうつけたした。〈下級人〉の仲間入りをしてからまだまる一日もたってないっていうのに、このざまだ。おれはどうなっちまったんだろう。

　そばにうずくまっていた、背の高いやせた男が口を開いた。右目のあたりに、手当てのあともない深い傷がぱっくり口をあけている。

「あんたたち、プロヴォーニのメッセージがほかの印刷工場に送られたかどうか知らんかね？」

「ああ、もちろん送られたとも」金髪の若者の目に、信念と決意の炎が燃え上がる。「一発だ。こっちの連絡オペレーターは、パチンとスイッチを入れるだけでよかったんだからな」

若者はニックと背の高いやせた男に、射すくめるような視線を投げ、

「すばらしいじゃないか？　たとえこんな状況でもな」と、照明も換気もよくない雑居房の仲間たちを指さした。「最高だ。美しい！」

「それでハイになったのか？」

「前世紀の文学にはうとくてね」と、若者はニックのアナクロニスティックな表現をあざけった。「おれは生きていける。このすべては——おれのものだ。トース・プロヴォーニが着陸するまでは。プロヴォーニはもうすぐ着陸して、天国は——」

私服姿の警官がひとり、手もとのクリップボードを見ながらこちらにやってきた。

「３Ｘ２４Ｊの訪問客はおまえか？」とニックに向かってたずねる。

「おれはニック・アップルトンだ」とニック。

「われわれにとって、おまえは、ある特定の日時にある特定のアパートメントを訪ねた人間でしかない。したがって、おまえは３Ｘ２４Ｊだ、それでいいな？」

ニックはうなずいた。

「立って、いっしょに来い」

権力の手先はそういって、さっさと歩きだした。ニックは苦労して身を起こすと、やっとの思いで立ち上がり、警官を追ってそろそろと歩きだした。いったいどういうことだろうといぶかしみ、恐怖を感じながら。

警官は、高速で数字が回転する複雑な電子ホイール・システムを使って、雑居房の扉のロックを解除した。そのとき、壁にもたれてすわっていた男のひとりが、ニックに向かっていった。

「好運を祈ってるぜ、兄弟」

そのとなりにいた男が、耳からトランジスター・タブを抜いて、

「たったいま、メディアにニュースが流れたぞ。コードンが殺された。やりやがった、ほんとにやりやがったんだ。慢性の肝臓病で死んだって発表だが、そうじゃない——コードンは肝臓を患(わずら)ってなんかなかった。やつらが射殺したんだ」

「さあ」

と警官が声をかけ、びっくりするような力でニックを突き飛ばして、戸口から雑居房の外に出させた。警官が出ると、コンピュータ・ロックの扉はただちにまた閉ざされた。

「コードンの話はほんとうなのか?」ニックは警官に、緑のピサーにたずねた。

「さあな」といってから、警官は思いなおしたように、「しかし、やったんだとしたら、

いいことだよ。いままでどうして、ブライトフォースでやつをずっと生かしておいたのか、そっちのほうが不思議だ。なんで決断できなかったのかな。ま、委員会議長が〈異人〉じゃしょうがないか」

ニックは廊下を歩いていく警官のあとを追った。

「トース・プロヴォーニがもどってくるのは知ってるか？」とニック。「それに、援軍を約束してることを？」

「おれたちの敵じゃない」と警官。

「どうしてそんなことがわかる？」

「黙ってさっさと歩け」

警官は、大きな頭、〈新人〉特有の肥大した頭蓋をいらだたしげに振った。腹を立て、攻撃的な気分になっているようだ。持っている金属棒をだれかにふるいたくてうずうずしている。できるものなら、いまここでおれをぶち殺すだろうな、とニックは思った。しかし、この警官にははたすべき命令がある。

それでも、この警官のことがこわかった。プロヴォーニの話を持ち出したとき、その顔に浮かんだすさまじい憎しみの表情……。やつらは必死になって全力で戦うだろうな、と考える。もしこれが、彼ら全体の気持ちを代表しているんだとすれば。

警官は、とある部屋の前で立ち止まり、戸口をくぐり抜けた。ニックもそのあとにつづき……そして、そこが警察機構の神経中枢であることをひと目で見てとった。小さなTVスクリーンが何千も並び、四つひと組のスクリーンにひとりずつ警官がついて、モニターしている。巨大な部屋全体に、ブンブンカチカチという不協和音が充満している。あちらこちらを忙しそうに行き来する男女……ニックを連行してきた、憎しみにこりかたまったこの警官みたいに、みんなささいな使い走りをしているらしい。なんというせわしなさ。しかし、PSSはいま、彼らが把握している全〈下級人〉一斉検挙のまっさいちゅうだ。それだけでも、電子ネットワーク・システムと、そのオペレーターたちにとってはたいへんな重荷だろう。

そのわずか一瞬のあいだに、ニックは彼らの疲労に気づいていた。その顔には勝利の喜びも満足感もない。へーえ、エリック・コードンを殺しても気持ちが晴れないのかい？　ニックは心の中でそう問いかけた。が、彼らにしても、〈下級人〉と同様、先を見ている。国内問題——印刷工場の爆破・襲撃、〈下級人〉の一斉検挙——は、おそらく、ここ三日のあいだに完了しなければならないのだ。

でも、どうして三日なんだろう？　ニックは自問した。プロヴォーニのふたつのメッセージからは——明らかに——船の種別は特定されていない。それなのに、だれもかれもがおなじ推測をしているようだ。あと二、三日。それだけしかない。でも、もしプロヴォーニの到着まで一年かかるとしたら？　それとも、五年かかるとしたら？

「３ＸＸ２４Ｊ」と、警官がいった。「これからおまえを、委員会議長補佐にひきわたす。補佐は武装しているはずだ。だから、ばかなまねはするなよ」

「わかったよ、相棒」

ニックはおとなしく答えた。事態のめまぐるしい変化についていけず、断頭台に連行される死刑囚のような気分になっている。

ごくふつうのビジネス・スーツ姿の男――紫の袖、指輪、爪先のそった靴――が、近づいてきた。ニックはその顔を仔細に検分した。狡猾で職務熱心――そして、〈新人〉だ。巨大な頭が首の上でぐらぐらしている。〈新人〉のあいだで流行しているネック・サポーターを使っていない。

「３ＸＸ２４Ｊだな？」と男はたずねて、書類らしきもののゼロックス・コピーに目を落とした。

「ニック・アップルトンだ」と、ニックはがんこにいった。

「ああそう、この住居番号照合システムってやつは、まったく役にたたん」委員会議長補佐はいった。「おまえの職業は――あるいは前職は――」

眉間にしわを寄せ、重そうな頭をかしげる。

「なんだ、これは？　タイヤ溝掘り職人？　これでいいのか？」

「ああ」

「そして本日、おまえは、たしか数カ月前から警察の監視下にあった雇用主のアール・ジータを通じて、〈下級人〉に加わった。これはおまえのことだ、まちがいないな？　人違いでないことを確認しておきたい。ここにおまえの指紋がある。これからそれを、指紋管理センターに送って照合させる。委員会議長との面会時間までには、おまえの指紋が確認される――あるいは、されない――はずだ」

委員会議長補佐は書類をていねいにたたんで、パウチにしまった。

「ついてこい」

ニックはもう一度、数千のTVスクリーンに埋めつくされた、洞穴のような巨大な空間に視線を投げた。魚みたいに、人間が泳ぎまわってる。雄と雌の紫の魚たちが、液体分子さながらに、ひっきりなしにぶつかりあう。

ニックはそのとき、地獄の幻を垣間見た。行き交う人々の姿が、実体のないエクトプラズムの霊体のように見える。使い走りに右往左往する警官たち。彼らはおおむかしに生命を投げ出し、いまは生きるかわりに、自分がモニターしているスクリーンから――いや、もっと正確にいえば、スクリーンに映る人々から――生命力を吸収している。南米の先住民が信じている、写真を撮られると魂を盗まれるという迷信は、ひょっとしたら真実なのかもしれない。だとしたら、これはどうなる？　百万、百億の写真をたえまなく撮られつづけるというのは？　気味が悪いな。おれの頭は混乱してる。恐怖のせいで、すっかり迷信深くなっちまってる。

「その部屋は――」と委員会議長補佐がいった。「惑星全土にはりめぐらされたPSSのデータ・ソースだ。ちょっとしたもんだろ？　あれだけたくさんのモニター・スクリーン……しかも、いま見ているのは、ほんの一部でしかない。正確にいうと、いま見ているのは、二年前に完成したアネックスだ。中央ネットワーク複合体は、ここからは見えない。だが、個人的感想をいわしてもらえば、おったまげるほどでかい」

「『おったまげるほど』？」

ニックは、相手の言葉の選び方に驚いて、きき返した。委員会議長補佐という役職にあるこの男に対して、かすかに、一種の共感のようなものを感じた。

「百万人近い人間が、警察に雇われて、のぞき見スクリーンに張りついている。巨大な官僚機構だよ」

「しかし、それが役にたってるのか？」とニックはたずねた。「たとえばきょうの、一斉検挙の第一陣で？」

「ああ、このシステムはもちろんうまくいってる。ただ、これだけ多くの人間と時間を食うというのは皮肉なもんだよ、考えてみれば、そもそもの発想のもとは――」

制服姿の警察官が、ふたりの横にあらわれた。

「ここを出て、その男を委員会議長のところへ連れていけ」と、警察官がぞんざいな口調でいった。

「はい、閣下」

議長補佐は、ニックを連れて廊下を歩きだし、やがて透明なプラスチックの大きな玄関ドアの前で立ち止まった。

「バーンズか」と、半分ひとりごとのような口調でいう。顔を歪めて、「バーンズはグラム議長にいちばん近い。ウィリス・グラムには、十人の男女からなる委員会がある。なのに、相談する相手といえばバーンズ、いつもいつもバーンズだ。きみはそれが、適切な大脳プロセスだと思うかね？」

ここでも、〈新人〉が〈異人〉をこきおろしているというわけか。ニックはなにも答えず、補佐のあとについて、まばゆい赤のスキブに乗りこんだ。スキブは、政府公式印章で飾られていた。

16

小さくてモダンなオフィスの、天井からぶら下がる新製品クモ形モビールの下で、ニック・アップルトンはいらいらしながらBGMを聞いていた。いまかかっているのは、ヴィクター・ハーバートのアルバム。ああ、くそったれ。ニックは心の中で力なく悪態をつくと、両手で頭を抱えた。チャーリー、生きてるのか？　けがしてないか、元気でいるんだろうな？

チャーリーはきっと元気だ。ニックはそう結論を下した。おとなしく殺されるチャーリーじゃない。あの娘はまるまる一生を生きる。平均寿命の百十二年よりずっと長く。

ここから出られるだろうか。目の前にはドアがふたつ。片方は、来るときに通ってきたドア、もう片方は、奥の、もっと秘密めかしたオフィスへとつづいている。ニックは慎重に最初のドアをためしてみた。鍵がかかっている。今度は、奥のオフィスへと通じるドアに忍び足で近づいた。息をつめて、ノブを回す。やはり、鍵がかかっている。

しかも、ノブには警報器がつながっていた。けたたましい警報の音が、この部屋まで聞こえてくる。ちくしょうめ、とまた自分に向かって悪態をつく。

問題のドアが開いた。立っていたのは、バーンズ警察長官。装飾たっぷりの緑の制服を着た姿は、堂々としている。警察上層部の人間だけが着ることを許される、通常の制服より明るいグリーンの制服だった。

ふたりは、たがいに見つめあったまま、しばし立ちつくしていた。

「3XX24Jだな？」とバーンズ長官がたずねた。

「ニック・アップルトンだ。『3XX24J』というのはアパートメントの住居番号だし、しかもおれの家でさえない。いや、住居番号だった、というべきかな。あんたの部下が、いまごろはもう家宅捜索をすませてるんだろ、コードン文書をさがして」

このときはじめて、ニックはクレオのことを思い出した。

「女房はどこだ？　無事なのか？　生きてるんだろうな？　会えるか？」それに、おれの息子。ボビーは無事なのか？

バーンズは肩ごしにふりかえって、

「7Y3ZRRを調べて、女のようすをたしかめてくれ。息子のほうもだ。すぐに結果を知らせろ」

またニックのほうに向きなおり、

「十六番街の印刷工場でいっしょだった娘のことじゃないだろう？　法律上の奥さんのこ

とだな」

「両方の安否を知りたい」

「工場でいっしょだった娘なら、元気だよ」

バーンズはそれだけしかいわなかったが、よかった、とにかくチャーリーは無事に生き延びたんだ。ニックは神に感謝した。

「委員会議長に会う前に聞いておきたい質問はそれだけか？」

「弁護士を呼んでくれ」

「それは無理だ。去年通過した法律で、すでに逮捕された人間に法的な代理人をつけることは禁止されている。どのみち、きみの場合は、逮捕の前に弁護士に会っていたとしても、役にはたたなかっただろうが。きみは本質的に政治犯だから」

「おれの容疑というのは？」

「コードン文書の携帯。それだけで、再配置キャンプに十年。他のコードン分子のいる場所に——そうと知りつつ——立ち寄ったこと。これでもう五年。非合法文書が印刷されている場所で——」

「もうじゅうぶんだ」とニック。「ぜんぶ合わせて、ざっと四十年か」

「法律に照らせばそういうことになる。しかし、きみがわたしと委員会議長の役にたってくれれば、その場で減刑できるかもしれない。さあ、はいるぞ」

バーンズは開いたドアを指さし、ニックは黙ってそこに足を踏み入れた。ドアの向こうは、豪奢な内装のオフィスだった……いや、オフィスと呼んでいいものだろうか？　巨大なベッドが部屋の半分を占領している。そのベッドに散らばる枕によりかかって寝そべっているのは、地球最大の権力者、ウィリス・グラムその人。腹の上には、昼食をのせたトレイ。ベッドにはありとあらゆる種類の文書が散乱している。ざっと見ただけでも、十を越す政府機関のカラー・コードがあるのがわかった。読んだ形跡はない――まっさらな書類ばかり。

「ミス・ナイト」ウィリス・グラムが、たるんだ頬に接着されたフェイス・マイクに向かっていった。「チキン・ア・ラ・キングの皿を下げにきてくれ。食欲がない」

すらりとした中性的な体つきの女がすぐにはいってきて、トレイをかたづけた。

「かわりになにか――」

と女が口を開きかけるのを、グラムは片手を振ってさえぎった。女はただちに口をつぐみ、トレイを持って部屋を出ていった。

「わしの食事がどこから運ばれてくると思う？」ウィリス・グラムはいった。「このビルのカフェテリアだよ。まったく、どうして――」

と、バーンズのほうを向き、

「まったくどうして、自分専用の特別厨房をつくらせることを思いつかなかったのかな？

くそっ、わしの頭はおかしくなっとるにちがいない。辞職したほうがよさそうだ。きみら〈新人〉のいうとおり――われわれはただのフリークスなんだ、われわれ〈異人〉は、支配者向きの材料でできていない」

ニックが口を開いて、

「タクシーで、〈フローレ〉かどこか、一流のレストランに連れていってあげますよ、食事がすんだら――」

「いや、だめだ」バーンズがぴしゃりといった。

グラムは好奇心に駆られた目でバーンズを見やった。

「この男を連れてきたのには、重要な目的があります」とバーンズが熱をこめていう。「雑用係じゃありません。上等の昼食をお望みなら、ご自分の部下をお使いになればいいでしょう。この男は、先だってお話しした男ですよ」

「ああ、そうだったな」とグラムはうなずいた。「やってくれ。尋問しろ」

バーンズは、まっすぐの背もたれがついた、すわりごこちの悪い椅子に腰をおろした。一八二〇年代中期の椅子で、おそらくはフランス製。バーンズは音声記録装置をとりだし、スイッチを入れた。

「ＩＤを」

ニックはバーンズの向かいのふかふかの椅子にすわって、

「評議会議長に会うために連れてこられたんじゃなかったのか？」

「そのとおりだ」とバーンズ。「グラム議長は、おりにふれて、特定の問題についてさらにくわしい質問をさしはさまれる……それでよろしいですか、議長？」

「ああ」

と、グラムは答えたが、心ここにあらずのようすだった。みんな消耗しきっている、とニックは思った。グラムでさえも。いや、とくにグラムが、というべきか。待ちつづけた歳月が、彼らの心身をそこなっている。ようやく〝敵〟が出現するといういま、それに対処する気力さえない。ただし、彼らも十六番街の印刷工場ではみごとな仕事ぶりを見せた。たぶん、この倦怠感も、警察ヒエラルキーの下層にまでは及んでいないのだろう。実状を知る上層部だけが……ニックの思考は、そこで唐突に断ち切られた。

「きみの心には、興味深い考えが渦巻いているな」と、テレパスのグラムがいった。

「そうだった」とニック。「忘れてたよ」

「きみの考えは百パーセント正しい」とグラム。「わしは疲れ切っている。だが、このわしは、ほとんどいつも疲れ切っていてかまわんのだ。現場の仕事は、わしが全幅の信頼を置く各部の長が担当する」

「ＩＤを」と、バーンズがくりかえした。

「７Ｙ３ＺＲＲ。ただし、最近は３ＸＸ２４Ｊ」ニックはとうとう根負けして答えた。

「きみはけさ、コードン文書印刷工場で逮捕された。きみは〈下級人〉か？」

「ああ」とニック・アップルトンは答えた。

一瞬、沈黙が流れる。

「きみはいつ〈下級人〉になった？」とバーンズが質問を重ねる。「コードンなるデマゴーグに賛同し、彼のよこしまな文書を――」

「おれが〈下級人〉になったのは」とニック。「息子の公務員試験の結果が届いたときだ。そのとき、息子がけっして理解できない問題にもとづいてテストされたんだということがわかった。政府を信頼しつづけてきたおれの生涯は無駄だったことがわかった。そのときおれは、これまで何度も、いろんな人たちがおれの目を覚まさせようとしてくれたこと、自分がそれを無にしてきたことを思った。テストの結果が届き、テストのゼロックス・コピーを何度も読み返してみて、ボビーにはまるでチャンスがないことがわかった。『ブラックの公式によって予言された、以下の要素とはなにか。運動中の原初の統一体がいまなお活動している場合に、深度一分子の表面におけるネットワーク占有となるもの、あるいは原初の統一体が、生きて、もしくは生きているかのごとく活動している場合には、重なりあう固有世界(アイゲンヴェルト)が――』」

ブラックの公式。〈新人〉にしか理解できないもの。そして、テストを受ける子どもは、理解不能のこの体系の種々の前提条件にもとづく、矛盾しない合力を定式化することを要求される。

「きみの思考はまだ興味深い」とグラムがいった。「息子さんのテストを監督していた人間の名前を教えてくれんかね？」

「ノーバート・ワイス」とニックはいった。この名前を忘れてしまうには、長い長い時間がかかるだろう。「それと、もうひとり、書類に名前があった。ジェロームなんとか。パイク。パイクマンだ」

「では」とバーンズがいう。「アール・ジータの影響があらわれたのは、息子さんのことがあってから、というわけだな。そのときまで、ジータのご高説はまったく——」

「ジータはなにもいってない。コードンの処刑が迫っているというニュースだよ。それを聞いたときのジータの反応を目にして、それでおれは——」

ニックはしばし黙り込んだ。

「抗議せざるをえなかったんだ、なんらかの方法で。アール・ジータが、行動へとつづく扉を開いてくれた。おれたちは一杯やって——」

ニックは口をつぐみ、首を振って、頭をはっきりさせようとした。トランキライザーの影響がまだ抜けきっていない。

「アルコールか？」とバーンズがたずね、小さなプラスチックの手帳を顔に近づけて、ボールペンでメモをとった。

「ふむ」とグラムがいった。「ローマ人のいうとおりだな。『イン・ウィーノ・ウェリタース』どういう意味かわかるかね、アップルトンくん？」

『酒の中に真実がある』」

バーンズはあざけるような口調で、

『酒の上での話だ』といういいかたもありましたね」

『イン・ウィーノ・ウェリタース』がわしの信念だ」グラムはおくびをもらした。「食べなきゃならん」

哀しげな口調でいうと、グラムはフェイス・マイクに向かって、

「ミス・ナイト。使いを出して——どこだといったかな、アップルトン？　さっきいってたあのレストランだ」

「フローレ」とニック。「アラスカン・ベークド・サーモンが最高にうまい」

「その金をどこで手に入れた？」とバーンズが鋭くたずねた。「フローレなんかで食事をする金がよくあったな？　タイヤ溝掘りで稼いだ金か？」

「クレオといっしょに、一度だけ行ったことがある。はじめての結婚記念日に。チップも入れると一週間の給料がまるまるふっとんだが、その値打ちはあったよ」

その日のことは、かたときも忘れたことはなかった。これから先も、けっして忘れないだろう。

　ぶっきらぼうに肩をすくめて、バーンズは尋問を再開した。

「ということは、ずっとくすぶっていた怒り、現実の行動にまでは結びつかなかったかもしれないきみの怒りが、アール・ジータから、運動に参加することで感情にはけ口を与える道を示されたとき、行動へと移行したわけだ。もしアール・ジータが〈下級人〉でなければ、きみの怒りはついに表面化しなかったかもしれない」

「なにがいいたいんだ？」とグラムがいらだたしげにいった。

「つまり、〈下級人〉の軸となる人物、コードンのような連中をすべて抹殺してしまえば──」

「やったじゃないか」

　とグラムが指摘した。それから、ニックに向かって、

「知ってたか？　コードンは慢性の肝臓病で、治療ができず、移植手術も不可能だったんだ。その話をラジオで聞いただろ。あるいはテレビで」

「おれが聞いたのは、コードンが独房に送りこまれた暗殺者の手で射殺されたってことだよ」

「それはちがう」とグラム。「やつは独房で死んだんじゃない。監獄病院の手術台で、人工臓器の移植手術を受けている最中に死んだ。命を救うべく、できるかぎりの手はつくした」

いや。とニックは心の中でいった。いや、そんなことはしなかった。

「信じないのか？」

ニックの思考を読んで、グラムがそうつぶやいた。それから、バーンズのほうを向いて、

「ほら、これがきみの統計値だ。〈旧人〉を代表する典型は、コードンが病死したことを信じていない。この事実から外挿すれば、地球全体に不信の輪が広がっているということになるのかね？」

「もちろんそうなりますね」

「ふん、くそくらえだ」とグラム。「やつらがなにを信じようが、わしの知ったことじゃない。やつらにとっては、もうすべてあとの祭りだ。あっちこっちのドブにネズミどもが残っているだけのこと、あとは一匹ずつ始末していけばいい。そうじゃないかね、アップルトン？ きみのような一般参加者には、もうどこにも行き場所がないし、導いてくれるリーダーもいない」

こんどはバーンズに向かって、

「だから、プロヴォーニが着陸しても、出迎えてくれる人間はひとりもいないというわけだ。忠実なる信奉者の群れはちりぢりになり、消え去っている。ここにいるアップルトンをはじめとして。プロヴォーニはむざむざ逮捕されて、ユタ州南東部か、お好みなら月のキャンプへと送られる。きみは月のほうがいいかね、アップルトンくん？ ミスター３X

X24J?」

　ニックは慎重に言葉を選んで、

「家族そろって無傷のまま再配置キャンプに送られると聞いた。ほんとうなのか？」

「奥さんや息子といっしょに行きたいというのか？　しかし、きみの家族は告発されていない」バーンズは犬歯をむきだしにして、その考えをもてあそんだ。「もちろん、告発することはできる。罪状は――」

「うちのアパートメントでコードン文書が見つかるよ」

　とニックはいって、その瞬間にいったことを後悔した。ああくそっ、なんであんなことをいっちまったんだろう、と自問する。しかし、おれたちはいっしょにいるべきなんだ。そのつぎに、小柄でタフなチャーリーのことが頭に浮かんだ。大きくて黒い瞳と、ぺちゃんこの鼻。かたくてスリムな、胸のない体……いつもの元気な笑み、ディッケンズの小説から抜け出したみたいな……。煙突掃除夫だ。ソーホーの泥棒。舌先三寸で、だれかれなしにあることないこと吹き込んで、トラブルから脱出する。いつもいつもしゃべってばかり。いつもいつも、あの特別性の輝く笑みを浮かべて、まるで彼女のまわりの世界は、抱きしめてやりたい毛むくじゃらの大きな犬だとでもいうような顔をしている。

　チャーリーといっしょに行けるだろうか？　クレオとボビーといっしょに行くかわりに？　彼女と行くべきなんだろうか？　法的に可能なんだろうか？

「不可能だ」と、グラムが巨大なベッドの中から答えた。

「なにがです？」とバーンズがたずねる。

グラムはものうげな口調で、

「この男は、十六番街印刷工場で逮捕されたときいっしょだったあの娘といっしょに行きたがっている。覚えてるか、あの娘を？」

「議長が興味を示していた娘ですね」とバーンズがいった。

その瞬間、ニックの背中を熱い恐怖が走り抜けた。心臓が大きく脈動して力強く血液を送り出し、手足の血管を流れる血がはげしく加速される。ということは、グラムのうわさはほんとうだったんだ。グラムの浮気癖の話は。グラムの結婚生活も——。

「きみの結婚生活とおなじというわけだ」と、グラムがニックの思考をひきとった。

ややあって、ニックはいった。

「たしかに」

「どんな女なんだ？」

「凶暴で野性的」

といってから、声に出していうことはないんだと気がついた。彼女のことを考え、彼女の姿を思い浮かべて、いっしょにいた短いあいだのできごとを心に再現すればいい。そうすればグラムは、おれの心が思うのとおなじスピードでそれを読みとる。

「その娘はやっかいの種だな」とグラムがいった。「それから、ボーイフレンドのデニーという男、そいつは精神病質かなにかだろう。きみの記憶に歪みがなければ、ふたりのあいだの関係そのものが病的だ。その娘は病気だよ」

「正気の環境でなら——」

と口を開きかけたニックを、バーンズがさえぎって、

「質問をつづけてよろしいでしょうか？」

「ああ」

とグラムはいって、憂鬱げに自分の殻に閉じこもった。どっしりした体格の老人が、関心を内側に、みずからの思考に向けるのを、ニックは見てとった。

「もし釈放されたとしたら」とバーンズがたずねた。「きみはどう反応する？　そしてもし——もしもの話だが——トース・プロヴォーニがもどってきたら、きみはどうする？　怪物の援軍を連れてもどってきたら？　地球を永遠に奴隷化する下心を持った援軍を——

——」

「ああ、くそ」とグラムがうめいた。

「議長、なにか？」とバーンズ。

「なんでもない」

グラムはまたうめき声をあげ、寝返りを打った。灰色の髪が白い枕にかぶさる。光を嫌

うなにかが枕のあいだに潜りこみ、筋ばった肌だけが見えているかのように、色を失っている。

「きみの反応は、つぎのうちどれになると思う？」バーンズは質問をつづけた。「1、なんの留保もなく有頂天になる。2、おだやかな満足を感じる。3、なんとも思わない。4、不安になる。5、PSSもしくは、非道な侵略者と戦うために召集された組織に加わる。この五つのうち、どれを選ぶね？」

『なんの留保もなく有頂天になる』と『おだやかな満足を感じる』との中間はないのかい？」

「ない」

「どうして？」

「われわれの敵がだれなのかを知りたいんだ。もしきみが『なんの留保もなく有頂天にな』れば、きみは行動するだろう。つまり、侵略者に手を貸すわけだ。しかし、『おだやかな満足を感じる』だけなら、おそらくなにもしないだろう。選択肢のどれを選ぶかによって、それがわかる――きみは体制の公然たる敵として行動するかね？　もしそうするとしたら、どのような方向で、どの程度までの行動をするかね？」

シーツの下でくぐもった声で、グラムがつぶやいた。

「そいつにわかるもんか。まったく、その男はけさ〈下級人〉になったばかりなんだぞ！

いざというとき自分がどうするかなど、わかるわけがない」

「しかし」とバーンズが冷静に答えた。「彼にはプロヴォーニの帰還について考える時間が何年もありました。それを忘れないでください。彼の反応は、どういうものであろうとも、しっかりした土台があるんです」

それからニックに向かって、

「ひとつ選んでくれ」

しばらくしてから、ニックはいった。

「それは、あんたたちがチャーリーをどうするかによるな」

「この答えを外挿してみろ」とグラムがバーンズにいって、くすくす笑った。「チャーリーがどうなるかは、わしの口から教えてやろう。彼女はここに連れてこられて、デニーだかベニーだかという歪んだ精神病質者からは安全な身になる。きみは紫セイウチを振り切ったんだったな、もののみごとに。しかし、いままでだれもそれに成功した者はいないという彼女の言葉はうそだったかもしれん……それは考えなかったんだな。きみは彼女の小さな偽足にからめとられた、ちがうかね？

きみはとつぜん、奥さんに向かって『彼女が行くなら、おれもいっしょに行く』といい、きみの奥さんは『とっとと行きなさい』といって、きみはそのとおりにした。そのすべてが、なんの前触れもなく、とつぜん起きた。きみはシャーロットを自分のアパートメントに連れ帰り、シャーロットとどうやって知り合ったかについてうそをいい、そしてクレオがコードン文書を発見して、ドカン、それでおしまい。奥さんは、女房族がいちばん好むものを手に入れたわけだよ。つまり、亭主が、ふたつの悪のうちどちらかひとつを選ばざるをえない状況をね。どっちを選んでも、亭主としては趣味にあわない。女房ってのは、自分の夫をそういう立場に追い込むのが大好きでね。離婚裁判の法廷では、女房のもとにもどるか、高校卒業以来営々と築き上げてきたすべてのもの、すべての財産を失うか、どちらかの選択を迫られる。ああ、まったく女房どもときた日には、それが三度のメシより好きなんだ」

グラムは枕の山のあいだにさらに深く身を沈めた。

「面会はおしまいだ」と、眠たげにいう。

「わたしの結論を申し上げます」とバーンズ。

「よし、聞こう」とグラムのくぐもった声。

「この男、3X24Jの考えかたは」とバーンズはニックを指さして、「議長とよく似ています。第一の関心は、大義ではなく、自分個人の私生活にあります。恋い焦がれている女を自分のものにできるとはっきりすれば——この男が最終的な決断をくだしたとしてですが——そうすれば、プロヴォーニが到着しても、なにもしないでしょう」

「だから、どういう結論になるというんだ？」

バーンズはそっけない口調で、

「すなわち、本日たったいま、ユタと月双方の再配置キャンプを全廃し、収容者全員を故郷の家族のもとに、もしくは希望する人物のもとに送りとどけると宣言するのです」

バーンズの声にはとげとげしい響きがあった。

「プロヴォーニの到着以前に、ここにいる3XX24Jが望んでいるのとおなじものを、彼ら全員に与えるのです――これで問題は解決するでしょう。〈旧人〉は個人のレベルで生きています。彼らの行動の動機づけとなるのは大義やイデオロギーではありません。大義に踏みこむとしても、それは私生活において奪われたなにかをとりかえすためなのです――人間としての尊厳とか生きることの意味とか。よりよい住環境や、人種間結婚の自由など――おわかりだと思いますが」

ずぶ濡れの野良犬みたいにふるえながら、グラムはベッドに身を起こし、バーンズをにらみつけた。唇はへの字に曲がり、眼球がふくらんでいる……いまにも発作を起こしそうだな、とニックは思った。

「釈放するだと?」とグラムはいった。「ひとり残らず? きょう逮捕したような連中――軍隊式の制服を着とるような中核メンバーまで含めてか?」

「はい」バーンズはあっさり認めた。「これは賭けです。しかし、市民3XX24Jが口にし、心に思っていることからすれば、彼が、『トース・プロヴォーニは地球を救ってくれるだろうか？』などと考えていないことは明白です。彼が考えているのは、『ああくそ、あのタフで小柄な売女にまた会いたいもんだ』ということだけです」

「〈旧人〉どもときたら」と、グラムがつぶやいた。その顔に、もう緊張の色はない。頬の肉はだらんとたるんでいる。「シャーロットをとりもどすか、プロヴォーニの成功を自分の目で見るかのどちらかを選ばせたら、じっさいアップルトンは前者を選ぶだろうな……」

が、そのとき、だしぬけにグラムの表情が変わった。猫のような用心深い顔つき。

「しかし、彼はシャーロットを自分のものにすることはできん、あの娘にはわしがかかわっているからな」

今度はニックのほうに向きなおる。

「彼女を手に入れるのは不可能だよ、だから、クレオとボビーのもとにもどるんだな」にやっと笑って、「ほら、わしがかわりに決断してやったぞ」

不快の念もあらわに、グラムのせりふを聞いていたバーンズが、ニックに向かっていった。

「〈下級人〉のひとりとして、きみはどう反応するね、もしすべての再配置キャンプが——いや、おためごかしはやめよう。すべての強制収容所が廃止され、被収容者全員が友人なり家族なりのもとに帰されたとしたら。こういう措置がきみのために、きみたち全員のためになされたとしたら、どういう気持ちになる？」

「政府がなしうる決断の中で、それこそはもっとも理性的で人間的で合理的な決断だと思う。安堵と幸福の波が、地球全土に広がるだろう」

陳腐な常套句だらけのつたない表現。さすがに自分でも情けない気がしたが、ニックとしてはこれがせいいっぱいだった。

「ほんとにやるつもりなのか？」信じられない思いで、バーンズに向かってたずねる。

「とても信じられない。キャンプに収容されている人間の数は数百万のオーダーになる。歴史上のどんな国の政府とくらべても、これ以上に人道的な決断はないだろう。永遠に歴史に残るよ」

「ほらね？」とバーンズがグラムにいった。「ようし、3XX24J。もしこの措置がなされたとしたら、プロヴォーニをどのように出迎える？」

バーンズの論点はニックにも理解できた。

「おれは――」といいかけて口ごもり、「プロヴォーニは専制政治を打倒する助力を求めて地球を旅立った。しかし、あんたたちが全員を解放してくれれば、そして、必然的帰結として〈下級人〉なるカテゴリーも廃止して、さらにこれ以上の逮捕者が――」

「もう逮捕はなくなる」とバーンズ。「コードン文書は自由な流通を認められる」

グラムはベッドの中で寝返りを打ち、肉を波打たせて上体をもたげ、やっとのことですわった姿勢になった。

「やつらはそれを、弱体化の徴候だと考えるぞ」

といって、グラムは、指先をまずニックに、それからもっとまがまがしい手つきでバーンズにつきつけた。

「敗北をさとった結果、そういう戦法に出たと思うだろう。プロヴォーニは信頼を勝ちとることになるぞ！」

さまざまな感情のまじりあった顔で、グラムはバーンズを見すえた。顔の筋肉がふるえ、はげしく動く。

「やつらがどうするかわかっているのか？　やつらは——」と、ニックに神経質な視線を向け、「公務員試験を公明正大なものにさせようとする。いいかえれば、われわれは、政府機構の人事に対する絶対的な支配権を失うことになるんだ」

「脳みその助けは必要ですよ」ボールペンの尻を嚙みながら、バーンズがいった。

「おまえみたいな二重頭の超人が、ということか？」グラムは吐き捨てるようにいった。

「そいつにわしを支配させるのか？　じゃあ公共安全特別委員会の全権委任会議を召集しようじゃないか。すくなくともそうすれば、おまえたちの種族もわしの種族も平等に代表されるからな」

バーンズはゆっくりと、

「エイモス・イルドを呼びたいと思います。意見を聞くために。委員会の召集には二十四時間かかるでしょう。イルドなら半時間で呼べます——ごぞんじのとおり、彼はいま、ニュージャージーで〈大耳〉の開発に従事していますから」

「〈異人〉の天敵めが！　くそっくらえだ、バーンズ。はずれたナットやボルトが中でカラカラ回っとるようなナシ頭の意見なんぞに、こんりんざい耳を貸すつもりはない」

「イルドは現在、地球上でもっとも傑出した知識人ですよ。それがわれわれの彼に対する認識です。議長にしても、その点は同感でしょう」

グラムはぶるっと身震いして、

「やつはわしを時代遅れの人間にしようとしている。この世界を楽園に変えた二大政体システムを破壊して——」

「では、このままキャンプを開放させることにしましょう」とバーンズがいった。「だれの同意も——あるいは異議も——受けずに」

バーンズは立ち上がり、メモとペンをしまって、ブリーフケースをとりあげた。

「そうじゃないか？」とグラムがたずねた。「やつは〈異人〉を傷つけようとしてるんじゃないのか？　それが〈大耳〉のほんとうの目的なんじゃないのか？」

「エイモス・イルドは」とバーンズ。「〈旧人〉を多少なりとも気づかっている数少ない〈新人〉のひとりですよ。〈大耳〉はあなたたちと同等の権力、あなたたちとおなじ能力を〈旧人〉に与えるでしょう。政府組織の門戸を〈旧人〉に対しても開放することになる。市民３ＸＸ２４Ｊ──彼の息子も能力テストをパスできる、何十年も前にあなたを政府に引き入れた〈特別達成〉セクションのテストをね。その日からきょうまでに、ご自分がどれほど高く登りつめたか、考えてみるといいでしょう。

いいですか、ウィリス──〈旧人〉に参政権を返してやらなければなりません。しかし、彼らが単純に、いまいましくも単純に、われわれの持っている能力や知識や適性を欠いているなら、そんなことをしてもなんの意味もない。現実には、われわれがテスト結果をねじ曲げてるわけじゃない。ああ、たしかにときおりねじ曲げることはある──パイクマンとワイスが市民３ＸＸ２４Ｊの息子に対してやったように、選別することはある。それはたしかに悪事だが、悪じゃない。悪は、あなたやわたしにはパスできて、彼にはパスできないテストを課すシステムそのものにある。

われわれは、彼になにができるかでテストするのではなく、われわれにできることでテストしている。だから彼らは、〈旧人〉にはだれも理解できないバーナドの非因果性理論を含む設問に答えさせられることになるんだ。〈旧人〉にもっと大きな大脳皮質を与えることはできない──〈新人〉の脳を与えるわけにはいかない……でも、それを埋め合わせるような余分の能力を与えることは可能なんだ。あなたの場合みたいにね。すべての〈異人〉の場合みたいにね」

「わしを見下しているんだな」とグラム。

バーンズはまだ立ち上がったままでためいきをつき、肩を落とした。

「さて、いまいえることはぜんぶいってしまったようです。たいへんな一日でしたな。エイモス・イルドには連絡しませんよ。このますぐに、キャンプを開放する命令を出します。わたし個人の決断ということにしますよ。わたしひとりの責任での決断に」

「エイモス・イルドを見つけろ。エイモス・イルドを連れてこい」

グラムがうなり声でいった。ベッドの中でグラムが身をよじり、床が振動する。

バーンズは腕時計に目を落として、

「たしかに。あと二日以内というのは確実ですからね。しかし、エイモス・イルドをつかまえるには時間が——」

「さっき『半時間』といったぞ」とグラム。

バーンズはグラムのデスクに並ぶ映話機のひとつに手をのばした。

「かまいませんか?」

「いいとも」と、グラムがあきらめたようにいう。

バーンズが映話をかけているあいだ、ニックは物思いに沈みながら、執務寝室の大きな窓の外を、何マイルにもわたって、いや何百マイルにもわたって広がる街を見つめていた。

「あのシャーロットとかいう娘についてはは自分のほうに優先権があると、なんとかわしを説得する方法を考えているな」とグラム。

ニックはうなずいた。

「考えるのは勝手だが、なんの意味もないぞ。わしはこのとおりのわしだし、おまえはそのとおりのおまえ、タイヤ溝掘り職人だ。そういえば、タイヤの溝掘りは非合法だとする法律をいま通してるところだ。つぎの月曜には、おまえは失業してるよ」

「ありがとう」とニックはいった。

「おまえはずっと、そのことでうしろめたさを感じていた」とグラムは指摘した。「心の奥の深い罪悪感を拾い上げたよ。にせの溝がついたスキブを運転してる連中のことを心配していた。とくに、着陸するときを。タイヤが最初に地面に接触する瞬間を」

「ああ」とニック。

「いまはまた、シャーロットのことを考えているな、彼女を奪いとる方策をさがしている。それと同時に、道徳的には自分はどうすべきなのかという、もう百万回もくりかえしてきた問いを自問している……考えるのはやめて、クレオとボビーのもとにもどるがいい。そして、ボビーがまたテストを受けられるように——」

「おれはまた彼女に会うよ」とニックはいった。

17

父たちだ、とトース・プロヴォーニは思った。そうとも、彼らはまさに父親だ、フロリクス8から来たわれらが友人たちは。まるで、形相宇宙（エイドス・コスモス）を創造した原初の神（ちち）、アーヴァタールとのコンタクトに成功したみたいな感じ。われわれの世界でなにかがおかしくなっているというので、彼らは動転し、心配してくれている。彼らは気にかけている。同情を寄せている。われわれの欲求がいかに切実なものであるか、われわれがどう感じているかを知っている。われわれが求めているものを知っているのだ。

三つのメッセージ全部が十六番街の印刷複合体に無事たどりついただろうか、とプロヴォーニは思った。あそこには〈下級人〉の無線およびTV電波の送信機と受信装置が設置されている。当局はメッセージを傍受しただろうか？

傍受したとすれば、どう出るだろう？

パージだ。その可能性がいちばん高い。しかし絶対確実ではない。旧敵ウィリス・グラム——彼がまだ政権を握っているとして——は抜け目のない男だし、価値ある情報をしぼりだす相手と、その方法とを心得ている。テレパスであるおかげで、グラムはだれでもそばにいる人間の心を読むことができる。もっとも、いまだれが彼のそばにいるかは知る由もない。マクマリー・コーポレーションの重役をはじめとする急進派の軍国主義者か？

公共安全特別委員会のメンバーか？　それともロイド・バーンズ警察長官？　おそらくバーンズだろう。彼はみんなの中で――すくなくとも政府機構上層部にいる人間の中ではいちばん頭が切れて、いちばん気のたしかな男だ。

それに、独自の研究をつづけている〈新人〉の科学者たちがいる。たとえば、気味の悪いエイモス・イルド。イルド！　もしグラムが彼に諮問していたら？　おそらくイルドなら、ありとあらゆるものから地球を守れるシールドをたちどころに設計してみせるだろう。やつらがイルドを登用したとしたら、神よ救いたまえ――それをいうなら、トム・ロヴェアもいる。それに、スタントン・フィンチも。さいわい、真に傑出した〈新人〉は抽象的でアカデミックな研究に向かう傾向がある。理論物理学や統計学のような学問を専門とする学者がほとんどだ。

たとえばスタントン・フィンチは、プロヴォーニが出発した時点では、宇宙創造の三マイクロ秒後を再現するシステムを研究していた。最終的には、管理された条件下で、一マイクロ秒後にまでさかのぼり、さらには――神よ許したまえ――理論上の、数学的観点から、エントロピーの流れを逆転させて、ビッグバン以前の状態にまで到達しようというのが彼の計画だった。

しかし、すべては机上の空論だ。

この研究が完成すれば、フィンチはビッグバン宇宙を存在させるためにどのような状況が必要であるかを数学的に示すことができるだろう。フィンチは逆時間やゼロ時間のような概念を使って研究することができる……もういまごろは研究が完了して、フィンチは趣味にふけっているかもしれない。十八世紀の希少な嗅ぎタバコ入れの蒐集がフィンチの趣味だった。

おつぎはトム・ロヴェア。彼はエントロピーをテーマに研究をつづけている。万物の老朽化が行き着くところまで行って、宇宙全体のエネルギー分布がじゅうぶんにランダムになれば、こんどは自動的に、逆向きのエントロピー、ネゲントロピーの流れがはじまるはずだという根拠のない仮説が、ロヴェアのプロジェクトの基盤になっている。そうなれば、エネルギーや物質のひとかけひとかけのあいだで衝突が起き、その結果、もっと複雑な存在が出現するはずだ、とロヴェアは考えている。この、しだいに複雑化してゆく存在の可能性の高さは、それ自身の複雑さと反比例しているだろう。しかし、いったんこの過程が動きはじめると、究極的に複雑な存在が形成されるまで、この流れが逆転することはない。そして、唯一無二の——唯一無二の複雑さを持つ——存在が形成されると、これが全宇宙の全分子を包含することになる。この存在を神と呼ぶことはできるが、この「神」は崩壊する。そして神の崩壊にともない、エントロピーの力がでしゃばってくる……熱力学のさまざまな法則においてそうであるように。

かくしてロヴェアは、現在は、神と呼ばれる、すべてを包摂する唯一無二の存在の崩壊からわずかにあとの時代なのであると主張した。そして個別性と複雑性から離れてゆく成長の過程はすでにはじまっているのだと述べた。この過程は、無駄な熱の分布状態が原初とおなじく平等になるまでつづき、それから、はるかな年月ののちに、反エントロピーの力が、乱雑さによって、偶然の運動によって、ふたたび出現することになる……。

しかし、エイモス・イルドは――。

彼はちがっていた。イルドは理論的数学的観点からものごとを説明するだけではなく、ものをつくっていた。うまく使えば、イルドは政府にとって有益な人材になるだろう、とグラムの頭にそのことが浮かべば。ああ、そうとも、グラムなら考えつくだろう、とプロヴォーニは結論をくだした。イルドを政府の最高レベルに引き込めば、〈大耳〉計画は遅滞を余儀なくされるわけだし、ひょっとしたら頓挫してしまうかもしれないのだから。グラムがそこまで考えつくには時間がかかるだろうが、しかし、最終的には彼もそれに気づくはずだ。

だからおれとしては、エイモス・イルドを敵に回す覚悟をしとかなきゃならんわけだ、とプロヴォーニは思った。〈新人〉の中でも最高の天才――したがって、われわれにとってはもっとも危険な人物。

「モルゴ」と、プロヴォーニはいった。

「はい、ミスター・プロヴォーニ」

「きみ自身か、船の部品を使って受信機をつくれるか？　地球の送信機からの三十メートル周波帯を受信できるやつを？　つまり、商業目的で使われる、ごくふつうの送信機の電波だよ」

「理由を聞いてもいいですか？」

「三十メートル周波帯のふたつのスポットで、定時のニュース放送を流してるんだ。一時間おきに」

「地球の政治情勢がどうなっているかを知りたいんですね？」

「いや」プロヴォーニは軽蔑したようにいった。「メイン州の卵の値段を知りたいのさ」、どうやら、おれの神経の糸も切れかかってるみたいだな、とプロヴォーニは思った。

「すまない」とプロヴォーニはいった。

「朝飯前です」とフロリクス星系人が答えた。

トース・プロヴォーニは頭をのけぞらせて、けたたましく笑った。

「九十トンのゼラチンのかたまりが、『朝飯前』とはね。この船をぶよぶよの体にすっぽり包みこんで、四方八方どこを向いても原形質のスライム。で、そいつがいうわけだ、

『朝飯前です』って」

おれたちが地球に着いたら、このての用語法は〈新人〉をびっくりさせるだろう。けっきょく、フロリクス星系人は語彙ばかりでなく、陳腐な常套句も学んだわけだ——キングズ・イングリッシュではない。

「十六メートル周波帯なら可能です」と、やがてモルゴがいった。「それで間に合いますか？　その帯域にもかなりの電波があるようだけど」

「用があるのはそっちじゃないんだ」

「なら、四十メートル周波帯では？」

「ああ、それでいい」

プロヴォーニはいらだたしげにいうと、ヘッドフォンをつけ、受信装置の可変コンデンサーをまわした。雑音まじりの声があらわれては消え、やがて、一瞬、ニュース放送がはいってきた。

「……の再配置キャンプの廃止は……のために月では……被収容者の中には何年も……これにくわえて、十六番街印刷所の破壊工作によ……」

アナウンサーの声は小さくなり、とぎれた。

聞き違い(ヽヽヽ)じゃないだろうな、とプロヴォーニは自問した。月とユタ州南東部の再配置キャンプが廃止？　全員が釈放されたのか？　そんな手を考えつけるのはバーンズだけだ。

しかし、いくらバーンズでも、これは……にわかには信じがたい。おそらく、グラムの気まぐれだろう。十六番街印刷工場に向けて送った三つの無線メッセージのせいで、一時的にパニックを起こしたのだ。しかし、工場が破壊されたとすると、メッセージぜんぶは受信されていないかもしれない。たぶん、最初のひとつかふたつだけだろう。

プロヴォーニとしては、政府およびコードン分子の双方に、三番めのメッセージが届くことを望んでいた。文面はこうだ。


われわれはあと六日でそちらに合流し、政府を運営する仕事を引き継ぐ。


プロヴォーニはフロリクス星系人に向かって、

「送信出力を増強して、第三のメッセージをくりかえしくりかえし送信してくれないか？ いま送信用に新しい音声テープをつくるから」

プロヴォーニは記録装置のスイッチを入れると、まじめな顔で、一語一語正確さを期し、熱をこめて文面を朗読した。

「いろんな周波数で？」とモルゴがたずねた。

「できるかぎり多くの周波数を使ってくれ。周波数変調チャンネルに送れるんなら、ヴィデオ映像も出せるかもしれないな。直接、各家庭のテレビに送信するんだ」

「それはいい。きっと楽しいでしょうね。それにしても、謎めいたメッセージですね。たとえば、わたしがひとりきりで、兄弟たちは半光年遅れていることにもふれていない」

「ぼくたちが着いたときのお楽しみを、ウィリス・グラムのためにとっておいてやるんだよ」

「あなたのお友だちのミスター・グラムとそのお仲間たちにとって、わたしの存在がどんな影響を与えうるかについて、ずっと考えていました」とモルゴ。「まず第一に、彼らはわたしが死ねないことを知り、おびえるでしょう。第二に、適当な食物を与えられれば成長できること、それにくわえて、ほとんどどんな物質でも養分として利用できることをつきとめるでしょう。第三に――」

「モノだ」とプロヴォーニはいった。「きみはモノなんだ」

「モノ？」

「それだけのことだよ」

「心理的効果のことですか？」

「ああ」プロヴォーニは重々しくうなずいた。

「わたしの考えでは」とモルゴがつづける。「他の生物の体の一部を、わたしの存在論的実質とおきかえる能力が、彼らにとってもっとも恐ろしいものになります。わたしが姿をあらわし、なにか小さなもの、たとえば椅子のような具体的なモノをエネルギー源として消費すれば——彼らにも理解できるささやかなスケールで実演して見せれば、彼らはパニックにおそわれるでしょう。あなたが見たように、わたしはどんなものにでもなり変わることができます。わたしの成長に限界点は存在しないのですよ、ミスター・プロヴォーニ。食物を与えられるかぎり成長しつづける。ミスター・グラムが働いているビルそのものになることもできる。五千人の人間が住むアパートメント・ビルにもなれます。そして」

モルゴは口ごもった。

「もっとありますが、いまこれ以上深入りしないでおきましょう」

プロヴォーニは思いをめぐらせた。フロリクス星系人に、決まったかたちはない。彼らは歴史的に、物もしくは他の生物のかたちをまねることで生き延びてきた。生物を吸収し、相手になり変わることができるのがフロリクス星系人の強みだった。他の生物の体を燃料として使用し、そして、からっぽになった脱け殻を捨て去る。このプロセスは、ガン細胞の増殖と同様、グラム配下の情報警察の検出機器を用いても、そう簡単には発見できない。変形プロセスが重要な臓器にまで達しても、宿主の生物は生存をつづけることができる。死が訪れるのは、フロリクス星系人が宿主の体を見捨てたとき——肺や心臓や腎臓の模造品を供給するのをやめたときだ。たとえば、フロリクス星系人の腎臓は、それがなりかわった本物の腎臓とおなじように機能する……しかし、価値のあるものをすべてむさぼりつくしてしまうと、それは相手の体をあっさりと見捨てる。

もっともおそろしいのは、フロリクス星系人が脳を侵略した場合だ。人間——もしくは、他の侵略された生物——は、自分のものとは思えない、疑似精神病質の思考過程に悩まされる……そのとおり、たしかにそれは被害者自身の思考ではない。脳が吸収され、とってかわられてゆくにつれて、被害者の思考はフロリクス星系人の思考に変わってゆく。そして、フロリクス星系人が彼を見捨てたときには、脳の中身をすっかりからっぽにされた哀れな被害者は、生命活動を停止する。

「さいわいなことに」プロヴォーニはゆっくりといった。「きみたちは、だれかれかまわず宿主にとりつくわけじゃない。地球に植民して人間型生命体を全滅させることには、なんの興味も関心もないんだからな。きみたちがねらっているのは、政治体制だけだ」

そして、その目的を達したら、地球から撤収するというわけだ、と心の中でつけくわえる。

そうだろう?

「ええ」プロヴォーニの心の質問に、モルゴが答えた。

「うそじゃないんだな?」とプロヴォーニは念を押した。

フロリクス星系人は苦痛のうめきをもらした。

「わかったわかった」プロヴォーニはあわてていった。「悪かった。でも、もし万一——

——」

プロヴォーニは言葉を切った。すくなくとも、口に出しては。しかし、彼の思考は一足飛びに最終的な結論にとびついていた。おれは殺人者一族を地球に引き入れて、すべての人間を平等に抹殺させることになる。

「ミスター・プロヴォーニ」とモルゴがいった。「だからこそわたしが、このわたしただひとりが、あなたといっしょにいるのですよ。われわれの希望は、問題を解決するにあたって、物理的な衝突が生じないことです……わたしの同胞が到着した場合には、そういう事態が生じるでしょう——公然たる戦争状態が不可避にならないかぎり、彼らを呼び寄せるつもりはありませんが。わたしは、あなたの惑星の政治体制の根本的な改革を交渉します。現在の政府はそれに同意するでしょう。あなたが傍受したニュース放送は、強制収容所が開放されたと報じていました。政府は、われわれを懐柔しようとしているのです、ちがいますか？　彼らが弱体化したからではなく、人類全体が足並みをそろえることで、公然たる戦争を回避しようとしている。あなたがた種族には根強い異星人恐怖症があります。そしてこのわたしは、究極のよそ者です。

わたしはあなたを愛しています、ミスター・プロヴォーニ。あなたがた種族を愛していますす、あなたの心を通じてしか知りませんが。行使できる実力はありますが、じっさいに使うつもりはありません。しかし、わたしになにができるかを彼らに伝えるつもりです。あなたの精神の記憶領域に、日本最高の剣士についての禅の逸話がありますね。こんな話です。ふたりの男が、その剣士に挑戦しました。彼らは、小さな島に漕ぎだして、そこで対決することに同意します。禅の弟子だった日本最高の剣士は、自分が最後に小舟を離れるようにしました。あとのふたりが島の岸辺にとびおりたとき、彼は櫂を押して島を離れ、ふたりとふたりの剣を残したまま、小舟で漕ぎさったのです。彼はこうして自分が真に日本最高の剣士であることを証明してみせました。

わたしの置かれている状況との類似がおわかりですか？　あなたがたの政府を打倒することはできますが、わたしは戦わずしてそれをなしとげるつもりです……わかっていただけたでしょうか。じっさい、戦うことの拒否——それでいて、力を誇示すること——こそ、彼らをもっともおそれさせるでしょう。それほど大きな力が使われずにいるのは、想像力の埒外でしょうから。もしあなたがたの政府にその力があれば、彼らはそれを使うはずです。あなたがたの〈新人〉、わたしにとってはうるさくとびまわる蠅に等しい存在は、きっとそうするでしょう。あなたの心から得た彼らのイメージが正しいとして、そしてあなたがほんとうに彼らを知っているとしての話ですが」

「知っているはずだよ」とプロヴォーニはいった。「おれは彼らの一員なんだから。おれは〈新人〉なんだ」

18

やがて、モルゴがいった。

「知っていました。それについての暗示や認識が、あなたの意識の表面にも漏出していましたから。とくに、眠っているあいだには」

「つまりおれは、二重の意味で背信者だというわけだ」プロヴォーニがきびしい声でいった。

「どうして仲間とたもとを分かったのですか?」

「地球には六千人の〈新人〉がいて、四千人の〈異人〉の助けを借りて支配している。公務ヒエラルキーをこの一万人が独占し、それ以外の全員を排除している……六十億の〈旧人〉にはまったくなんの望みも――」

プロヴォーニは黙り込むと、いきなり、驚くべきことをやってのけた。彼が片手を上げると、水のはいったプラスチックのコップがまっすぐ宙を漂ってきて、プロヴォーニの手の中におさまったのだ。

「あなたは〈異人〉でもある。念動力者ですね」とモルゴはいった。「それには気がつきませんでした」

「おれの知るかぎり、〈新人〉と〈異人〉が融合している例はほかにない。おれは奇形なんだよ、仲間の奇形から分裂した、ひとりだけの奇形」

「公務ヒエラルキーの中ではさぞや高い地位に昇りつめられたでしょうね。きっと自分でも考えたでしょうが、獲得できたはずの等級を考えれば」

「ああ、それならわかってる。おれはダブル03だった。公式の記録じゃないが、内密にテストを受けさせてもらったことがある。グラムに勝つことだってできただろう。やつらのだれが相手だろうと、おれは勝てた」

「ミスター・プロヴォーニ、どうしてあなたが公務員として働けなかったのか理解できません」

「G1級からダブル03級まで、公共安全特別委員会とグラム委員会議長にいたるまでの、総勢一万人に及ぶ全公務員を蹴散らしてしまうわけにはいかなかったのさ」

しかし、それはほんとうの理由じゃない。プロヴォーニ自身、それはよくわかっていた。

「こわかったんだ」と、ややあって、プロヴォーニはいった。「正体がばれたら殺されるんじゃないか、とね。おれが子どものころ、両親はそれを心配していた。〈新人〉〈異人〉……それに〈旧人〉〈下級人〉の全員から疎(うと)まれる存在になりはしまいかと。おれは、超・超人種族の出現を告げる存在になるかもしれなかった。この事実が明るみに出れば、はげしい暴動が起きて、そしておれは」と、片手で首を切るしぐさをして、「この世から消えてしまう。そして彼らは、おれみたいなやつがほかにあらわれないかと監視しはじめる」

「ふたつの種族の特徴をかねそなえた人間があらわれるかもしれないと考えた人はひとりもいなかったわけですね」と、フロリクス星系人がいった。「つまり、理論的仮説として。あなたがテストを受ける以前には」

「いっただろう、おれのテストは極秘裡におこなわれたんだ。親父はG４級の〈新人〉だったが、おれに念動力があること、しかもおれの脳のロジャーズ節が鉛筆の尻みたいにつきだしていることを知って、内密のテストを手配した。おれが用心深くなったのは親父のおかげだ。神よ、父の魂を安らわせたまえ。惑星規模の、いや惑星間規模のこの大戦が勃発すれば、すべての人間がイデオロギーのちがいについて考えていて当然だ……ところが現実には、ほとんどの人間が望んでいるのは、安全で安らかな夜の眠りだけなんだよ」

プロヴォーニは思い出したようにつけくわえた。

「前に読んだ薬についての文学作品に、こんな一節があった。自殺願望のある人間の多くは、本心では安らかな夜の眠りを望んでいて、死ぬことでそれが得られると考えているんだ、とね」

いったいおれはなにを考えているんだろう？　とプロヴォーニは自問した。自殺のことなんか、もう何年も考えたこともなかったのに。地球を離れてからは。

「あなたには眠りが必要です」とモルゴがいった。

「おれに必要なのは、あの第三のメッセージが地球に到達したかどうかを知ることだ」プロヴォーニは嚙みつくようにいった。「ほんとに、あとたった六日で地球に着けるのか？」

プロヴォーニの頭に亡霊がつきまといはじめていた。野原や牧場、地球の青い大海原に浮かぶ巨大な浮遊都市群、月と火星のドーム、ニューヨーク、LAの王国。そしてとりわけ、サンフランシスコ。一九七二年に建設され、昔日（せきじつ）を偲ぶよすがとしていまなお使われている、一時代前のBART〝高速輸送システム〟。

それに、食い物だ、とプロヴォーニは思った。ステーキのマッシュルーム添え、エスカルゴ、カエルの脚……やわらかくするために前もって冷凍しておかないといけないのだが、高級レストランも含めて、それを知らない人間がほとんどだ。

「おれの欲しいものがわかるか？」と、プロヴォーニはフロリクス星系人にたずねた。「冷たいアイス・ミルクを一杯。氷を浮かべたミルクだよ。それが半ガロン――腰をおろしてミルクを飲む。願いはそれだけ」

「ミスター・プロヴォーニ、あなたが指摘したとおり」とモルゴがいった。「人間にとって、ほんとうに関心があるのは、目先のささやかな問題なのです。われわれの旅は六十億の人間の生活と希望に関わるものなのに、地球にいる自分の姿をようやく思い浮かべたとき、あなたの頭に浮かぶのは、ミルクのカートンが置かれたテーブルについている自分なのです」

「しかし、わかるだろう、彼らもおんなじなんだ。地球外生物による侵略を目前にしながら、地球にいるすべての人が——全人類が！——望んでいるのは、ただ、生きつづけることだけなんだ。声を奪われた、怒れる大衆が、自分たちの代弁者を指導者を求めている——そんなものは神話にすぎない。たしかにコードンが、その代弁者の役割をはたしてはいる。しかし、ほんとうに気にかけている人間がどのくらいいる？　ひょっとしたら、コードンでさえ気にかけてはいないかもしれない——さほど深刻には。フランス革命のさなか、貴族たちがなにを心配していたか知ってるか？　だれかがやってきて、ピアノをぶちこわすんじゃないかと心配していたんだ。まったく、やつらの視野のせまさときたら……」

プロヴォーニはそこで口をつぐんだ。

「だが、このおれでさえ、そうした視野狭窄（きょうさく）と無縁じゃない」と、声に出していう。「ある程度は」

「ホームシックですね。あなたの夢の中に出てきますよ。夜ごとあなたは森の小道を歩き、豪華なエレベーターで屋上のレストランとドラッグ・バーへと昇っていく」

「そう、ドラッグ・バーだ」

薬物のストックが切れたのは、もうおおむかしのこと。快楽を与えるクスリも、そうでないものも——もちろん、精神に影響を与える錠剤を含めて、ドラッグは一切なくなっている。ドラッグ・バーのカウンターにすわって、カプセルや丸薬や錠剤やスパンスルをかたっぱしから口に放りこむんだ、とプロヴォーニはひとりごちた。体が凍りついて透明人間になる。カラスのように空を飛ぶ。陽光の下、夜空の下、温室の点在する平原を飛翔し、さえずることができる。あとたった六日で。

「われわれがまだ決断していない問題がひとつありますよ、ミスター・プロヴォーニ」とフロリクス星系人がいった。「公衆の面前に派手に姿をあらわすか、それとも、人目につかないよう、人里離れた土地にこっそり着陸して、ゆっくりと行動開始するか。後者を選択すれば、自由に行動することが可能です。麦畑や、なつかしいカンザスのとうもろこし畑の散策を楽しむことができます。休息し、薬を飲み、さしで口を許していただければ、ひげを剃り、シャワーを浴び、清潔な服に着替えて、さっぱりした気分になれます。一方、タイムズ・スクエアのどまんなかに着陸した場合には——」

「タイムズ・スクエアのどまんなかだろうがカンザスの草原だろうが、たいしたちがいはないよ。向こうは四六時中警戒体制を敷いて、レーダーでこの船をさがしている。こっちが地球に到着する前に、防衛ラインの船を動員して、攻撃してくるかもしれない。九十トンもあるきみといっしょにいて、目立たないでいることは不可能だ。この船の逆噴射ジェットは、筒形花火（ローマン・キャンドル）並みに空を輝かせるだろうし」

「彼らにこの船を破壊することは不可能です。いまではわたしがすっぽりと包みこんでいますから」

「こっちにはそれがわかってるが、向こうはわかってない。どのみち、やってみようとはするだろうな」

地球にあらわれたおれは、どんなふうに見えるだろう？　むさくるしく、汚れ切った、あかだらけのこの姿……しかし、それは彼らも当然予期しているんじゃないか？　群衆は理解してくれるんじゃないか？　ひょっとしたら、こういう姿こそ、このおれにふさわしいのかもしれない。

「タイムズ・スクエアだ」と、プロヴォーニは声に出していった。

「真夜中に」

「いや。真夜中でも、すごい数の人間が集まってるだろう」

「先に逆噴射ジェットを吹かして警告することにしましょう。そうすれば、こちらが着陸態勢にはいったのを見て、みんな場所をあけるでしょう」

「そして、水素爆弾の核弾頭がT－40キャノンから発射されて、おれたちを粉みじんに吹き飛ばすってわけだ」

「プロヴォーニの神経はささくれだち、皮肉っぽい気分になっていた。

「プロヴォーニさん、わたしが半物質で、どんなものでも吸収できることを忘れないでください。必要なかぎり長く、わたしがあなたの小さな船とあなたを包んでいます」

「おれの姿を見たら、やつらの頭はおかしくなっちまうかもな」

「熱狂で？」

「どうかな。人間の頭をおかしくするものはいくらでもある。未知のものへの恐怖――それかもしれん。可能なかぎり遠く、おれから物理的に遠ざかろうとするかもしれん。デンバーやコロラドまで逃げていって、おびえた猫みたいにそこで息をひそめているかもしれん。おびえた猫なんて見たことないだろう？ むかしはおれも猫を飼ってたもんだよ。去勢してない牡猫で、いつもけんかに負けていた。体をずたずたにされて帰ってくるんだ。自分の猫が勝つか負けるか見分ける方法を知ってるか？ よその猫とけんかをはじめる寸前に、自分の猫を助けにいくとするだろう。自分の猫が勝つとすれば、そいつはすぐさま相手の猫にとびかかっていく。負けるとすれば、そいつはおとなしく抱き上げられて、安全な家の中に連れていかれるんだ」

「もうすぐ猫が見られますよ」とモルゴがいった。

「きみもな」とプロヴォーニ。

「猫のことを教えてください。心の中に猫を思い浮かべてくれませんか。猫と猫にまつわる記憶のすべてを見せてください」

　トース・プロヴォーニは猫のことを考えた。地球到着までの六日間を過ごす方法としては、害のない暇つぶしに思えた。

「頑固ですね」と、ようやくモルゴがいった。

「おれのことか？　猫に対する考え方が頑固だと？」

「いいえ、猫のことです。それに、自己中心的な生物です」

　プロヴォーニは腹をたてて、

「猫は飼い主に忠実なんだ。忠誠心のあらわしかたが単純じゃないだけさ。要するに、猫というのはだれに対しても自分を曲げない。何百万年も前からそうやって生きてきたんだ。猫の鎧に穴をあけることができたら、猫は人間に体をこすりつけてくるし、ひざの上でゴロゴロのどを鳴らす。つまり、人間に対する愛情によって、猫は二百万年にわたって遺伝子に刷りこまれてきた行動パターンを破るんだ。これほど大きな勝利はないね」

「新しい餌をねだっているのではなく、忠誠心を示しているのだと考えれば、そういうことになるでしょうね」

「猫が偽善者だといいたいのか？　猫が不実な動物だなんていう侮辱は一度も聞いたことがないぞ。それどころか、猫に対する非難のほとんどは、猫の野蛮な正直さに向けられている。相手が気に入らないと、猫はさっさとべつの人間のところに行っちまうんだ」

「地球に着いたら、わたしは犬を飼いたいですね」

「犬！　猫の本質について、おれがあれだけ思い浮かべてやったというのに、よくそんなことがいえたもんだ。これまでおれがかわいがってきた猫たちについて、たっぷり判断の材料を与えてやったじゃないか。いまでもそのうちの一匹のことはよく思い出すよ。年寄の牡猫で、名前はアシャバノポル。もっとも、ラルフと呼んでたけどな。〝アシャバノポル〟というのはエジプトの名前なんだ」

「ええ。あなたはいまでもアシャバノポルの死を心の奥で深く悲しんでいますね。しかし、マーク・トウェインの小説にあるように、あなたが死んだときには――」

「ああ」プロヴォーニはむっつりいった。「猫たちはみんな、道の両側に並んで、おれを出迎えてくれる。飼い主といっしょじゃないかぎり、動物は天国に行こうとしない。何年も何年も、主人がやってくるのを待ちつづけている」

「そしてあなたは、それを心から信じている」

「『信じている』だと？　ちがう、知ってるんだ。神は生きている。何十年か前に深宇宙で見つかったあの死骸、あれは神じゃなかった。ああいう状況のもとで神が見つかりはしない。それこそ、中世的な発想だよ。聖霊がどこで見つかるか知ってるか？　宇宙じゃない――あたりまえだ、聖霊が宇宙をつくったんだからな。ここにいる」

プロヴォーニは自分の胸を指さした。

「このおれが――つまり、おれたちのひとりひとりが――聖霊の一部をここに持っている。助けにこようときみたちが決断してくれたのも、その証拠だ――そちらにはなんの利益もない。おれたちが聞いたこともない武器を軍が開発していたとすると、おそらく傷を負うか、なんらかの損害をこうむる可能性もある」

「あなたの惑星に行くことで、わたしにも見返りはあります」とモルゴがいった。「小型の生命体をいくつか集めていくつもりです。猫、犬、木の葉、カタツムリ、シマリス。ごぞんじですか。フロリクス8では、われわれをのぞく全生物が不妊化され、はるかむかしに絶滅しています……そうした生物の記録はわたしも見ました。まったく本物そっくりの、三次元再生です。われわれの中枢神経系の制御神経節に直接接続されるのです」

恐怖がトース・プロヴォーニの心を圧倒した。

「気に障ったようですね、われわれがおなじことをするかもしれないということが」とモルゴがいった。「われわれ自身についていえば、その当時、われわれは成長し、分裂し、成長していました。したがって、われわれの惑星を一インチ四方残さず都市化する必要があったのです。動物たちは放っておいても飢え死にしたでしょう。われわれは、そのかわり、まったく苦痛のない不妊ガスを使用するほうを選びました。われわれの世界では、動物たちはわれわれと共存できないのです」

「きみたちの人口は、いまじゃ先細りになってるんだろ?」

と、プロヴォーニはたずねた。恐怖が、へびのようにとぐろを巻いて、まだ腹の底にいすわっている。いまにも毒牙を剝いてとびかかってきそうだ。

「よぶんな空間の使い道に困ることはありません」とモルゴ。

たとえば、地球だ、とプロヴォーニは心の中でいった。

「いいえ。地球にはすでに、支配的な知的種族が存在します。われわれの支配階級の文民統制によって、そうした惑星への介入は禁じられて——」

「軍隊か」と、プロヴォーニがびっくりしたようにいった。

「わたしは奇襲隊員（コマンド）です。ですから、あなたといっしょに太陽系第三惑星（ソル3）に赴く任務に選ばれたのです。わたしは、論理的説得と実力行使を使い分けて問題を解決する能力があるとの評価を得ていました。実力を背景とする威嚇によって、相手に耳を貸させることができます。わたしの知識が、考えうる最上の社会体制が成功をおさめうる道を指摘します」

「前にもこういうことをやった経験があるのか?」

どうやらそのようだ、とプロヴォーニは思った。

「わたしは百万年以上生きています。わたしは、力を背景にして、あなたには想像することも不可能な、巨大な規模の、無数の戦争を解決してきました。政治経済的問題を、ときには新しい機械や、そうした機械を生み出しうる理論を導入することによって解決してきました。それからわたしはそこを立ち去り、あとは当事者たちにまかせるのです」

「呼ばれた場合にかぎって介入するのか？」とプロヴォーニはたずねた。

「ええ」

「なら、恒星間ドライブを生み出すことのできた文明だけに手を貸すわけだな。メッセンジャーを宇宙に送り出すことのできた種族だけに。そこではじめて、きみたちがメッセンジャーに気づき、救いの手をさしのべることになる。しかし、もっと原始的な社会、弓矢や鉄兜で――」

「その問題については、われわれは興味深い理論を持っています。弓矢のレベル、いや、大砲のレベル、飛行船や水上船、爆弾のレベルに達した社会でさえ……われわれの関知するところにあらず、という理論です。そういう社会に関わりを持つつもりはないのです。なぜなら、われわれの理論によれば、そのような社会では、自分たち種族や自分の惑星を破壊することができないからです。しかし、水素爆弾が発明され、テクノクラシーの進歩によって恒星間ドライブが建造されるようになると――」

「うそだ」と、プロヴォーニがあっさりいった。

「なぜです？」

フロリクス星系人はたくみに、しかしいつもの礼儀正しさを忘れずに、プロヴォーニの脳を検索した。

「ああ、そういうことですか。星間ドライブを開発するはるか以前に水素爆弾ができるはずだというわけですね。そのとおりです」

モルゴはしばし間を置いた。

「わかりました。恒星間飛行の可能な船が接近してきたときはじめて、その種族と関係を持つことが許されるのです。なぜなら、そのレベルに達した文明は、わたしたちにとって潜在的な危険となりうるからです。向こうがわれわれを発見したからです。こちらとしてもなんらかの反応を示す必要が出てきます……たとえば、あなたがたの世界の歴史において、ペリー提督が日本の鎖国の壁を打ち破ったときとおなじようなものです。そのときには、日本の社会全体が、わずか二、三年で近代化することを余儀なくされました。このことは忘れないでください。相手の文明を安定させるべく、いちいち助力を申し出るかわりに、恒星間飛行種族をひとつ残らず殺戮する道もあったのです。戦争や権力闘争や専制政治に苦しむ文明がいかに多いかを知れば、きっとびっくりしますよ……しかも、あなたがたの社会よりはるかに進んだ文明が、その中には含まれます。しかし、あなたがたはわれわれの要求する基準を満たした。あなたの力で、われわれのもとにやってきた。ですから、ミスター・プロヴォーニ、わたしがここにいるのです」

「動物たちが絶滅させられたって話は気に入らないな」

プロヴォーニは、約六十億の〈旧人〉人口のことを考えていた。彼らもそんなふうに扱われるんだろうか？　フロリクス星系人はおれたち全員――新人、異人、旧人、下級人のすべて――をそんなふうに扱って、ひとり残らず抹殺し、おれたちの星をまるごと相続するつもりなんだろうか？

「ミスター・プロヴォーニ」とモルゴがいった。「あなたの不安を鎮めるお役にたちそうな事実を、ふたつだけ指摘させてください。ひとつ。あなたがたの文明のことは、何世紀も前から知っていました。あなたのご先祖が銛（もり）で鯨をとっていた時代から、われわれの船があなたの星の大気圏に侵入し、観察していたのです。そのつもりなら、いつでも乗っ取ることができたでしょう。レッドコート（アメリカ独立戦争当時のイギリス兵）の〝細い赤線〟を打ち破るほうがずっと簡単だったと思いませんか、これから相手にすることになるコバルトと水素の戦略ミサイルに立ち向かうよりは？　わたしはずっと耳をすましてきました。あなたがたの哨戒船が何隻か、太陽（ソル）の重力場がこの船に影響しはじめる宙域を航行しています」

「で、ふたつめは？」

「われわれは盗みます」

「盗む？」プロヴォーニは意表をつかれた。「なにを盗むんだ？」

「あなたがたの星にある種々雑多な無数の品々です。掃除機、タイプライター、３Dヴィデオ、二十年耐用電池、コンピューター――専制政治に終止符を打つ代償として、われわれはしばらくあなたがたの星に滞在し、可能なら実物同様のモデルを、それが無理なら詳細な観察記録をつくります。ありとあらゆる草、木、ボート、工作機械、どんなものでも」

「しかし、きみたちの文明のほうが、技術的にはずっと進んでいるじゃないか」

モルゴは満足げな口調で、

「それは問題ではありません。どの文明も、それぞれの惑星で、独特の風変わりな道具や風習や理論や玩具、耐酸性タンク、メリーゴーラウンドを発展させています。ひとつ質問させてください。あなたが十八世紀の英国にタイムトラベルし、なんでも好きなものを持ち帰れるとします。そうなれば、ずいぶんたくさんの品物を積み込むのではありませんか？ 絵画だけにかぎっても――しかし、これでおわかりいただけたと思います」

「おれたちは風変わりなのか！」

プロヴォーニはいきりたって叫んだ。

「ええ、そういっていいでしょう。そして、風変わりさというのは、宇宙においてもっとも用途の広いもののひとつなのですよ、プロヴォーニさん。単一性理論の一部です、あなたのお仲間のバーナドさんが〈二軸測定非因果性理論〉で説明しているでしょう。単一性は単一のものですが、バーナドが〝疑似単一性〟と呼んだものがあって、その中には多くの――」

「バーナドの理論はおれがゴーストをやったんだ」とプロヴォーニがいった。「当時のおれは頭の切れる秀才学部生でね、バーナドの研究助手のひとりだった。おれたちがデータやら引用やらをぜんぶそろえて、〈ネイチャー〉に発表した――その上にバーナドの名前をくっつけただけさ。二一〇三年に、おれは十八歳だった。いまは百五歳だ」

プロヴォーニは顔をしかめて、

「べつの意味では老人だが、いまも生きて、活動している。小便も出れば悪臭も放つし、食べて寝てファックする。ともかく、きみも知ってのとおり、一九八五年に老化ウイルスが分離され、人口の四十パーセントが抗老化剤の静脈注射を受けて以来、平均寿命は二百歳になってる」

プロヴォーニはまた、動物たちと、どこにも行き場のない地球の六十億の民のことを思った。〈旧人〉たちに唯一行き場があるとすれば、それはおそらく、巨大な月の再配置キャンプだろう。不透明な壁の中で暮らす囚人たちには、周囲の景色をながめることさえ許されない。キャンプにいる〈旧人〉の数は、千二百万から二千万になるはずだ。途方もない数だな、とプロヴォーニは思った。解放されたとして、二千万人の人間が、いったい地球上のどこへ行けばいい？　一千万のアパートメント？　二千万の仕事？　それも全員が非G。公務にはつけない。

グラムはおれたちに火中の栗を拾わせるつもりなのかもしれん、とプロヴォーニは思った。ほんのちょっとのあいだにせよ、政府の機能を引き継ぐとすれば、この難題をつきつけられるのはおれたちだ。ひょっとしたら――信じがたい話だが――気がついてみると、

「一時的に」という条件で、彼らをまた収容所に押しこめるはめにならないともかぎらない。ああくそ、なんて皮肉な話なんだ。

モルゴ・ラーン・ウィルクが唐突にいった。

「左舷（ポートサイド）に軍艦（マン・オブ・ウォー）一隻」

「なんになんだって？」

「レーダー・スクリーンをチェックしてください。船が見えます――大きな船が高速でまっすぐこちらに接近しています。この速度からすると、商業船ではありえません。衝突針路にあるので、みずからを犠牲にしてこの船を止めるつもりのようです」

「その可能性はあるのか？」

モルゴが噛んで含めるように、

「いいえ、ミスター・プロヴォーニ。たとえ・88水素核弾頭もしくは四重水素核弾頭魚雷を搭載していたとしても、それは不可能です」

じゃあ、姿が見えるまで待つとするか、と思いながら、プロヴォーニはレーダー・スクリーンの上に身をかがめた。どうやら新型の高速船、LR－82シリーズの船らしい――いや、そうじゃない。プロヴォーニは疲れた顔で額をこすった。

「いや、それは十年前の話だ。おれもすっかり過去の男だな。ともかく、速い船であることにちがいはない」

「われわれの船ほどではありませんよ、ミスター・プロヴォーニ」

〈グレイ・ダイナソア〉はロケット・エンジンを咆哮させ、船体をふるわせながら驀進(ばくしん)している。やがて、ハイパースペース侵入時に特有のかん高いノイズが響いてきた。

相手の船もあとについてくる。スクリーンにまた敵船の輝点(ブリップ)が出現し、一秒ごとに近づいてくる。メイン・エンジンすべてが噴射するまばゆい黄色の炎が、壮麗な光のダンスを踊っている。

「ここを死に場所に選んだらしいな」

と、プロヴォーニはいった。

19

通信文はウィリス・グラムのもとに遅滞なくとどけられた。枕の山にもたれて上体を起こしたグラムは、執務寝室の自分のベッドのまわりに集まった公共安全特別委員会のメンバーに向かって口を開いた。

「聞いてくれ」

〈アナグマ(バジャー)〉、〈グレイ・ダイナソア〉を照準スクリーン内に視認。〈ダイナソア〉は回避行動を開始。現在、急速に接近中。

「信じられん」

グラムはうれしそうにつぶやいた。委員会の面々に向かって、

「集まってもらったのは、プロヴォーニからとどいたこの第三のメッセージのためだ。やつらはあと六日でここにやってくる」

　グラムは背筋をのばし、ひとつあくびをすると、にやっと笑ってみせた。

「再配置キャンプを開放し、現在なお相当規模でおこなわれている、〈下級人〉取り締まりおよび送信装置・印刷設備の破壊・接収作業を中止する手続きにただちに着手し、可及的すみやかに完了させねばならんことを、諸君に周知徹底させるつもりだった。しかし、もしも〈バジャー〉が〈グレイ・ダイナソア〉を粉砕したとすれば、それにて一件落着。なにごともなかったような顔で、いままでどおりの体制を維持できる。プロヴォーニの帰還など、はじめからなかったことにしてしまえるわけだ」

「しかし、最初のふたつのメッセージはすでに電波で流れています」と、フレッド・レイナー内務省長官が悔しげにいった。

「ふむ。第三のメッセージについては、外に漏れないようにはからうとしよう。六日以内にここに着陸し、〝政府を引き継ぐ〟だのなんだのという話はな」

「委員会議長閣下」デューク・ボストリッチ国務省長官がいった。「第三のメッセージは――神よ救いたまえ――四十メートル周波帯で発信されています。ですから、世界じゅうのあちらこちらで傍受されているはずです。あしたのいまごろには、だれひとり知らぬ者のない事実になっているでしょう」

「が、〈バジャー〉が〈ダイナソア〉を撃破すれば、そんなことはどうでもよくなる」

　グラムは深く息を吸いこんでから、とつぜんの予期せぬ僥倖（ぎょうこう）にともなう高揚感をさらにじっくり味わうべく、アンフェタミンのカプセルに手をのばした。

「知ってのとおり」

と、グラムは委員全員の顔を――とりわけ、グラムを毛嫌いして、敬意を示そうとしない防衛省長官のパティ・プラットの顔を――見わたした。

「五年前、〈バジャー〉をはじめとする宇宙船の配備を決めたのはわしの考えだ……たんなる哨戒船で、たいした装備はない。だが、〈グレイ・ダイナソア〉が武装していないことはわかっている。だから、哨戒船一隻でも、あれを破壊することはできる」

「閣下」と、〈フィール将軍が口を開いた。「〈バジャー〉の属するT-144級哨戒船のことならよく存じています。長期間にわたる連続航宙と、広範な宙域のカバーを要求されるため、近距離攻撃時の操縦性は、設計上、犠牲にされています。効果的な攻撃を可能にするためには――」

「つまり」とグラムが途中でさえぎり、「わしの哨戒船は時代遅れだといいたいのかね？どうしていままで黙っていた？」

「それは」と、細くて黒い口ひげをたくわえたレィバーン将軍がかわりに答えた。「第一に、プロヴォーニがじっさいにもどってくるとは思っていなかったからです。第二に、もしもプロヴォーニがもどってきたとしても――いや、もどってきたときに、というべきでしょうな――哨戒船が広大無辺の虚無の宙域で、〈ダイナソア〉を視認する可能性はゼロに等しいと思っていたからです」

　レイバーンは両手を広げて、

「哨戒船がカバーする宙域の広さはさしわたし数パーセクに――」

「レイバーン将軍、ヘフィール将軍」とグラムはいった。「いまここで辞職願いを書きたまえ。一時間以内に提出してもらいたい」

　グラムは枕に背中をあずけ、しばし思いをめぐらしていたが、やがて、だしぬけに身を起こした。メイン映話スクリーンのボタンを押す。ワイオミングのコンピュータ、もしくはその一部が、スクリーンに出現した。

「技術主任を」とグラム。

　白いうわっぱりを着たプログラマがスクリーンに顔を出す。

「はい、委員会議長閣下」

「以下の状況にもとづく予測結果を知りたい。T－144級哨戒船が、〈グレイ・ダイナソア〉に遭遇した。座標は――」

　グラムは息をあえがせ、うめき声をもらしながら、苦労してデスクに手をのばし、書類をとって、数値を読み上げた。もちろん、映話の向こうでは、技術者がそれをテープに記録している。

「わしが知りたいのは、すべての条件を考慮に入れたうえで、T－144級の船が〈グレイ・ダイナソア〉を破壊できる可能性がどの程度あるかということだ」

技術者はテープを巻きもどし、デッキをコンピュータの入力端子に接続して、スイッチを入れた。プラスチック・フレームの背後でディスクが回転しはじめる。自動回転のかすかなノイズがこちらにも伝わってくる。

メアリ・スカービイ農務省長官が口を開いた。

「戦闘の結果が出るのをすわって待っていればいいのではありませんか?」

「そうはいかん」とグラム。「くそいまいましい〈ダイナソア〉とプロヴォーニの阿呆――加えて例の地球外生物のお仲間――は、未知の兵器で完全武装しているかもしれん。そして、そのうしろには艦隊がまるごとついてきているのかもしれんからだ」

グラムは、すでに辞職願いを苦労しながら手書きでしたためはじめているヘフィール将軍に向かって、

「こちらのレーダー・スコープには、その宙域で、ほかになにか映っていないのか?〈バジャー〉に照会しろ」

ヘフィール将軍は上着のポケットから携帯送受信機をとりだした。

「〈バジャー〉は〈グレイ・ダイナソア〉以外のブリップを確認していないか?」

ややあって、ヘフィールは口を開き、

「いいえ、映っていません」といってから、また辞職願いの執筆にもどった。

ワイオミングの技術者がいった。

「委員会議長閣下、閣下の質問に対し、コンピュータは966－Dの回答を出しました。トース・プロヴォーニからの第三のメッセージ、四十メートル周波帯で傍受したあの通信文が、重要なデータとなります。コンピュータの分析によれば、通信文の冒頭、『あと六日でそちらに到着する』という一節は、エイリアンの一体がプロヴォーニに同行していることを意味しています。そのエイリアンがどの程度の力を有しているかについては、コンピュータにも予測できませんが、それと相関する回答は出ています——〈グレイ・ダイナソア〉は、T－144哨戒船の追跡から長時間にわたって逃れることはできません。したがって、未知の変数——エイリアンの介在——の持つ意味が大きくなりすぎてしまいます。コンピュータによる状況の解析は不可能です」

「〈バジャー〉をモニターしているクルーから連絡がはいりました」と、レイバーン将軍がとつぜん口を開いた。「お静かに」

レイバーン将軍は小首をかしげ、はめこみ式のイアフォンに耳を傾けた。

沈黙。

「〈バジャー〉が消えました」と、レイバーン将軍がいった。

「消えた？」六人の声が同時にいった。「消えたって？」

グラムが噛みつくように、

船が
必要はありません」

「どこに消えたんだ？」

「ハイパースペースです。まもなく判明するはずです。豊富な実例がしめすとおり、船がハイパースペースにとどまれる時間は、十分から十二分、最大でも十五分です。長く待つ必要はありません」

「〈ダイナソア〉はまっすぐハイパースペースにはいったのか？」ヘフィール将軍が、信じられないという口調でいった。「最後の手段のはずなのに──もっとも極端な回避行動だぞ。しかも、〈バジャー〉をハイパースペースにひきこんでいる。〈ダイナソア〉はやはり改造されたのかも……。ハイパースペース環境でもすぐに崩壊しない合金で外殻をおおっているのかもしれない。〈バジャー〉が爆発するか、通常空間にもどっていくのをのんびり待つ肚でしょう。十年前この太陽系を出発した〈ダイナソア〉と、いまもどってくる〈ダイナソア〉は、おなじ船じゃないかもしれません」

「〈バジャー〉が〈ダイナソア〉を視認しました」とレイバーン将軍がいった。「おなじ船です。改造されているにしても、外観の変化はありません。〈バジャー〉のグレコ艦長が、ハイパースペースに突入する寸前、十五年前に撮影された艦籍証明写真と合致すると報告してきました。ただし──」

「ただし、なんだ？」

グラムは奥歯をギリギリと嚙みあわせた。歯ぎしりする癖はやめなきゃいかん、と自分にいい聞かせる。この前は、右上の奥歯の金冠を嚙み割ってしまった。あれで懲りたはずなのに。

グラムはうしろにもたれようとして、枕に裏切られた。

「ただし、外部センサのいくつかが消滅もしくは改造されているようです。損傷の可能性もあります。そしてもちろん、船殼は大きくへこんでいました」

「〈バジャー〉からそれだけのことが見てとれたのか？」グラムが感心したようにいった。

「新型のニュードセン・レーダースコープです。いわゆるアイピース・モデルで、これを使えば──」

「静かに」グラムは腕時計に目をやり、「時間をはかろう」と元気のいい声でいった。

「もう約三分たっている、そうだな？　念のため、大事をとって五分ということにしておこう」

グラムはオメガの腕時計を見つめたまま、黙りこんだ。他の人間はそれぞれ自分の時計を見つめている。

五分がすぎた。

十分。

十五分。

部屋のすみにいた、労働教育省長官キャメリア・グライムズが、レースのハンカチを顔にあてて、静かなすすり泣きをもらしはじめた。

「みんな、プロヴォーニに死の旅へと引きこまれてしまったのね」と、半分ひとりごとのように、かすれ声でいう。「ああ、なんてこと、なんて悲しいことかしら。あれだけの人々がみんな死んでしまったなんて」

「ああ、たしかに悲しい話だとも。やつが哨戒船に出くわしたことも悲しい。万にひとつ――いや、ちがうな、十億にひとつか？　そもそも哨戒船が〈ダイナソア〉を発見する確率はその程度だった。それが、奇跡的にやつを見つけ、もうこっちのものだと思えた。釘づけにして、やつのエイリアンのお友だちを証人に、やつを抹殺できるはずだったのに」

レイバーン将軍が、ヘフィール将軍に向かって、

「〈グレイ・ダイナソア〉がハイパースペースから離脱したとき、捕捉できる船はほかにないのか？」

「ない」ヘフィール将軍は短く答えた。

「では、〈ダイナソア〉が通常空間にあらわれたとしても、われわれにはわからないわけだ。ひょっとしたら、〈ダイナソア〉も〈バジャー〉といっしょに破壊されているかもしれん」

「〈ダイナソア〉がハイパースペースから出れば、すぐにわかるはずだ」とヘフィール将軍が反論した。「四十メートル周波帯でのメッセージ送信が再開されるから」

ヘフィールは副官に向かって、

「コンピュータ・ネット・モニターで、〈ダイナソア〉の送信状況をチェックしろ」

それから、グラムのほうに向き直ると、

「わたしの予測では――」

「予測は勝手だが」とレイバーン将軍が口をはさんだ。「無線シグナルは、ハイパースペースからパラスペースには送信できない」

ヘフィール将軍はもう一度副官に向かって、

「しばらく前にプロヴォーニの送信が途絶したかどうか確認しろ」

一瞬後、ヘフィール将軍が首にさげているインターカム装置を通じて、背の高い若い副官が結果を告げてきた。

「送信は二十二分前に中断し、まだ回復していません」

「まだハイパースペースにいるわけだ」とヘフィール将軍がいった。「送信はこのまま再開されないかもしれません。これで一件落着という可能性もあります」

「それでも、辞職願いは出してもらう」とグラム。

グラムのデスクのコンソールに赤いライトが点灯した。グラムはその内線番号の受話器をとりあげた。

「わしだ。そうか。彼女もいっしょなんだな?」

「ミス・シャーロット・ボイヤーです」と、三階の入室許可担当A級受付係がいった。

「PSSの人間ふたりが、ひきずるようにして連れてきました。まったく、ふたりのむこうずねは、あしたには青くなってますよ。片方は手に嚙みつかれてます。肉を食いちぎられてて、すぐに手当てが必要ですね」

「軍のMPを四人呼んでPSSと交替させろ。MPが着いたら、彼女をおとなしくさせて、わしに連絡してくれ。直接面会する」

「はい、閣下」

「もし、デニー・ストロングと名乗る男が彼女を追ってこのビルに押し入ってきたら、ただちに不法侵入罪で逮捕し、独房に拘禁するように。暴力をふるってこのオフィスまで侵入を企てるようなら、衛兵に射殺させていい。容赦はするな。この部屋のドアにそいつが手を触れた瞬間に射殺しろ」

その程度のことなら、むかしは自分でやれたものだがな、とグラムは思った。いまでは歳をとりすぎて、反射神経もすっかり鈍くなっている。そう承知していながら、グラムはデスクのすみの蓋をあけた……・三八口径のマグナムが、すぐに手のとどくところに出現する。もしニコラス・アップルトンの心の中にあったあの男のイメージ——そして、あの男についての知識——が正しければ、万一のための準備をしておいたほうがいい。それに、そう、ニック・アップルトンについてもおなじことだ。自主的にこのビルを出ていき、暴力をふるいそうな気配を見せなかったというだけでは、あの女をあきらめた証拠にはならない。

あの歳で恋に落ちると、それがやっかいの種だな、とグラムは思った。相手の女を、その個性や人格を含めた一切合財を理想化してしまう……だが、おれの歳になってしまえば、それは単純に、どれだけすごいセックスができるかという問題でしかなくなる。けっきょく、それだけのことなのだ。おれは彼女を楽しませ、徹底的に味わいつくして、たぶん想像もしたこともない性交の手管を教えこんでやる――いくら〝経験豊富〟でも、夢にも思わなかったようなやつを。たとえば、おれ専用の小さな娼婦にしてもいい。そして、いったんそれを覚えたら、もう死ぬまで忘れることはない。その記憶が、一生とりついて離れない……心のどこかで、もう一度それを経験したいという熱望に身を焦がすことになる。それほどまでにすばらしいもの。ニック・アップルトンやデニー・ストロング、おれに張り合って彼女を手に入れようとするやつが、どうやってその条件を満たすか楽しみだ。そして彼女は、いったいなにが問題なのかを相手に打ち明けずにはいられないだろう。

グラムはくすくす笑った。

「委員会議長」とヘフィール将軍がいった。「副官から新しい情報がはいりました」

副官は、将軍の耳もとで、声をひそめ、なにごとかささやいている。

「残念なニュースですが――四十メートル周波帯での送信が回復しました」

「そういうことだ」グラムが平板な声でいった。「出てくることはわかっていた。それが可能だという確信がなければ、ハイパースペースにははいらなかったはずだからな……そして、〈バジャー〉には不可能だったというわけだ」

グラムはたいへんな苦労のすえに上体を起こし、ベッドの上にすわると、今度は巨体をぐるっとまわして、ベッドの外に両足を投げ出し、やっとのことで立ち上がった。

「バスローブを」

といって、周囲を見わたす。

「ここにあります、閣下」キャメリア・グライムズがそういって、グラムの背中にまわると、バスローブを着せかけた。「スリッパはこちらです」

ヘフィール将軍が冷たい声で、

「ほら、すぐ足もとにありますよ」

といってから、心の中でこうつけくわえた。あんたにはスリッパを履かせてやる人間も必要なのかい、委員会議長？　昼も夜も、四六時中だれかに世話をしてもらわないと生きていけないお化けキノコ。学校に行くのがいやで、家で寝ている仮病の子ども。大人の現実から目をそむけている登校拒否児童。しかも、そいつがわれわれの支配者ときた。侵略者に立ち向かう最高責任者というんだから。

「きみはしじゅう失念しているようだが」と、グラムがヘフィールの顔を見すえていった。「わしはテレパスなのだよ。いま考えたようなことを口にすれば、きみはガス手榴弾を持った一個小隊の前にひきずりだされることになる。それはわかっているはずだ」

グラムの胸は、純粋な怒りで煮えくりかえっていた。他人の思考が原因でこれほど逆上することはめずらしい。しかし、こんどばかりは見逃しがたいほどひどい侮辱だった。

「投票を望むのか?」と、グラムは、公共安全特別委員会メンバー全員と、地球最高の軍事戦略アドバイザーふたりに向かって手を振った。

「『投票』ですか?」みごとな銀髪をゆっくりなでつけながら、デューク・ボストリッチがたずねた。「なんについて?」

内務省長官フレッド・レイナーが辛辣な口調で、

「グラム氏を委員会議長の席から解任し、だれかべつの人間——この部屋に集まっているメンバーのだれか——に引き継がせるという投票だよ」

彼はきびしい笑みを浮かべながら、考えていた。子どもじゃないんだから、いちいち説明されなくたってわかりそうなもんだ。われわれにとっちゃ、でぶで年寄の阿呆を放り出すチャンスじゃないか。余生は複雑怪奇にからまりあった私生活の問題をときほぐすのに使うがいいさ……その問題の一例が、いまさっきしゃべってたあれ、ボイヤーとかいう娘だ。

「投票に賛成する」

　ややあって、グラムがいった。黙っていたあいだに、委員会メンバー全員のさまざまな思考に耳を傾けて、票決に勝てることはすでに確認してある。だから、ほとんど不安はない。

「さあ」とグラムはいった。「投票しようじゃないか」

「彼にはわれわれの思考が読める」とレイナーがいった。「結果はわかってるんだ」

「はったりかもしれないわ」と農務省長官のメアリ・スカービイがいった。「思考を読んで、わたしたちが自分を追放できる、そうするつもりでいるのを知ってるのかも」

「では」とキャメリア・グライムズがいった。「どちらにしても投票しなくちゃならないわね」

　評議員たちは挙手で投票を行なった。六対四で、グラムの留任が可決された。

「おはじきだよ」と、グラムがフレッド・レイナーに向かって侮蔑するような口調でいった。「できるものなら、女をつかまえるんだな。女がつかまらないなら、清潔な老人をつかまえるがいい」

「で、その〝清潔な老人〟というのはあなたのことだ」とレイナーがいった。

　ウィリス・グラムは頭をのけぞらせ、満足気なうなりをあげた。それから、スリッパを履くと、執務寝室の玄関ドアに向かって歩きだした。

「委員会議長」と、ヘフィール将軍があわてて声をかける。「〈ダイナソア〉にコンタクトして、探りを入れてみることが可能かもしれません。プロヴォーニがどういう要求を出すつもりなのか、エイリアンの仲間にいったいどの程度の力と野心があるのか——」

「あとで話す」

グラムはそういってドアをあけた。そこで足をとめると、半分ひとりごとのような口調で、

「辞職願いは破り捨ててくれたまえ、両将軍。さっきは一時的に我を忘れてしまった。気にせんでくれ」

しかし、フレッド・レイナー、おまえのことは忘れないからな。二重頭の怪物め、かならずその首根っこをつかまえて、心に思ったことの代償を支払わせてやる。おまえが処刑されるところを見物させてもらおう。


バスローブとパジャマにスリッパというかっこうで、ウィリス・グラムは三階に降り、意気揚々と歩いていった。たどりついた先は、入室許可担当A級受付係のデスク——最高ランクにあるおかげで、受付係でありながら、グラムのもっとも個人的な問題や私生活についても知ることを許されている。かつて、彼女、マーガレット・プラウはグラムの愛人だった……当時のマーガレットは芳紀(ほうき)十八歳。ところが、いまの彼女はどうだ、とグラム

は胸の中でつぶやいた。情熱も炎も消え失せた四十女。残っているのは、そっけなく有能な仮面だけ。

マーガレット・プラウのせまい専用執務室は不透明の壁に囲まれていて、話しているところを外から見られるおそれはない。通りすがりのテレパスが思考の切れ端を拾う可能性はあるが、そうした危険とともに生きるすべはもうとっくに身につけている。

「四人のMPは着いたか？」と、グラムはミス・プラウにたずねた。

「はい、となりの部屋で彼女を見張っています。ひとり、嚙みつかれました」

「で、そのMPはどうした？」

「彼女を部屋の反対側まで殴りとばして、向こうはそれですっかり意気沮喪したようです。彼女は——そうですね、じっさい、比喩的にいっても野生動物じゃなくなっていました。処刑されると思ってるようでしたね」

「わしが話してみよう」

グラムはそういって、隣室に足を踏み入れた。

そこに、彼女が立っていた。両目からは憎しみと恐怖がほとばしっている。罠にかかった猛禽(もうきん)——鷹の目だな、とグラムは思った。見なければよかったと後悔する目。鷹や鷲の目をのぞきこんではいけない。これはずいぶんむかしに学んだことだ。見てしまえば、そこに映るものを忘れられなくなる。憎しみ……。自由になりたいという、焦がれるような思い。空を飛ぶことへの渇仰。そして、そう、あのすばらしい高さ。獲物めがけて襲いかかる、おそるべき急降下。パニックに見舞われて動けないウサギ。それがわれわれだ。考えてみると、こいつはおかしな光景だな。鷹が四羽のウサギにつかまっている。

もっとも、MPたちはウサギにはほど遠い。グラムはMPが彼女につけている拘束具のようなものに目をとめた――あれほど強くしめつけなくてもよさそうなものだ。彼女は身動きひとつできない。そして、体力でも、MPには勝てない。

「また鎮静剤を注射することもできたんだが」と、グラムはなだめるような口調で声をかけた。「しかし、あれが嫌いなのはわかっていたのでね」

「白ブタ」と彼女はいった。

「白?」グラムはけげんな顔になった。「いまでは白も黄色も黒もない。どうして白などというんだ?」

「あんたが制服の王さまだからよ」

MPのひとりがぶっきらぼうに、

「『白』は、低所得者層では、現在も罵倒語としてもちいられています」

「なるほど」

グラムはうなずいた。すでに、彼女の心の思考を拾いはじめていたが、その結果はなかなかおもしろいものだった。意識の表面では、緊張し、反抗的で、じっとしているのは四人のMPにおさえられているからにすぎない。しかし、内面は——。

おびえている幼い少女だ。子どもじみた恐怖。たとえば、歯医者に行くのをこわがる子どものような。理性以前の精神衝動に対する、非合理な抑圧解除反応。この娘はわれわれを人間として見ていないのだ、とグラムは気づいた。彼女の目に映るわれわれは、自分をあっちに引きずっていったかと思うと、とつぜんべつの方向に向かってひっぱりはじめるぼんやりした影でしかない。そして今度は、無理やりに——四人のプロの大男が無理じいして——いまのこの場所に自分を立たせている。これがいつまでつづくのか、なんのためなのかは、だれにもわからない。

彼女の精神活動は、おそらく三歳児レベルだろう。しかし、話をすることで妥協地点を見つけだせるはずだ。なんとか、心の中の恐怖の幾分かをとりのぞいて、もうちょっと成熟した思考ができるようにしてやれるだろう。

「わしはウィリス・グラムだ」と、グラムはいった。「わしがいましがたなにをやったか知ってるかね」

にこやかな笑みを浮かべ、片手を上げて相手の胸を指さし、さらに笑みを大きくする。

「賭けてもいいが、当たらないだろうね」

彼女は首を振った。短く。一度だけ。

「月とユタの再配置キャンプすべてを開放させた。収容されていた人間は全員出てくることになる」

きらきら光る大きな瞳は、まっすぐグラムの目を見つめつづけている。しかし、頭の中には、その事実がしっかりと記録されていた。理解しようとする努力で、大脳皮質のあいだを精神エネルギーの混乱した流れが駆けめぐっている。

「そして、もうだれも逮捕されることはない。だから、きみも晴れて自由の身だよ」

その瞬間、彼女の心に安堵の大波があふれた。瞳が小さくなり、涙が一粒あふれだして、頰をつたう。

「あたし――」彼女は苦労して嗚咽をこらえ、ふるえる声でいった。「あたし、アップルトンに会える？」

「だれでも好きな人に会えるとも。ニック・アップルトンも自由の身になっている。二時間前に、ここから放り出したよ。たぶん、家に帰っただろう。愛する妻と子どもがいるからね。きっともうもどっているはずだ」

「ええ」と彼女は遠い声でいった。「会ったことがあるわ。あの女はスベタよ」

「しかし、彼女に対するアップルトンの思考は――きょう、彼とかなり長い時間、いっしょに過ごしたんだがね。心の奥底では、彼は妻を愛している。ただちょっと火遊びを楽しみたかっただけなんだ……わしがテレパスだというのは気づいているだろう。非テレパスの人間のことなら、わしはいろいろと――」

「うそをついてるかもしれない」シャーロットは食いしばった歯のあいだからいった。

「うそじゃない」うそなのは重々承知で、グラムはいった。

シャーロットは、とつぜん平静になっていった。

「あたし、ほんとに自由なの？　出てっていいの？」

「ひとつだけ問題がある」

グラムは自分の心を彼女の思考に同調させ、考えが言葉や行動にあらわれる前に探知しようと、慎重に探りを入れた。

「PSSの捜査官が十六番街印刷工場の廃墟からきみを連れ出したあと、医療検査をおこなったのは知っているだろう……覚えているかな？」

「医療……検査？」シャーロットは自信のない目でグラムを見た。「いいえ、覚えてない。覚えてるのは、腕をつかんでビルの中をひきずりまわされたあげく、床やドアに頭をぶつけて、それから――」

「それから、医療検査があったんだよ。十六番街で検挙した人間全員に、おなじ検査を実施した。それに、簡単な心理テストも。きみの検査結果はあまりよくなくてね。大きなトラウマがあり、緊張病の昏迷状態寸前だ」

「それで？」

と、容赦のない視線がグラムの顔を見すえる。鷹のような目つきは、かたときもその瞳から離れない。

「横になって休息する必要がある」

「ここでそうしろってわけ？」

「このビルには、おそらく世界最高の精神医療施設がある。何日かここで休んで治療を受ければ――」

鷹の目が燃え上がった。シャーロットの心から思考の弾丸が放たれる。視床から放射されるその思考にグラムもついてゆけずにいるうち、とつぜん瞳がきらっと輝いたかと思うと、終末のトランペットが高らかに鳴り響いた。シャーロットは体をひねり、力を抜き、また力をこめ、つぎの瞬間には一回転した。まさに一閃！　MPは四人とも、押さえていた手をふりほどかれている。四人はつかまえようと手をのばし、ひとりが金属で重しをつけたプラスチックの棍棒をとりだした。

シャーロットは稲妻のような速さであとずさり、姿勢を低くすると、うしろ手にドアをあけて、廊下にとびだした。こちらに向かって歩いてきたPSS警察官が、ウィリス・グラムと四人のMPを目にとめて、そくざに状況を把握し、そばを駆けぬけるシャーロットをとりおさえようとした。右の手首をつかむことには成功したものの、ぐいとひきもどされたシャーロットは相手の股間を蹴り上げた。PSS警察官がたまらず手を放すと、彼女はそのまま、ビルの広い玄関ドアに向かって突進した。しゃがみこんでうんうんうなっているPSS警察官を目にしては、あえて彼女を止めようとする者はひとりもいなかった。

四人のMPのひとりが二・五六リチャードスン・レーザー・ガンを抜き、銃身を天井に向けてかまえた。

「殺しますか、閣下？」と、ウィリス・グラムに向かってたずねる。「いますぐご命令いただければ、一発で仕留めますよ」

「決められない」

「では、やめておきます、閣下」

「わかった。撃つな」

ウィリス・グラムはオフィスにもどり、ゆっくりとベッドに腰をおろした。がっくり肩を落として、床の模様を見るともなしに見つめる。

「あの娘はキレてますね」とMPのひとりがいった。「正気じゃない。完全にぶっとんでる」

グラムはぞんざいな口調で、

「あれがなんなのか教えてやろう——ドブネズミだよ」ニック・アップルトンの頭の中から拾い上げた表現だった。「本物のドブネズミだ」

たしかにおれは目が高かった。それに、ニック・アップルトンも。

あの男は、また彼女に会うといった。たしかにそうなるだろう。シャーロットはいずれアップルトンの居場所をつきとめる。やつは、二度と女房のもとには帰らない。

立ち上がると、グラムは重い足どりでマーガレット・プラウの執務室のデスクに向かった。

「きみの電話を使ってもかまわんかな？」

「もちろんかまいません。なんなら電話だけでなく――」

「電話だけでいい」

グラムはバーンズ長官の私用優先回線の番号をダイアルした。この番号は、バーンズがどこにいても呼び出せるようになっている。トイレにすわっているときも、高速道路を走っているときも、デスクについているときも。

「はい、委員会議長」

「きみのところの特殊工作員をひとり出してほしい。ひょっとしたら、ふたり要るかもしれんな」

「だれです？」バーンズは気のない口調でたずねた。「つまり、だれを殺させたいんです？」

「市民3XX24Jだ」

「本気ですか？　気まぐれや思いつきじゃないでしょうね？　ほんとにいいんですか？

委員会議長、あなたはついさっき彼を解放したばかりなんですよ。他の全員ともども、全面特赦の対象として」

「あの男はわしからシャーロットを奪った」

「ああ、なるほど。いなくなったんですね」

「MPが四人がかりでも、あの娘を止められなかった。拘束されると、狂ったようになるんだ。記憶の断片を拾っただけだが、子どものころエレベーターに閉じこめられたことがあるらしい。ずっとひとりぼっちだった。八歳かそこらのことらしいな。そのせいで、一種の閉所恐怖症になっている。ともかく、拘禁しておくのは不可能なんだ」

「それが3XX24Jのせいとはとても思えませんがね」

「しかし、あの娘はやつのところへ行く」

「内密にやりますか？　つまり、事故に見せかけますか？　あるいは、だれに見られようがおかまいなしで、特殊工作員がまっすぐ踏み込み、殺して、もどってくるのがお望みですか？」

「あとのほうにしてくれ。処刑の儀式みたいに。だから、彼がいま享受している自由は」

——それに、シャーロットと再会したときの喜びは——と心の中でつけくわえる。「死刑囚に与えられる最後の晩餐の役割をはたすわけだ」

「もうそんな風習はありませんよ、委員会議長」

「きみの工作員の任務にひとつ条件を加えたい。シャーロットがいるときに、やつを殺してほしい。彼女に見せてやりたいんだ」

「はいはい、わかりました」バーンズがいらついた口調でいった。「ほかになにか？　プロヴォーニについての新しい情報は？　TV局のひとつは、哨戒船が〈グレイ・ダイナソア〉を探知したといってますが、ほんとうですか？」

「そのときが来たら考える」とグラムはいった。

「委員会議長、それでは答えになってませんよ」

「わかった。そのときになったら対処する」

バーンズはためいきをついた。

「うちの人間が片手間仕事をかたづけたら連絡しますよ。ご許可をいただけるなら、三人派遣したいですね。予備のひとりは、トランキライザー・ガンを彼女に向けておく係です。議長がおっしゃったように、ときどき頭がおかしくなる女なら」

「彼女が向かってきても、けがはさせるな。やつを抹殺するだけでいい。では」

グラムは映話を切った。

マーガレット・プラウが口を開き、

「やったあとに撃ち殺すんだと思ってましたわ」

「女はそうだ。男友だちのほうは、やる前だ」

「きょうのあなたはずいぶん正直ですのね、委員会議長。プロヴォーニの一件で、きっとひどいストレスにさらされてるんでしょう。あの三番めのメッセージ。六日といってましたっけ。あとたった六日！　そしてあなたは、収容所を開放し、全面特赦を認めた。コードンが生きてこの日を迎えられなかったのはなんて残念なのかしら。ほんとにかわいそう。腎臓病だか肝臓病だか知らないけれど、あとほんの数時間で——」

プラウは唐突に口をつぐんだ。

「あとほんの数時間で勝利を目のあたりにできたのに、か」

グラムが、まるでオーディオ・テープのような、ほかにはほとんどなにも記録されていないプラウの心を読んで、彼女のせりふをかわりにいい終えた。

「しかし、あの男は、少々神秘的な存在だったからな。知っていたかもしれん」

ああ、じっさい、そうだったかもしれんな、とグラムは思った。風変わりな人間だった。ひょっとしたら、死からよみがえるかも。ああ、そうだ、くそっ——そうしたら、やつは死んでなどいなかったのだというだけでいい。あれはでっちあげだった。プロヴォーニに、コードンは死んだと思わせるのが目的で——。

おやおや、おれはいったいなにを考えてるんだ？　この二千百年のあいだ、死からよみがえった人間などひとりもいないじゃないか。いまになって、そんなことが起こりはじめる道理はない。

アップルトンが死んだあと、おれはシャーロット・ボイヤーにもう一度だけ最後の挑戦をしてみる気があるんだろうか、と自問する。政府お抱えの精神分析医を使えば、あの野獣のような凶暴さをたたきなおして、従順な女にすることもできる──女らしい女に。しかし──おれはあの火のような性格が好きなんだ。あの娘のことを魅力的だと思ったのは、そもそもそのせいなのかもしれん。ニック・アップルトンの言葉を借りれば、あのドブネズミみたいなところが。アップルトン自身も、たぶんそこにイカれたんだろう。激しい女を好きになる男はおおぜいいる。どうしてだろうな。強い女とか、頑固な女、強情な女というのではなく、ただただ激しい女。

いかん。こんなことではなく、プロヴォーニのことを考えなくては。

二十四時間後、〈グレイ・ダイナソア〉から第四のメッセージが送信され、火星の巨大な電波望遠鏡がそれを傍受した。

きみたちがキャンプを開放し、全面特赦を認めたことは知っている。まだじゅうぶんではない。

たしかにぶっきらぼうだな。文書のかたちにしたメッセージをためつすがめつしながら、ウィリス・グラムは心の中でつぶやいた。

「で、こちらから向こうに送信することはできないのか？」

と、グラムはこのメッセージを携えてきたヘフィール将軍に向かってたずねた。

「電波はとどいていても、プロヴォーニは聞いていないようです。受信装置の不調のためか、こちらと交渉したくないためかはわかりませんが」

「やつが地球から百天文単位の距離まで近づけば、クラスター・ミサイルで仕留められるんじゃないのか？　ほら、あの、なんとか追尾型の——」

と、グラムは手を振ってみせた。

「生命反応追尾型、ですね」とヘフィール将軍はいった。「ためしてみることのできるミサイルは六十四種類あります。すでに、それらを搭載した船を、〈グレイ・ダイナソア〉との遭遇が予想される宙域一帯に配置してあります」

「〝遭遇が予想される宙域一帯〟なんてものは、わかりっこないだろう。敵はハイパースペースを抜けて、どこに出現することだって可能なんだぞ」

「では、〈ダイナソア〉が発見されしだい、手持ちの全ハードウェアを投入する、といいかえましょう。あれはプロヴォーニのはったりかもしれません。単独でもどってくる可能性もあります。十年前に出発したときとまったくおなじ状態で」

「いいや」とグラムは苦い顔でいった。「二一七五年型の老朽船で、ハイパースペースにとどまれたんだ。やつの船は改造されている。しかも、われわれにとっては未知のテクノロジーがもちいられている」

　その先を考えて、グラムははっとした。

「ひょっとすると――ひょっとするとプロヴォーニと〈ダイナソア〉は、異星生物の内側にいるのかもしれん。だから当然、船殻は解体しなかったんだ。プロヴォーニは非人類存在の体内寄生虫のようなものかもしれん。いや、もっといい言葉があったな。共生だ」

　この仮説は筋が通っているように思えた。人間型だろうとそうでなかろうと、いまだかつて何者も、無償でなにかをしたことはない。自分の名前と同様、これはグラムにとって、人生のゆるがしがたい真実のひとつだった。

「やつらはわれわれ種族全体が目当てなんだろう。六十億の〈旧人〉プラスわれわれが、脳重合ゼリーみたいなものになって、異星人の体にとりこまれ、融合する。考えてもみろ。どう思うね？」

「〈旧人〉も含めて、われわれ全員がひとりのこらず闘いますよ」

　と、ヘフィール将軍が静かにいった。

「わしには、そう悪いことには思えんな。それに、精神融合がどんなものかは、きみよりはるかによく知っている」

　われわれテレパスが数カ月おきになにをやるか、まんざら知らないわけじゃないだろう、とグラムは心の中でつけくわえた。どこかに集まって、自分たちの心を巨大な精神融合体に織りあわせて、五百人、六百人の男女の力を持つ単一の精神生物になる。これはおれたちの、おれたち全員のお楽しみのひとときだ。このおれにとってさえも。

唯一この方法、プロヴォーニの選んだこの方法によってのみ、すべての人間がひとつの網を織り上げることが可能になる。

しかし、そもそもこれは、プロヴォーニのアイデアでもなんでもないかもしれない。とはいえ——グラムは四つのメッセージになにかを感じとっていた。その〝われわれ〟という言葉の使い方に。彼とそれとのある種の合体が暗示されているような気がする。それに親密さも。ぶっきらぼうとはいえ、メッセージはやつらのいうとおり、冷ややかだ。プロヴォーニが引きつれてきたのは何千という敵の先鋒なんだ。〈バジャー〉のクルーが最初の被害者だ。どこかに合金の墓標を建てて、彼らの名誉を称えるべきだな。彼らはいささかの恐れも見せず、プロヴォーニと対決した。〈ダイナソア〉を止めようとして、そのさなかに死んだ。あれだけの勇気をそなえた男たちがいれば、われわれは最終的に、勝利を手中にできるかもしれない。そして、恒星間戦争を長くつづけるのはむずかしい——たしか、そういう説をどこかで読んだ覚えがある。そう考えると、グラムはほんのちょっとだけ気分がよくなった。

ニック・アップルトンは、人込みをかきわけて数時間歩きつづけたあげく、ようやくデニー・ストロングのアパートメントがあるビルをさがしあてた。ニックはエレベーターに乗って、五十階に上がった。

ドアの前に立ち、ノックする。

沈黙。それから、彼女――チャーリーの声がした。

「いったいぜんたい、どこのどいつ？」

「ぼくだ」とニックはいった。「きみがここに来るだろうと思って」

おれたちふたりの再会を望んでいないのなら、ウィリス・グラムはふたり同時に解放すべきじゃなかったんだ、と考える。

ドアが開いた。そこに、チャーリーが立っていた。赤と黒のストライプのシャツ、フープ・パンツ、室内サンダル……濃い化粧と、長すぎるまつげ。つけまつげだとわかっていても、それはニックのハートを直撃した。

「はい？」とチャーリーはたずねた。

第三部

20

デニー・ストロングが奥から出てきて、シャーロット・ボイヤーのとなりに立った。

「よう、アップルトン」と、抑揚のない声でいう。

「やあ」

ニックは用心深く答えた。このまえ、デニーが——それにシャーロットも——狂ったように荒れたときのことは、いまなお鮮明に覚えている。それに今度は、人間の体が壁に衝突しはじめたとき、脱出に手を貸してくれるアール・ジータはいない。

しかし、デニーはおちついたようすだった。アルコールのせいだというのはほんとうだったんだろうか？　人を殺しかねない泥酔状態と、昼間のあたりまえの市民生活とのあいだで、正弦波を描いているのかもしれない……そして、いまのダニーは、その曲線のいちばん下にあるのだ。

「ここにいるってどうしてわかったの？」とチャーリーがたずねた。「デニーとよりをもどすって、どうしてわかったの？」

「ほかにさがす場所はなかったからね」

ニックはむっつりと答えた。もちろんデニーのところにもどったわけだ、と心の中でつぶやく。おれのやったことすべて——チャーリーを助けだそうとした努力の一切は、無駄だった。デニーは最初からずっと、それを知っていたんだろう。おれはチェスの駒だった。チャーリーに罰を与える道具として使われただけのこと。

そうか。痴話げんかが終わり、チャーリーがここにもどってきた以上——もうおれには、なんの存在意義もない。

ニックはまた口を開き、

「きみたちはうまくいってるみたいだな。ぼくもうれしいよ」

「なあ、特赦のこと聞いたか？」デニーがいった。「それに、キャンプも開放するってよ。やったぜ！」デニーの顔は興奮でふくらみ、チャーリーの尻を平手でたたくたびにぎょろ目が踊る。「それに、プロヴォーニはもうすぐ——」

「中にはいらない？」

デニーの腰に片腕をまわして、チャーリーがいった。

「いや」とニック。

「なあ、あんた」

と、デニーが口を開いた。膝を割り、腰を低く落としている。どうやら、ボディビルのエクササイズのつもりらしい。

「こないだみたいになることはめったにないんだ。よっぽどのことがなきゃ、怒り狂ったりしない。あんときは、この部屋がクリーンじゃないのを知って……それでついかっとなっちまった」

デニーは部屋の奥にもどって、ソファに腰をおろした。

「まあ、すわれよ」それから、声をひそめて、「ハムズ・ビールがひと缶あるんだ。三人で乾杯といこうぜ」

アルコールか。ふたりといっしょにそれを飲み、そして狂気がおれたち三人全員にとりつくというわけだ。

しかし、ビールはひと缶しかないじゃないか、とニックは考えなおした。ひと缶の三分の一ずつで酔っ払えるものなんだろうか？

「じゃあ、ちょっとだけおじゃまするよ」

とニックは答えたが、じつのところ、招待に応じる気になったのはビールのせいではなく、チャーリーのせいだった。できるだけ長くチャーリーを見ていたいという切望。デニーのもとにもどったチャーリーを目にするのはつらくもあったけれど。チャーリーはそうすることで、事実上、彼を、ニコラス・アップルトンを拒絶したのだ。ニックは、めったに経験したことのない感情、すなわち嫉妬に影響されていた。嫉妬と――そして、自分を裏切ったチャーリーへの怒り。このおれは、チャーリーといっしょにアパートメントを出ていくことで、女房も息子も捨ててしまったというのに。チャーリーとずっといっしょにいるはずだった……その場所は、けっきょく十六番街の工場になってしまったけれど。そしていま、工場が爆破され急襲されたために、チャーリーは病気の猫みたいに、自分が知っている相手のところにもどってきた——おそろしい男ではあるかもしれないにしても、自分が理解できる男のもとに。

チャーリーの顔を仔細にながめて、ニックはそこに、ある変化を見てとった。その表情のかたさは、まるで金属かガラスの上に化粧をほどこしたようだ。どことなく、非生物的な感じがする。そうだ。愛想よく笑みを浮かべてはいるけれど、いまのシャーロットはガラスのようにもろく硬い感じがする。だからこそ、あんなに濃い化粧をしているのだ——その表情の真実、人間性の欠如を隠すために。

デニーはうれしそうにぽんとひざをたたくと、胴間声をはりあげて、

「なあ、いまならここに小冊子を六百冊でも置いとけるんだぜ。しかも、やっかいごとはいっさいなし。つまり、踏み込まれる心配は無用ってわけだ。それに、収容所帰りを見たかい？」

人込みをかきわけてここまでやってくるあいだに、ニックはたっぷり目にしていた。ガリガリにやせこけて、官給品のオリーブ色の木綿製作業服に身を包んだ彼らの姿は、みん

なぞっとするほどそっくりに見えた……。彼らに食べ物を与えるため、赤十字が準備した、無料スープ支給所も見た。キャンパーたちはいたるところにいた。新しい環境になじむことができずに幽鬼のごとくさまよう、金もなく、仕事もなく、住む場所もない人々。とにかく、彼らは外の世界に出てきた。そして、デニーのいったとおり、全面特赦は収容所にいた全員を解放したのだ。

「しかし、おれさまはつかまらなかったぜ」デニーは攻撃的な自負心に白くなった顔でいった。「おまえらふたりはつかまったけどな。十六番街工場の手入れで」

デニーは両手を胸の前で組み合わせると、上体を前後に揺らした。それから、チャーリーのほうを向いて、

「この家をガサ入れさせようっておまえの必死の努力も、ぜんぶ無駄だったわけだ」

コーヒー・テーブルに身を乗り出すと、デニーは缶ビールを手にとり、うんとうなずいた。

「まだ冷えてるぜ。よし、夢の国に出かけようじゃないか」デニーは缶の上部から金属片をむしりとった。「あんたからだ、アップルトン。お客さんだからな」

「ほんのちょっとでいい」

といって、ニックはひと口の半分ほどビールをすすった。

「逮捕のあと、チャーリーがどうなったと思う？」

ビールをぐいとあおってから、デニーがいった。

「もうまる一日かそこら前からここに来てると思うだろ？　十六番街工場を出たあとすぐ、ここにやってきた、と。ところがそうじゃないんだな。一時間ばかり前にやってきたばかりだ。ずっと身を隠して、逃げてたんだよ」

「ウィリス・グラムか」

ニックは吐き捨てるようにいった。あの異様な恐怖感がふたたびこみあげてきて、体が硬直し、ひどい寒けにおそわれた。

「というのも」と、デニーはのんびりした口調で、からかうようにいった。「あそこには、やつが〝連邦ビル医務室〟とか呼んでるベッドが何列も並んでるんだ。しかし、じっさいには——」

「やめて」

チャーリーが、食いしばった歯のあいだからどなった。

「グラムはチャーリーに、ちょっと〝ベッドで休息〟したらどうかといったのさ。グラムがそういう種類の男だって知ってたかい、アップルトン？」

「ああ」と、ニックはかたい声で答えた。

「でも、逃げのびたのよ」とチャーリーがいった。いたずらっぽく笑って、「MPが四人もついてたけど、あたしは逃げた」

今度はデニーに向かって、

「あたしが怒ったら、本気で怒ったらどうなるか知ってるでしょ。あなたも見たわね、ニック、はじめて会ったときに。デニーとあたしがけんかしてるのを見た。でしょ？　あのときのあたし、ものすごくなかった？」

「じゃあ、グラムも手出しできなかったわけだ」

とニックはいった。だからまた、こうしてきみと会えたんだ、と考える。しかし――いまのきみは、ほんとうのきみじゃない。いまのきみは、デニーのためにつくられたきみ。古い鎧をふたたび身にまとい、自分をいつわっている。仕事は合法化されたけれど、習慣は消えていない。きみはエレガントでありたいと――すくなくとも、きみが考えるエレガントでありたいと――思っている。そして、また紫セイウチでドライブしたいと思っている。ものすごいスピードで疾走したがっている。なにに衝突してもおかしくない、車体がばらばらになりそうな速度で。でも、その瞬間が訪れるまでは、たっぷりドライブを楽しめるし、プラスティカル・パーラーやシーネラ喫煙クラブやドラッグ・バーに好き勝手に出入りできる。そして、居合わせたみんなが、「なんてきれいな子なんだ」と感嘆し、きみの横のデニーは「よう、おれの寝る相手を見てみなよ」といわんばかりの視線を投げて、羨望の的になる。いってみれば、そういうことだ。

　ニックは立ち上がった。

「そろそろおいとましよう」

それから、チャーリーに向かって、

「グラムにつかまらなくてよかった。あいつがきみに目をつけてたのは知ってたし、きっと手に入れるだろうと思ってたからね。おかげでずいぶん気分がよくなったよ」

「まだあきらめたと決まったわけじゃないぜ」

デニーがにやっと笑い、ビールをあおった。

「じゃあ、このアパートメントから出てったほうがいい」とニックはいった。「ぼくに見つけられたくらいだから、あいつらにだって見つけられるはずだ」

「だが、チャーリーの居場所は割れてないんだ」

デニーは両足をコーヒー・テーブルの上に投げ出した。本物の革の靴をはいている……おそらく相当な代価を支払ったはずだが、そのおかげでデニーは、ウィーンの店を含めて、この惑星で最高級のシーネラ喫煙クラブに出入りできる。

それだ。チャーリーもデニーも、ドラッグ・バーや喫煙クラブめぐりにくりだすべく服装を選び、身だしなみをととのえているように見える。アルコールは、ふたりにとって唯一の非合法活動ではなく、たくさんあるうちのひとつにすぎない。喫煙クラブへの出入りは合法だし、装飾品の選択と化粧さえまちがわなければ、ふたりは、〈新人〉や〈異人〉も含めたエリート階級のあいだを泳ぎまわることができる。発見者である〈新人〉、ウェイド・シーネラにちなんでシーネラと名づけられた、この新しい麻薬は、政府関係者までひっくるめて、すべての人間に好まれている。シーネラはプラスチックのミニチュア神像とおなじように、現在、惑星全土で一大ブームを巻きおこしていた。

「なあ、アップルトン」デニーはほとんど空になったビールの缶をチャーリーにさしだしながらいった。「チャーリーの持ってるＩＤは、本物そっくりに偽造したやつで、しかも公式に通用する」

デニーは身振りまじりに、

「ほら、ユニオン・オイルのクレジット・カードとかじゃなくて、携帯を義務づけられているやつだ。本物そっくりにつくられてるから、ピサーが持ってる電子装置のスロットにさしこんでも、ばれやしない。そうだろ、この性悪女(しょうわるおんな)？」

デニーは愛情たっぷりにチャーリーに腕をまわした。

「ええ、性悪女よ」とチャーリー。「そのおかげで連邦ビルから逃げだせたわけ」

「ここにいたら見つかる」と、ニックは辛抱強くいった。

デニーは傲岸不遜かつ腹立ちまじりに、

「いいか、ちゃんと説明してやっただろう。あんたとチャーリーが印刷工場でつかまったとき、やつらは――」

「このアパートメントの名義はだれになってる？」とニックはデニーにたずねた。

デニーは顔をしかめた。

「おれだよ」頬を真っ赤にして、「やつらには知れてない——あいつらにとっちゃ、このおれは存在しないんだ。なあアップルトン、もっと度胸をつけろよ。おまえはぎゃあぎゃあ泣きわめいてるだけの赤ん坊だ。おまえのせいでなにもかも台なしになっちまう。まったく、もしおれが天国にいたら、おまえのそばに寄るのも願い下げだね」

デニーはまた笑ったが、こんどの笑い声には侮蔑がこめられていた。

「このアパートメントとの関連で、チャーリーの名前が浮かんだことがないのはたしかなのか？」とニック。

「そうだな、一度か二度、おれのかわりに彼女が家賃を小切手で払ったことがある。こまかいことは聞いてないが——」

「チャーリーがこのアパートメントの家賃の支払い小切手にサインしたとすると」とニック。「彼女の名前は自動的にニュージャージーのコンピュータに記録されているはずだ。名前だけじゃない——チャーリーの姓名がどこから来たかという情報もそれに付随して記録される。だから、ぼくたちふたりとおなじように、PSSには彼女のファイルが存在する。やつらはニュージャージーのコンピュータに照会して、きみに関するすべての情報を引き出すはずだ——それを警察のファイルと照合する……たとえば、きみたちふたりで紫セイウチに乗ってるとき、警察に止められたことはないか？」

「あるよ」デニーはうなり声で答えた。「スピード違反だ」

「なら、チャーリーの名前も、証人として記録されたはずだ」

デニーは腕組みしたまま、ゆっくりとソファの奥に身を沈めた。

「そうだな」

「それだけの情報があれば、やつらにはじゅうぶんだろう。きみたちふたりの関係をつきとめ、それからこのアパートメントとの関連をつきとめる。そこから先、ＰＳＳのチャーリーのファイルにどんな情報があるかは神のみぞ知るだ」

デニーの顔に、一瞬、狼狽の色がよぎった。右から左に影が動いていく。目には疑いと動揺の光が宿る。いまのデニーは、前に出会ったときとおなじデニーに見えた。当局に対する、父権のシンボルに対する恐怖と憎しみの混合。デニーの頭の中では、さまざまな思考がめまぐるしく渦巻いている。一瞬ごとに、その表情がくるくると変わる。

「しかし、いったいこのおれになんの容疑があるってんだ？」とぞんざいな口調でいう。

「くそ」と頭をかきむしり、「アルコールのせいで頭がぼうっとしてやがる。なんにも考えられない。うまく言い逃れできるかな？　ちくしょうめ——なにか服まなきゃやってられねえぜ」

デニーはバスルームに立ち、薬戸棚の中をひっかきまわしはじめた。

「メタンフェタミン塩酸塩だ」といって、瓶を下ろす。「こいつを服めば頭がすっきりする。この泥沼から抜け出すつもりなら、脳みそをしゃっきりさせなきゃな」

「ろくでもないクスリを服んで、アルコールの酔いをさますってわけね」と、チャーリー
があざけるようにいった。

「説教はよせ！」リビングルームにもどってきたデニーが叫んだ。「もうがまんできん。

手がつけられなくなるぞ」

デニーはニックに向かって、

「この女を連れ出してくれ。シャーロット、おまえはニックといっしょに行動しろ。この
アパートメントにはもどってくるな。ニック、金（ポップス）はあるか？　二日ばかりモーテルの部
屋を借りる余裕は？」

「ああ、たぶん」

と返事をしながら、ニックは体じゅうに歓喜の波が広がるのを感じた。デニーをおどし
つけて、まんまとチャーリーから手を引かせたのだ。

「じゃあ、どこかモーテルを見つけろ。おれに映話はするなよ——たぶん盗聴されてる。

いまにも押し入ってくるかもしれん」

「偏執狂ね」

チャーリーが冷たくいった。それからニックのほうに目を向け、そして——。

そして、黒い制服を着た男ふたり、〝黒ピサー〟と呼ばれているPSSの制服組が、ア

パートメントにはいってきた。ノブに手もふれず、鍵も使わず——ドアはただバタンと開いて、ふたりを招き入れた。

左側の黒ピサーが、ニックに向かってなにかをつきだした。

「これはあなたの写真ですね?」

「ええ」

写真を見つめながら、ニックは答えた。いったいどこで手に入れたんだろう? その写真は——プリントが一枚——ニックの家の洋服だんすのいちばん下の引き出しに入れてあったものだ。

「つかまらないわ」とチャーリーがいった。「つかまってたまるもんか」

チャーリーはまっすぐふたりの前に歩み寄ると、声を大きくしてどなった。

「出てって」

黒ピサーは官給品のごついレーザー・ガンに手をのばした。うしろにいたもうひとりもそれにならう。

デニーが掩護役のピサーにとびかかった。ふたりは猫のけんかみたいに、からまりあって床にころがる。円鋸のようなめまぐるしい動き。

一方、チャーリーは目の前のピサーの股間を蹴り上げ、片腕を振り上げると、ひじの先を相手の気管にたたきつけた。そのスピードがあまりにも速くて、ニックにはとっさになにが起きたのかわからなかった……つぎの瞬間には、そのピサーは床にのびて、なんとか空気を吸いこもうとぜえぜえ息をあえがせていた。

「もうひとりいるはずだ」もうひとりのピサーとの取っ組み合いに勝ったデニーが立ち上がっていった。「たぶん下で待機してるな。それとも、屋上の離着陸場か。屋上に賭けてみよう。セイウチにたどりつけさえしたら、向こうの船が追ってきても振り切れる。知ってたか、アップルトン？　おれはパトカーに勝てるんだぜ。時速百二十マイルでぶっとばせる」

デニーが玄関に向かって歩きだした。ニックはおぼつかない足どりでそのあとを追う。

「追われてるのはおまえじゃなかったな」昇りのエレベーターの中で、デニーがチャーリーに向かっていった。「追われてるのは、こちらにおいでのミスター・クリーンのほうだ」

「まあ」チャーリーはびっくり仰天した表情をつくって、「ああ、なんてこと——じゃああたしたち、あたしのかわりに彼を救いだしたってわけね。重要人物じゃないの」

デニーがニックのほうを向いて、

「やつらが追ってるのがあんただと知ってれば、闘ったりしなかったんだけどな。知り合いでもなんでもないし。だが、あの野郎が銃に手をのばしたとき、特別部隊のコマンドだってことがわかった。つまり、あのふたりは抹殺要員だと見当がついたわけだ」

デニーは大きくてセクシーな青い瞳に、輝くような笑みをひらめかせた。

「おれがなにを持ってると思う？」

デニーは尻のポケットに手をやって、小さなピストルをとりだした。

「護身用の武器だ。コルト・二二口径。ちゃちな弾丸だが、発射速度はおそろしくはやい。これまでは使う機会がなかった。心の準備もできてなかったしな。しかし、いまは準備OKだぜ」

デニーはエレベーターが屋上離着陸場に着くまで、体のわきで銃をかまえていた。

「出ないほうがいい」とニックがチャーリーにいった。

「まずおれがひとりで出る」とデニー。「おれは銃を持ってるからな」

それから、離着陸場の一点を指さして、

「あそこに彼女がいる。セイウチだよ。くそっ、もしイグニション・ワイヤをひっこぬかれてたら……うまく始動しなかったら、下にもどって、あのピサーをふたりともぶっ殺してやる」

デニーはエレベーターから足を踏みだした。

黒ピサーが駐車中のエアカーの陰から身を乗り出し、レーザー・ライフルの銃口をデニーに向けた。

「止まれ」

「やあ、おまわりさん」

デニーは親しげに呼びかけると、両手を開いて、なにも持っていないのを見せた。銃はそでの中に隠してある。

「いったいなにごとだい？　ちょいとドライブしようと思っただけなんだ。まだコードン分子を追ってるのか？　まさか、知らないわけじゃないだろ――」

黒ピサーはレーザー・ライフルでデニーを撃った。

チャーリーはエレベーターのコントロール・パネルの一階のボタンを押した。のろのろとドアがしまる。チャーリーは緊急降下ボタンに片手をたたきつけた。エレベーター・ボックスはすさまじいスピードで奈落の底へと降下しはじめた。

21

それからかっきり四十四時間後、クレオ・アップルトンはテレビのスイッチを入れた。お気に入りのお昼のメロドラマ「マージは逃走中（アット・ラージ）」を見るつもりだった。〈旧人〉たちに、このみじめな生活もまんざら捨てたものではないと思わせるべく、頭の切れる〈新人〉がひねりだした番組。しかし、電源を入れても、スクリーンにはなにも映らない。雪嵐の無意味な模様だけ。四つのスピーカーからは、ざあざあと雑音が流れている。

クレオはべつのチャンネルをためしてみた。結果はおなじ。

六十二チャンネルすべてをためしてみた。どのチャンネルも、番組をやっていない。

プロヴォーニがすぐそこまで来てるんだ。やっと、そう思いあたった。

そのとき、アパートメントのドアが開き、ニックがはいってきた。そのまままっすぐクローゼットのところへ歩いていく。

「だいじなお洋服をとりにきたってわけね」とクレオはいった。「ええ、忘れないで持ってってちょうだい。それと、バスルームにもまだあなたの身の回りのものが残ってるわよ。

ちょっと待っててくれたら、荷造りしてあげる」

クレオの胸に、不思議と怒りはなかった。漠たる不安だけ。ふたりの結婚生活が崩壊し、夫がボイヤーとかいう小娘と駆け落ちしたことによって生じた動揺。

「それはご親切に」と、ニックがかたい声でいった。

「いつでも好きなときにもどってきていいのよ」とクレオ。「鍵は持ってるでしょ──昼でも夜でも、それを使って帰ってくればいいわ。わたしがここに住んでるかぎり、あなたの寝るベッドを用意しといてあげる──わたしのベッドじゃなくて、あなた専用のベッドをね。そのほうが、わたしとのあいだに距離を置いておけるから。あなたがほんとに望んでるのは、わたしと距離を置くこと。ちがう？　シャーロット・ボイヤー──それともボイドだっけ？──とかいう娘はただの口実。あなたにとっていちばん関係の深い相手は、いまもこのわたしなのよ──たとえ、一時的にマイナスの関係になってるとしても。でもいつか、あんな小娘といっしょにいたってなんにもならないということがわかるでしょうよ。あの娘は、化粧した壁よ。ロボットかなにかを、人間そっくりに塗り立てたみたいなもの」

「アンドロイドだ」とニックはいった。「いや。彼女はちがう。彼女はキツネのしっぽで、麦畑で、太陽の光だ」

「靴は何足か置いていけばいい」

と、クレオはいった。哀願口調にならないようにと努力したけれど……やはりそうなってしまった。

「十足もいらないでしょ。せいぜい二、三足でたりるはず。ね？」

「すまないと思ってる。きみにこんな仕打ちをして。おれはこれまで一度も、火遊びなんかしたことがなかった。たぶん、いまやってるのがそれなんだ。そう思ってくれていいよ」

「ボビーが新しいテストを受けるのは知ってるわね。今度は公正なテストを。わかってるんでしょ？　返事して。知ってる？」

ニックは立ち止まって、TVスクリーンを見つめた。だしぬけに、腕に抱えていた服の山を投げ出すと、テレビの前に駆け寄った。

「どのチャンネルもおんなじよ」とクレオがいった。「たぶん、どこかで断線してるのね。それとも、プロヴォーニのせいか」とつけくわえる。

「ということは、五千万マイル以内のところまで来てるってことだ」

「よくアパートメントが見つかったわね。あなたと——あの娘の。再配置キャンプから出てきた人たち……あの人たちが国じゅうの空いてるアパートメントをぜんぶ借り切っちゃったんじゃないの？」

「彼女の友だちのところにいるんだ」

「住所を教えてくれない？　電話番号でもいい。なにかだいじな連絡が必要になったときのために。たとえば、ボビーがけがでもしたら、あなただってすぐに――」

「静かに」

ニックはテレビの前にうずくまって、スクリーンを凝視していた。ホワイトノイズの咆哮がぱったりとやんでいる。

「送信機がオンになってる証拠だ」とニックはいった。「さっきまではぜんぶオフになってたんだ。プロヴォーニが通常の送信をぜんぶカットしてたんだろう。これから送信をはじめるつもりだぞ」

ニックは妻のほうに顔を向けた。頬は紅潮し、まんまるに見開かれた瞳は子どもみたいに一心に見つめている。でなきゃ、頭の線が切れちゃったみたいね、と考えて、クレオはなんとなく不安になった。

「これがどういうことなのかわかってないんだろ？」とニック。

「そうね、たぶん――」

「だからこの家を出たんだ。きみにはなんにもわかってない。プロヴォーニの帰還はきみにとってどんな意味がある？　有史以来、もっとも重要な事件なんだぞ。プロヴォーニといっしょにやってくるのは――」

「有史以来もっとも重要な事件は、三十年戦争よ」

と、クレオは身も蓋もないいいかたをした。西洋史でその時代を専攻していたから、自分のいってることくらいはちゃんとわかっている。

ＴＶスクリーンに、顔のアップが出現した。つきでたあご、大きくひいでた額、その下の瞳は小さく、突き刺すような視線を放っている。プロヴォーニの目は、現実の網目に穿たれた穴、周囲の環境から隔絶した漆黒の闇のようだった。

「わたしはトース・プロヴォーニ」

と、その顔が口を開いた。受信状態は良好だった。映像以上に明晰に、音声が伝わってくる。

「わたしはいま、知的生命体の内部で生活しています。この生命体は――」

クレオがぷっと吹き出した。

「静かにしろ！」とニックがどなりつける。

「『世界のみなさん、こんにちは』」と、クレオが声色を使った。「『わたしは巨大ミミズの中で元気に暮らしてます』ってわけ。ああ、もう、ほんとにびっくりだわ。まさか――」

ニックは黙って、妻の顔を平手ではりとばした。クレオはその勢いで床に倒れてしまった。ニックはなにもいわずに、スクリーンに視線をもどした。

「――までに要する時間は、およそ三十二時間です」

と、プロヴォーニがかすれた声でゆっくりと話している……その顔は、ひどく消耗しているように見えた。いままでこんなに疲れた人間は見たことがないな、とニックは思った。一語発するごとに残り少ない生命エネルギーを削りとられていくとでもいうように、プロヴォーニはすさまじい努力をしてしゃべっている。

「――われわれのミサイル・スクリーンは七十種のミサイルを撃退しました。しかし、わたしの友人の体がこの船を包みこんでおり、彼が――」プロヴォーニは体をふるわせて、大きく息を吸った。「攻撃に対処します」

ニックは、床に身を起こし、ぼんやり頬をさすっているクレオに向かって、

「三十二時間。あと三十二時間で着陸するっていうのか？　そんな近くまで来てるのか？なあ、なんといってた？」

ニックの声はヒステリー寸前だった。

クレオの目には涙があふれていた。返事をせずに顔をそむけると、立ち上がって、バスルームに姿を消した。夫に涙を見せまいと、ロックして閉じこもってしまう。

ニックは悪態をついてそのあとを追った。ロックされたバスルームのドアをどんどんとたたく。

「くそったれ、おれたちの生活はプロヴォーニがなにをやるかにかかってるんだぞ。それなのに、おまえは聞こうともしない！」

「殴ったわね」

「知るか！」

ニックはむなしい捨てぜりふを吐くと、大急ぎでテレビの前にもどった。しかし、すでにプロヴォーニの映像は消えて、ノイズの咆哮がもどっていた。だがやがて、通常のネットワーク放送がぼんやりとスクリーンにあらわれはじめた。

テレビに映しだされたのは、NBCの大物ニュース・キャスター、サー・ハーバート・ロンドンだった。

「二時間ほど放送が中断されたことをお詫びします」

ロンドンは、半分皮肉っぽく、半分少年っぽいいつもの口調で、おだやかに話しはじめた。

「全世界のTV放送すべてが中断されていたのです。つまりこの間、警察の専用有線放送も含めて、あらゆる形態の映像送信がストップしていました。視聴者のみなさんは、いましがた、トース・プロヴォーニ――あるいは、プロヴォーニと名乗る人物――が、三十二時間以内に、彼の宇宙船、〈グレイ・ダイナソア〉でタイムズ・スクエアのまんなかに着陸するとのメッセージを世界に発した場面をごらんになったことと思います」

ロンドンはパートナーのニュース解説者デイヴ・クリスチャンのほうに顔を向けると、ざっくばらんな口調で切りだした。

「トース・プロヴォーニは――あれが本人だとしてだが――えらく疲れているように見え

なかったかい？　彼の話す声を聞き、顔を見ていると——映像信号のほうは音声ほどはっきりしていなかったが、これは当然だろうね——消耗しきった人間だという印象を受けたよ。あれは、人生の敗残者で、自分の負けを知っている男の顔だった。あんな男が、なにか政治的な施策を実行できるとは思えない。たとえそれが一時的なもので、長期にわたる政権でないにしても」

「そのとおりだよ、ハーブ」とデイヴ・クリスチャンがいった。「しかし、実務を担当するのは、いっしょに来ているエイリアンのほうかもしれん……〝実務〟というのが正しい言葉かどうかはわからないが、ともかく彼らがやるつもりでいることをじっさいにやるのは、プロヴォーニじゃないのかもしれない」

「トース・プロヴォーニは」と、サー・ハーバートがまっすぐカメラに向き直った。「ごぞんじない、あるいはもう覚えていない視聴者のみなさんのためにもう一度おさらいしておくと、いまから十年前、推進機関をスープラCエンジンに積みかえた商業宇宙船で地球を出発しました……この改良はプロヴォーニがみずからの手でおこなったものですから、われわれには、あの船がどの程度の速度を出せるのかわからないわけです。ともかく、こうしてプロヴォーニはもどってきました。そしてどうやら、かつて彼が約束したエイリアンを、六十億〈旧人〉のための〝助力〟を連れてきたようです。不公平な扱いを受けているとプロヴォーニが信じるところの〈旧人〉を解放するための助っ人というわけです」

「ああ、そうだね、ハーブ」とディヴが相槌を打った。「プロヴォーニはきわめて強い意志を抱いていた。公務員採用試験が操作されているとの考えに固執していた……しかし、特別陪審委員会による調査でも、はっきりした証拠はなにも出なかった。だからわれわれとしては、試験はもちろん公正なものであると断言できる。われわれにわからないのは――おそらくこれが、もっとも重要な問題だろうけれど――プロヴォーニに、公共安全特別委員会およびグラム委員会議長との交渉に臨むつもりがあるかどうか――いいかえれば、彼らが席について（くすくす笑い）――問題のエイリアンがすわることのできる身体構造を持っているとしてだけどね――話し合いをするつもりがあるのか、それともいまから三十二時間後、われわれはたんに攻撃されるのか、ということだ。プロヴォーニは、われわれの政府が相当数にのぼるミサイルを彼の船めがけて発射したとの情報を洩らしたわけだが、しかし――」

「ハーブ」と、ディヴがそれをさえぎって、「失礼していわせてもらうと、プロヴォーニとエイリアンが多種多様な惑星間ミサイルを撃退したという彼の主張は、真実ではないかもしれない。おそらく政府は否定するだろうね。いわゆるミサイル攻撃の撃退に〝成功〟したというのは、自分たちにわれわれ以上の技術力があるとの印象を植えつけるためのプロパガンダかもしれない」

「地球全土の映像送信を遮断できたという事実は」とハーブ。「プロヴォーニに一定の力があることを示している。これには相当な労力を必要としたはずだ。ひょっとしたらそれが、プロヴォーニのはなはだしい疲労の原因なのかもしれない」

ニュース・キャスターはぱらぱらと手もとの書類をめくり、また正面に顔を向けて、

「一方、地球各地で、プロヴォーニ――およびその友人――の着陸にあわせて、さまざまな集会が計画されています。これまでは、各都市で集会の計画があったわけですが、プロヴォーニがタイムズ・スクエアに着陸すると発表した以上、当然、そこで最大規模の集会が持たれることになるでしょう……プロヴォーニに忠誠を誓う〈下級人〉の熱心な支持者たちはもちろんのこと、たんなる好奇心からやってくる人々も多いでしょう。おそらく、大多数は後者だと思われます」

ニックがテレビに視線を向けたまま口を開き、

「あいつらがニュースを微妙に操作してるのがわかるだろ。『たんなる好奇心』だと。ただもどってくるだけのことで、プロヴォーニがすでに革命を引き起こしているのが、政府にはわかっていないのか？　収容所はどこもからっぽだし、テストはもう不正操作されていない――」

そのとき、頭にべつの考えが浮かび、ニックは口をつぐんだ。

「ひょっとしたら、グラムは降伏するかもしれん」

と、ゆっくり口にする。それは、ニックがこれまで一度も――ニック自身にかぎらず、

彼の知り合いのうちのだれひとりとして——考えつかなかった可能性だった。即時の、全面降伏。政府の権力を、プロヴォーニおよびエイリアンに譲りわたす……。

だが、それはウィリス・グラムのやりかたではない。グラムは、文字どおりしかばねの山を築きながら、現在の地位を戦いによって勝ちとってきた男だ。ウィリス・グラムは、いまただちになにをなすべきか、計画を練っていることだろう。地球上の全兵力が集められて、たった一隻の宇宙船、十年前の老朽船に照準を合わせる……いや、〈グレイ・ダイナソア〉はもはや老朽船ではなくなっているかもしれない。昼日中に降臨した神のごとく光り輝いているかもしれない。ゆらめく陽光の下、姿をあらわした神……。

「あなたが行ってしまうまで、ここに閉じこもっているわ」

ロックされたバスルームのドアの向こうから、クレオが鼻声でいった。

「わかった」

ニックはそういうと、両腕いっぱいに服を抱えて、エレベーターに向かって歩きだした。


「エイモス・イルドです」

と、背の高い男がいった。毛髪のない白く巨大な頭は、水頭症患者のそれを思わせる。強力なプラスチックの細いチューブが、その頭を支えていた。

ふたりは握手をかわした。イルドのてのひらはじっとりと冷たかった。目とおなじだな、とグラムは思った。それから、べつのことに気づいた。この男はまったくまばたきをしない。なんてこった、手術でまぶたを除去してるじゃないか。おそらく薬を服用して、一日二十四時間、かたときも休むことなく働いているんだ。〈大耳〉計画があれほど順調に進んでいるのも不思議はない。

「おかけください、ミスター・イルド」グラム委員会議長はいった。「たいへん重要なお仕事の最中だというのに、わざわざ来ていただいて恐縮ですな」

「わたしを迎えにきた警官の話では」エイモス・イルドはかん高いきいきい声でいった。

「トース・プロヴォーニがもどってきて、四十八時間以内に地球に着陸するとか。この一件が〈大耳〉よりはるかに重要な問題であることはまちがいない。プロヴォーニがコンタクトしたエイリアンに関して現在わかっていることすべてを教えていただきたい――あるいは、文書を見せていただきたい」

「では、あれがプロヴォーニだと考えている、と？　そして彼がじっさいにエイリアンもしくはエイリアンの一団を引きつれて帰ってきた、と？」

「統計的にいって、中立論理学の第三階梯をあてはめれば、論理的分析結果として以下の要約が演繹されます。すなわち、あれはおそらくプロヴォーニでしょう。彼はおそらくひとりもしくはそれ以上のエイリアンと行動をともにしているでしょう。彼はすべての映像送信を遮断して、映像ならびに音声のメッセージを自分の船から送信したと聞きました。

ほかには？」

「ミサイルです」とグラムはいった。「彼の船には到達したものの、爆発しなかった」

「接触起爆式ではなく、近接信管を搭載したものでも、ですか？」

「ええ」

「そして、プロヴォーニの船は十五分以上ハイパースペースにとどまった、と？」

「そのとおりです」

「では、彼がエイリアンといっしょにいると考えるべきですな」

「TVメッセージの中で、プロヴォーニはそのエイリアンが『船を包みこんでいる』といいました。ほら――なんというか、船をかばっているわけです」

「卵をかばうメンドリのように」とエイモス・イルドはいった。「われわれ全員も、まもなくその仲間入りをするかもしれません。宇宙メンドリの腹の下であたためられる、かえることのない卵」

「だれもかれもが、どうすべきかについてあなたの助言を仰げというのです」

「船を破壊するために。全兵力を投入して――」

「破壊することは不可能です。おうかがいしたいのは、プロヴォーニが着陸し、エイリアンの中から姿をあらわしたとき、いったいどう対応すべきかについての答えです。プロヴォーニが船の外にいるときをねらって、エイリアンが救いの手をさしのべられない場所で、最後の攻撃をしかけてみるべきか？　あるいは、このビルに彼を招き、ひとりきりにする……エイリアンがついてこられないように」

「どうしてついてこられないと？」

「彼の船を包みこんでいるのだとすれば、トン単位の重量があるはずです。エレベーターは使えませんよ」

「ごく薄い被膜のような存在であるとは考えられませんか？　ベールのようなものだとは？」イルドはグラムのほうに身を乗り出した。「プロヴォーニの船の重量は計算してありますか？」

「もちろん。ほら、ここに」

グラムは報告書の山をひっかきまわして、めあての一枚をさがしだすと、イルドに手渡した。

「一億八千三百万トン」と、イルドは声に出して数字を読んだ。「これだけの大きさの船をすっぽり包みこんでいるとすれば、『薄い被膜』ではありえない。膨大な質量を有している。船はタイムズ・スクエアに着陸するとか。暴動鎮圧部隊を出動させて、前もって問題の地域を無人にしておく必要がありますね。明らかに、必須の措置です」

「でも、支持者たちの頭上以外、どこにも着陸する場所がなかったとして、それがどうだというんです？」グラムがいらついた口調でたずねた。「プロヴォーニがもどってくることはみんな知っている。逆噴射ロケットかなんかを使って下りてくることはわかりきっている。にもかかわらずそこで待っているような間抜けどもなら——」

「わたしに相談なさるおつもりなら、正確にわたしがいうとおりのことをしていただかなければならない。他の助言者にはいっさい頼らず、他の見解はいっさい持たないでいただきたい。この危機が去るまでのあいだ、事実上、このわたしが政府になりかわって行動することになります。しかしもちろん、すべての行政命令にはあなたの署名が付される。とりわけ、バーンズ警察長官に相談することは避けていただきたい。第二に、公共安全特別委員会への諮問もなしにしていただく。わたしはこの一件がかたづくまで、一日二十四時間あなたと行動をともにする。わたしのまぶたがないことにはお気づきですな。さよう、わたしはサラマイド硫酸塩を服用しています。わたしはけっして眠らない——そんな余裕はないのですよ。やるべきことがありすぎる。それから、ふだんなさっているように、周囲のさまざまな人間に些末な問題について相談を持ちかけることもやめていただく。あなたに助言を与えるのはわたしひとりです。この条件が満たされぬ場合、わたしは〈大耳〉計画にもどります」

「やれやれ」

グラムは声に出してぼやいた。それから、エイモス・イルドの脳に注意を向け、言葉にされた以上の情報を探った。だが、イルドの内心の思考は、彼が口にしたものとまったく同一だった。明らかに、イルドの精神は他の人間のそれとはちがった働き方をする。ふつうは、言葉でいったこととは裏腹の考えを持っているものなのに。

それから、グラム自身の心の中から、イルドが見落としていたひとつの考えが浮かび上がってきた。イルドはおれの助言者になる。しかしイルドは、おれがその助言にしたがうことを要求していない。イルドの助言に耳を傾ける以外、いっさいの義務はないのだ。

「いまおっしゃったことはテープに記録してあります」とグラムはいった。「わたしの言葉も含めて、双方の会話が記録されている。コブ対ブレイン裁判の判例で確立されたとおり、口頭での宣誓は法的に有効です。わたしはあなたのいうとおりにすると宣誓する。そしてあなたは、目下の危機がつづくかぎり、わたしにすべての時間と労力を与えること、わたしを唯一の雇い主とすることを宣誓する。よろしいですかな？」

「承知しました」とイルドはいった。「では、プロヴォーニに関して入手されている情報すべてをこちらにください。詳細な経歴、大学院で書いた論文、ニュース・レポート。メディアがなにかニュースをキャッチした場合、それがただちに、このビルにいるわたしの手もとに届くよう手配してください。それをTV放送で公表してよいものかどうか、わたしが判断します」

「しかし、公表を止めるわけにはいかんでしょう。プロヴォーニには全チャンネルを乗っ取る力がある。もし彼が――」

「わかっています。わたしがいっているのは、TV放送を通じて直接なされるプロヴォーニの演説に付随する、他のすべてのニュースのことです」イルドはしばし思案をめぐらした。「こちらの技術者にいって、プロヴォーニのTV放送を再生させてください。いますぐに、自分の目で見てみたい」

しばらくして、部屋のつきあたりのスクリーンに光がともり、雑音が流れはじめた……それから、雑音が消え、一瞬後、プロヴォーニのいかつい疲れた顔がスクリーンに出現した。

「わたしはトース・プロヴォーニ」と彼は宣言した。「わたしはいま、知的生命体の内部で生活しています。この生命体は、わたしを消化吸収するのではなく、わたしを守ってくれています。あなたがたもすぐに、わたしとおなじ立場になるでしょう。まもなく、彼の庇護は地球全体におよぶことになり、物理的な戦争はいっさい消滅します。それまでに要する時間は、およそ三十二時間です。現在までのところ、われわれのミサイル・スクリーンは七十種のミサイルを撃退しました。しかし、わたしの友人の体がこの船を包みこんでおり、彼が――」疲労による間。「攻撃に対処します」

「たしかにそのとおりだ」とグラムが声に出してつぶやいた。

「物理的な接触を恐れることはありません」とスクリーンのプロヴォーニがいう。「われわれはだれひとり傷つけないし、だれにもわれわれを傷つけることはできないのです。それでは――」プロヴォーニは疲労に息をあえがせた。だがその視線は、ゆるぎなくじっとこちらを凝視している。「またのちほど」

プロヴォーニの映像がスクリーンから消えた。

エイモス・イルドは長めの鼻をかきながら、

「長引いた宇宙旅行のおかげで、プロヴォーニはほとんど死にかけている。おそらく、エイリアンが彼を生かしているのでしょう。エイリアンの助けがなかったら、もう死んでいる。演説はコードンにまかせるつもりでいたのかもしれない。プロヴォーニがコードンの死に気づいているかどうかわかりますか？」

「ニュースを傍受している可能性はある」とグラムは認めた。

「コードンを殺害したのは賢明でした」とイルドはいった。「収容所を開放し、全面特赦をおこなったこと――あれも賢明な手だった。おかげで〈旧人〉たちは代償を見誤ることになった。損失を上回るだけのものを勝ちとったと彼らは考えているが、現実には、コードンの死の持つ意味は、収容所開放の結果よりはるかに大きい」

「問題のエイリアンというのは、クモみたいにうなじにとりついて、神経節に穴をあけ、神経系を通じて人間を人形みたいに操るんだと思うかね？　一九五〇年かそこらに書かれた、すごく有名な本がある。そういう生物が人間にとりついて――」

「個人を対象に操るのですか？」

「『個人』？　ああ、なるほど。そう、宿主ひとりひとりに、一匹ずつとりつく。そう、ひとりに一匹だった」

「明らかに、プロヴォーニの連れているエイリアンは、大量の人間を対象にしている」イルドは思案をめぐらした。「テープを消去するようなものです。いちいちテープを消去へッドに接触させるのではなく、全体をいっぺんに消去する」

イルドは巨大な頭部を両手でささえながら、ソファに腰をおろした。

「はったりだ」とイルドはゆっくりいった。「そう仮定することにしよう」

「つまり、エイリアンなどいない、と？　プロヴォーニはエイリアンなど見つけなかった、連れ帰ったりはしなかった、と？」

「なにかを持って帰ってきたのはまちがいない」とイルド。「しかし、いまのところ、われわれが目にしたものすべては、テクノロジーによってなしうるものにすぎない。ミサイルを撃退し、TV電波を遮断する——どこかべつの太陽系のどこかの惑星で、プロヴォーニはなんらかの機械を見つけた。その星の生物が彼の船の船体を改造し、ハイパースペースの航行を可能にした……望むなら、永遠にハイパースペースを飛びつづけることもできるかもしれない。しかし、わたしは、中立論理学が示す選択肢を選ぶつもりです。われわれはまだエイリアンの姿を見ていない。したがって、現実にそれを目にするまでは、おそらくエイリアンは存在しないだろうと仮定しなければならない。おそらく、とわたしはいった。しかし、防衛手段を講じるには、いますぐ選択しなければならない」

「だが、プロヴォーニは、戦争にはならないといっている」

「彼の側からは。こちら側からしかける戦争だけだ。そしてそれは存在することになる。ちょっと待って――東海岸で最大のレーザー・システムはボルチモアにある。これをニューヨークまで運んできて、タイムズ・スクエアに設置することは可能ですかな――三十二時間以内に？」

「たぶん。しかし、宇宙空間でプロヴォーニの船をレーザー・ビームで攻撃したが、なんの効果もなかった」

「戦艦に搭載される移動式レーザー・システムの出力は、ボルチモアにあるような固定式の巨大なシステムにくらべると、比較にならないほど低い。電話を使って、ただちにそれを手配していただけますかな？　三十二時間は長くない」

名案に思えた。ウィリス・グラムは内線4番の受話器をとって、ボルチモアに長距離をかけ、レーザー・システム担当技術者を呼び出した。

電話口で話しているグラムの向かいに腰をおろしたエイモス・イルドは、巨大な頭をマッサージしながら、グラムの言葉に逐一聞き耳をたてている。

「よし」グラムが電話を切ると、イルドはいった。「われわれに対して政治的改革を強要しうるほど進んだ科学力を持つ種族をプロヴォーニが発見したという可能性を計算してみた。いままでのところ、恒星間飛行によって発見された文明のうち、われわれの文明以上に進んでいたのはふたつだけしかない……それも、圧倒的に進んでいたわけではない。たかだか百年かそこらのちがいです。さていま、プロヴォーニが〈グレイ・ダイナソア〉に乗ってもどってきたという点に注目しよう。この事実は重要だ。なぜなら、彼が現実にわれわれより進んだ種族と遭遇したのなら、まずまちがいなく、その種族の船に乗って帰ってくるはずだ。プロヴォーニのあの顔、あの疲労ぶりを見るといい。プロヴォーニは事実上、目も見えず、死んでいるもおなじだ。いや、中立論理学が導くところによれば、彼ははったりに出ているという結論になる。はったりでないのなら、彼はやすやすとそれを証明できたはずだ――エイリアンの船で帰ってくるだけですんだのだからね。そして――」

エイモス・イルドはにやりと笑った。

「われわれに強い印象を与えたいなら、艦隊を引きつれてくることもできた。だが、彼は出発したのとおなじ船でもどってきた。そしてTVスクリーンに映しだされたプロヴォーニのあの顔――」

イルドの頭が激情にぐらぐら揺れた。禿頭に走る血管が膨張し、どくどくと脈打つ。

「だいじょうぶかね？」と思わずグラムはたずねた。

「ああ。わたしは問題を解決しようとしている。しばらく静かにしていただけまいか」

まぶたのない瞳がまっすぐこちらを見つめている。ウィリス・グラムはおちつかない気分になり、ちょっとだけイルドの心をのぞいてみた。しかし、多くの〈新人〉の例に洩れず、イルドの思考過程は、グラムには理解しがたいものだった。しかも、イルドの場合には――その思考は言語化されてさえいない。恣意的なシンボル、たえず変形し入れ替わってゆく種々雑多な記号のようなもので形成されている……くそったれ。グラムは心の中で毒づき、イルドの思考を読むのをあきらめた。

だしぬけに、イルドが口を開いた。

「中立論理学によって、蓋然性はゼロにまで減少した。プロヴォーニはどんなエイリアンも連れてきていない。プロヴォーニが持つ唯一の脅威は、高度に進歩した種族から与えられた技術的ハードウェアだ」

「たしかなのか？」

「中立論理学によれば、相対的にではなく、絶対的に確実だ」

「中立論理学でそこまでわかるのか」グラムは感心していった。「つまり、七分三分とか八分二分というのではなく、絶対確実なこととして答えるのは、予知能力者（プレコグ）にも不可能だ。プレコグは、蓋然性の高さを予言することしかできない。平行する未来が無数に存在するからね。しかしあんたは、『絶対的にゼロ』といった。では、われわれがしとめなければならないのは、ただひとり――」

グラムはようやく、ボルチモアのレーザー・システムをタイムズ・スクエアに設置する理由に思い当たった。

「プロヴォーニだけだ」相手はあの男ひとり。

「プロヴォーニは武装しているだろう」とエイモス・イルドがいった。「非常に強力な武器を持っているはずだ。船に搭載しているだろうし、携帯もしているはずだ。同時にプロヴォーニは、ある種のシールド、防御フィールドのようなものに守られているだろう。ボルチモアのレーザー・キャノンをプロヴォーニめがけて発射しつづけて、そのシールドを突き破ることになる。そして、プロヴォーニは死ぬ。〈旧人〉の群衆の目の前で、プロヴォーニは死ぬことになる。コードンはすでにこの世にない。われわれはもうゴールまでそう遠くないところまできている。あと三十二時間ですべてが終わる」

「そうなれば、わしの食欲ももどってくるな」とグラムがいった。

エイモスは薄く笑みを浮かべて、

「わたしの目には、一瞬でも食欲がなくなったことがあるようには見えないな」

もちろん、この「絶対ゼロ」話を頭から信じたりするものか、とグラムはひとりごちた。やつらの中立論理学など信頼できん。たぶん、おれにはそれが理解できないからだろう。しかし、未来の出来事がかならず起きるとどうして断言できる？　これまでに会ったプレコグはひとりのこらず、そのときどきに数百のちがった可能性があるといった……とはいえ、彼らにもやはり、中立論理学は理解の埒外にある。プレコグは〈新人〉ではないのだから。

グラムは受話器のひとつをとった。

「ミス・ナイト。できるだけおおぜいのプレコグを召集してくれ、そうだな、いまから二十四時間以内に集められるだけ多く。テレパスを通じてネットワークをつくらせろ。わし自身テレパスだから、集まったプレコグ全員とコンタクトして、彼らが一体となって未来予知に結束し、蓋然性のじゅうぶん高い未来を予知できるよう監督する。ただちに手配してくれ——今日中にすませろ」

グラムは映話を切った。

「合意事項違反だよ」とエイモス・イルドがいった。

「テレパス経由でプレコグのネットワークをつくっておきたかっただけだ。そして彼らの——」と、グラムは一瞬口ごもり、「——意見を求める」

「秘書に連絡して、さっきの命令を撤回したまえ」

「どうしても？」

「いや。しかし、このまま進めるつもりなら、わたしは〈大耳〉にもどって、あっちの仕事をつづける。あなたの決断しだいだ」

グラムはまた受話器をとって、いった。

「ミス・ナイト、いまのプレコグの件だが、さきほどの指示は撤回する」

グラムは受話器を置き、むっつりと押し黙った。他人の心から情報を引き出すことは、グラムの人生における基本的な処世術だった。それと縁を切るのはむずかしい。

「プレコグに頼れば、また蓋然性の世界に逆もどりだ。二十世紀の論理に後退することになる。ずいぶん大きな退歩だな。たっぷり二百年以上になる」

「しかし、テレパスを使って一万人のプレコグをつなげれば――」

「わたしがすでに話した以上のことはわからんよ」

「わかった」

グラムはうなずいた。彼はすでに、エイモス・イルドを情報源兼助言者として選んだのだ。そして、おそらくそれは正しい選択だったはずだ。それにしても、一万人のプレコグがいれば……くそっ、どのみち時間がたりないのはたしかだ。二十四時間――とてもたりない。プレコグ全員をひとつところに集めるのに、たった二十四時間ではどうしようもない。現代の高速地下交通網をもってしても、できることとできないことがある。

「あんたはまさかずっとこのオフィスにいすわるつもりじゃなかろうね」と、グラムはイルドにいった。「休憩もなしに最後まで」

イルドが口を開いた。

「プロヴォーニの詳細な経歴がほしい。それ以外にも、さきほど列挙したものすべてを用意してくれ」

イルドの声にはいらだちが含まれていた。

ウィリス・グラムはためいきをついて、デスクのスイッチを押した。全世界の主要なコンピュータすべてにつながる回線を開くスイッチだった。このシステムを使うことは——皆無とはいわないまでも——めったにない。

「プロヴォーニ、コンマ、トース」とグラムはいった。「全資料および、関連資料からの抜粋を頼む。大至急だ」それから思い出したように、「この指令はすべてに優先する」とつけくわえて、スイッチから指を離すと、マイクを離れて、イルドのほうに顔を向けた。

「五分でとどく」

四分三十秒後、デスクのスロットから書類の束が流れだしてきた。まず、すべての情報のプリントアウト。つづいて、赤いインクで印刷された、一、二ページの要約。

グラムは目を落としもせずにそれをそっくりイルドにわたした。プロヴォーニについてこれ以上なにか読むのは、考えただけでもぞっとする。この数日というもの、この男についての情報をはてしなく読み、見、聞いてきたような気がする。

イルドは要約のほうを先に、すさまじいスピードで読み終えた。

「それで?」とグラムはたずねた。「その材料なしで、きみはさっきのゼロ分析を出した。

それを読んで、中立論理学にはなにか変化があったかね？」

「この男は目立ちたがり屋だ。知性はあるが、公務につくほどではない〈旧人〉に多いタイプだな。詐欺師だよ」

イルドは要約を投げ出すと、ぶあつい本文に目を通しはじめた。さっきとおなじように、すばらしいスピードで読んでいく。それから、とつぜん、イルドは顔をしかめた。もう一度、卵のような巨大な頭がぐらぐら揺れる。エイモス・イルドはしなやかに手をのばして、頭の回転するような動きを止めた。

「どうした？」とグラム。

「ささいなデータがひとつ。ささいな？」イルドは笑った。「プロヴォーニは公的な試験の受験を拒否している。彼が公務員採用試験を受けた記録はない」

「それがなにか？」

「さあな。おそらく、通らないとわかってたんだろう。それとも――」イルドはものうげに書類をいじった。「――通るとわかっていたのかもしれん。ひょっとすると――」

イルドはまばたくことのない目をまっすぐグラムに向けた。

「ひょっとすると、プロヴォーニは〈新人〉なのかもしれん。しかし、これだけでは判断がつかんな」

イルドは腹立たしげに書類の束を振ってみせると、

「この中にはその材料がない。データが欠けている。どんな種類の適性テストの記録もここにはない――過去に受けたことを示すものもない」

「しかし、強制試験がある」

「なんだって？」イルドがグラムの顔を見つめた。

「学校で実施するテストだよ。強制的に、生徒全員に受けさせる。どういう教育コースをとらせるかを決定するためのＩＱテストと適性検査だ。三歳のときから四年おきに受けているはずだ」

「ここにその記録はない」

「だとすれば、プロヴォーニもしくは、学校関係者のだれかが、その記録を抹消したんだ」

「なるほど」と、やがてエイモス・イルドがいった。

「さっきの『絶対ゼロ』の予言を撤回するかね？」と、グラムが皮肉っぽい口調でたずねた。

しばらく間を置いてから、低い、おちついた声で、エイモス・イルドはいった。

「ああ、撤回する」

22

シャーロット・ボイヤーがいった。

「当局なんてくそくらえよ。着陸するとき、タイムズ・スクエアに行くわ」腕時計に目を落として、「あと二時間ね」

「無理だよ」とニック。「軍とPSSが――」

「あたしだってニュースは聞いてるわよ。『おそらくは数百万のオーダーに達すると思われる〈旧人〉たちの巨大な群衆が、タイムズ・スクエアに集合しています。そして――』ええっと、なんていってたかしら？『そして、彼らの安全のために、群衆はバルーン・コプターによって、安全な場所へと移動させられています』安全な場所、ね。たとえばアイダホ州とか。ねえ、アイダホ州ボイシにはチャイニーズ・レストランが一軒もないって知ってた？」

チャーリーは立ち上がって、部屋の中をうろうろ歩き始めた。

「ごめんなさい」と、エド・ウッドマンに向かっていう。エドは、いまチャーリーとニックが居候しているこのアパートメントの家主だった。「あなたはどう思う？」

エド・ウッドマンが口を開き、

「テレビを見ればわかるだろう。やつらはタイムズ・スクエア周辺にいる人間をかたっぱしからつかまえて、あのばかでかい4D輸送機に詰めこんでは、街の外に追い出している」

「でも、追い出される人たちの数よりあとからやってくる人のほうが多いわ」と、エドの妻のエルカが口をはさんだ。「あとからあとからどんどんやってきて、残ってる人の数が増えてるじゃないの」

「あたしは行きたい」とチャーリー。

「テレビで見なさい」

と、エドがさとした。ニックやチャーリーよりずっと年長で、歳のころは四十代はじめ、がっちりした体つきの、気のいい男だが、見かけによらず注意力が鋭い。ニックはすでに、彼の意見に耳を傾ける値打ちがあることを学んでいた。

画面では、ニュース・キャスターがしゃべっていた。

「合衆国東部で最大のレーザー・キャノンがボルチモアからタイムズ・スクエア周辺に移送されたとのうわさには、どうやら事実の裏付けがある模様です。ニューヨーク時間で午前十時ごろ、目撃者の証言によれば、レーザー・システムによく似た巨大な荷物が、タイムズ・スクエアを見下ろすシャフター・ビル屋上に空から下ろされたそうです。もしも——あくまでも仮定の話ですが——もしも政府当局が非常に強力なレーザー・ビームをプロヴォーニもしくは彼の船に対して使用するつもりであるとすれば、レーザー・キャノンの設置場所としてもっとも可能性の高い場所にあたります」

「あたしが行くのをとめたりできるもんか」とチャーリーがいった。

エド・ウッドマンが回転椅子をぐるっとまわして、チャーリーのほうを向くと、

「ああ、もちろんできるとも。やつらは鎮静ガスを使ってる。ひとり残らずタイムズ・スクエアからたたきだして、牛の肋肉でも積むみたいにしてどでかい4D輸送機に押しこむんだ」

「明らかに」と画面のニュース・キャスターが話している。「対決の瞬間は、船が約束どおり着陸したとして、トース・プロヴォーニがそこから降りてきたときに訪れるはずです。プロヴォーニはおそらく、彼を崇める群衆の出迎えを予期しているでしょう。彼の失望は、なんと申しますか、さぞはなはだしいものでしょう。支持者たちはひとりもおらず、出迎えは警察と軍のバリケードだけ」

キャスターはにこやかな笑みを浮かべると、横を向いて、

「どうかな、ボブ?」

「はい」ニュース・キャスターのウンカのごとき大群の中のもうひとり、ボブ・グリズウ

ォルドが答えた。「プロヴォーニはがっかりするだろうね。だれひとり、だれひとりとして、彼の船に近づくことは許されないんだから」

「シャフター・ビルの屋上に設置されたレーザー・キャノンが歓迎のあいさつをすることになるね」

と、最初のキャスターがいった。ニックは彼の名前を知らなかったが、べつにどうということはない——彼らはだれとでも交換可能なのだ。なめらかな口ぶり、そろってきっちりボタンをとめ、どんな災厄が起ころうとも冷静なポーズを崩すことはない。彼らが自分たちに許している感情表現は、ときおり見せる皮肉っぽい笑みだけ。画面のふたりは、いま、その笑みを見せていた。

チャーリーがいった。「プロヴォーニがニューヨークを吹き飛ばしてくれたらいいのに」

「七千万人の〈旧人〉もいっしょに?」とニック。

エド・ウッドマンが口をはさみ、

「それは無茶だよ、シャーロット。エイリアンが都市を破壊すれば、スカイラフトで空を飛んでる郊外の〈新人〉たちではなく、〈旧人〉を殺すことになる。そういう真似は、およそプロヴォーニの望むところではないはずだ。いや、彼らの望みは都市じゃない——彼らの目的は政府だ。支配するものだ」

ニックがエドに向かって、

「あなたが〈新人〉だとしたら、いま神経質になってるかな？」

「あのレーザー・キャノンでプロヴォーニに傷ひとつつけられなかったら、神経質にもなるだろうね。じつのところ、わたしはどっちにしても神経質になるよ。しかし、〈新人〉の場合ほどじゃない、もちろんちがうさ。もしわたしが〈新人〉か〈異人〉だったら、レーザー・ビームがはねかえされるのを見た瞬間に、どこか身を隠す溝をさがしはじめるね。いくら急いで逃げたって間に合わないだろう。しかし、やつらはたぶん、そんなふうには考えない。あまりにも長いあいだ支配しつづけて、権力を握っている状態に慣れきってる。溝をさがして右往左往することは、比喩的にいっても物理的にいっても、連中の頭には浮かばないだろう」

「もし、ニュース報道になんの規制もなかったら」と、エルカが辛辣な口調でいった。「過去八、九時間のあいだに、いったい何人の〈新人〉と〈異人〉がニューヨークを逃げだしたかが、かっこうの話題になるでしょうにね。ここからだって見えるわ、ほら」

エルカは窓のほうを指さした。ビルの林立する地平線が、無数の点で黒ずんでいる。街のダウンタウンをあとにして、スキブの群れが放射状に飛び去ってゆく。長年住み慣れた土地をあとにして。

「では、つぎのニュース」と画面のキャスターがいった。「著名な〈新人〉理論家で、世界初の電子テレパシー装置〈大耳〉の設計者であるエイモス・イルド氏が、グラム委員会議長の委嘱により特別ポストを与えられたことが正式に発表されました。役職名は『委員会議長専任アドバイザー』です。それでは、ワシントンの連邦ビルより中継で――」

エド・ウッドマンがテレビの電源を切った。

「どうして消すの？」

と、エルカが文句をいった。ミセス・ウッドマンは、やせて背が高く、すそのふくらんだパンツの上に、引きひものついた網目織りのブラウスを着ている。黄色がかった赤毛の髪がうなじにかぶさっている。どことなくチャーリーに似てるな、とエルカを見ながらニックは思った。ふたりは学校時代からの友だちだと聞いていた。幼児といってもいい、レベルAのころからの知り合いらしい。

「エイモス・イルドか」とエド・ウッドマンがいった。「あれはほんとうに変わったやつだよ。イルドについては、何年も前から個人的に関心を持ってるんだがね。彼は太陽系全体でいちばん頭のいい三、四人のうちのひとりだといわれている。イルドの考えが理解できる人間はひとりもいない。彼に匹敵するレベルの――つまり、彼に近いレベルの、ということだが――人間で、ひとりかふたり例外がいるかもしれんが。あいつは――」と身振りをして、「イカれてるよ」

「でも、わたしたちにはわからないでしょ」とエルカ。「彼の中立論理学にはついていけないんだから」

「でも、ほかの〈新人〉にも、イルドが理解できないとすれば――」

「アインシュタインが統一場理論を発表したときもそうだったよ」とニック。

「アインシュタインの統一場理論は、理論的には理解されたんだ。ただ、それを証明するのに二十年かかった」

「まあ、〈大耳〉が実用化されたら、わたしたちにもイルドが理解できるようになるわね」

「その前にわかるさ」とエド。「このプロヴォーニ危機に関しての政府の決定を見ていればね」

「あなたは一度も〈下級人〉に加わったことがないんですね」と、ニックがエドに向かっていった。

「残念ながら。勇気がなくてね」

「今度のことで戦ってみる気になった？」

チャーリーがこちらにやってきて、ふたりの会話に割りこんだ。

「戦う？　政府を相手に？　ＰＳＳと軍隊を相手に？」

「今度はこっち側にも援軍がいる」とニック。「地球外生物の援軍が。プロヴォーニが連れてきた――あるいは連れてきたと主張してる異星人が」

「十中八九、プロヴォーニはほんとうに連れてきてると思う」とエド・ウッドマンがいった。「手ぶらで地球にもどってきたって無意味だからね」

「コートを着て」とチャーリーがいった。「タイムズ・スクエアまで飛ぶわよ。でなきゃ、ここでお別れね」

チャーリーはローハイドの革ジャケットを着込むと、アパートメントの戸口に決然と歩いてゆき、ドアをあけてこちらをふりかえった。

「ま、タイムズ・スクエアまで飛んでいくことは可能だよ」とエド。「そして、PSSか軍のヘリにとっつかまって、地上にひきずりおろされる。そこで当局は、ニックの名前をコンピュータに照会し、彼が黒ピサーの抹殺リストに載っているという事実を発見する。で、ニックは射殺され、きみはここにもどってこられるというわけだ」

バレリーナのようにくるりときびすを返すと、チャーリーは部屋の中にもどってきて、革ジャケットをハンガーにかけた。ふっくらした唇が不機嫌そうにとんがっているが、理屈に降参したらしい。けっきょくのところ、二年も会っていなかった友だちの家に転がりこんでここに隠れているのはそのせいなのだから。

「わかんない。どうしてニックを殺そうとするのかしら」とチャーリー。「ねらいがあたしだっていうんなら――あたしたち三人とも、そう思いこんでたんだけど――納得できるわよ。あの老いぼれヤギはあたしを、療養中の女の子たちのための〝医務室〟のベッドに連れ込もうとしてたわけだから……でもニックは――最初あなたがつかまったとき、あいつはあなたを解放したわよね。あのときには殺そうなんて思っていなかった。あなたは空気みたいに自由に、まっすぐビルをあとにしてきた」

「わかるような気がする」とエルカ・ウッドマンがいった。「つまり、チャーリーに逃げられること自体にはがまんできたのよ。でも、彼女がどこに行くか、グラムにはわかっていた。あなたのところにもどる。そして、グラムの思ったとおりだった」

「ぼくは彼女とデニーに会った」とニック。「もしデニーが――」

ニックは途中で口をつぐんだ。もしデニーが生きていたら、チャーリーはいま、デニーといっしょにいるはずだ、おれとじゃなくて。そう考えると、いい気持ちはしない。だが、ともかくニックにとってはチャンスだったわけだし、これまでにも、おなじ状況に置かれて、こういうチャンスに飛びついた男はおおぜいいる。性的所有権をめぐって争う達人同士の闘いの一部なのだ。「おれの寝る相手を見てみなよ」シンドロームが、論理的帰結を迎えただけのこと。敵は抹殺された。

デニーもかわいそうな男だ、とニックはあらためて思った。紫セイウチに乗れさえしたら、三人そろって逃げのびられると、絶対の自信を持っていた。ひょっとしたら、そのとおりだったかもしれない。だが、いまとなってはその真偽をたしかめるすべはない。ニックとチャーリーは、セイウチの誘惑をしりぞけることにしたのだ。ふたりの知るかぎりでは、あの車はいまもアパートの屋上の、デニーが停めておいたままの場所にあるはずだ。アパートメントに舞いもどるのは危険すぎた。ふたりは徒歩で脱出し、〈旧人〉と、収容所から釈放された人々の群れの中にまぎれこんだ。この二日間というもの、ニューヨークは人間の海と化していた。タイムズ・スクエアめがけて怒濤のように押し寄せていく人波は、PSSと軍のバリケードにぶつかっては押しもどされる。

でなければ、輸送機で連れ出されていく。行き先は神のみぞ知る。けっきょく、ウィリス・グラムが約束したのは、いままであった再配置キャンプすべてを開放することだけなのだ——新しいのをつくらないと約束したわけではない。

チャーリーがけんか腰でいった。

「TV中継は見るんでしょうね！」

「もちろん」エド・ウッドマンが答えて、前に身を乗り出し、組んだ両手をひざのあいだにはさんだ。「見逃すなんて問題外だよ。周囲のビルの屋上という屋上にTVカメラがすえつけられてる。視聴者の立場としては、プロヴォーニがまた電波ジャックをやらかさないことを祈ろう」

「やってほしいわ」とエルカがいった。「彼が話すのを聞きたいもの」

「どのみちテレビには出るよ」とニックがいった。それには自信があった。「ぼくたちはすべてを目にし、すべてを聞くことになる。ただし、ネットワークの思惑どおりのものじゃない」

「TV放送の妨害を禁じた法律がなかったかしら？」とエルカがたずねた。「つまり、すべてのTV放送を遮断して、船から送信してきたとき、プロヴォーニはなにか法律を破ったんじゃないの？」

「ああ、もう」チャーリーが片手で目をおおって、くすくす笑いだした。「ごめん、気にしないで。でも、おかしくって。プロヴォーニは十年ぶりに、わたしたちを助けるためにべつの太陽系から怪物を連れて帰ってくる。そのあげく、公共のTV電波を妨害したかどで逮捕されるってわけ。そういう手を使って、政府は彼を始末できる。電波を乱したお尋ね者の悪漢、ってね！」

もうあと一時間半を切ってるな、とニックは思った。

そしていまも、〈グレイ・ダイナソア〉が地球に接近してくるそのあいだじゅう、やつらはひっきりなしにミサイルを投げつけている。ニュースでは、それに関する情報は流れなくなっていた。ミサイルはなんの役にもたたないとわかったのだろう。しかし、いつかミサイルがシールドを貫通するかもしれない。数学的には、その可能性はゼロではない。

〝船を包み込んでいる〟生物の正体がどんなものであれ、いつかそいつが疲れはてるか、なんらかのかたちで不活性状態になるかもしれない——それがたとえほんの一瞬のことでも、その瞬間にぶちあたれば、小さなミサイル一発で〈ダイナソア〉を完全に破壊できるだろう。

すくなくとも、政府はあきらめていない。ニックはむっつりとそう考えた。もちろん、やつらにとっては当然のことだろうが。

「テレビをつけてよ」とチャーリーはいった。

エド・ウッドマンがテレビの電源を入れた。

スクリーンには、旧式の恒星間宇宙船が映しだされていた。逆噴射ジェットをふかしながら、タイムズ・スクエアの無人の中心めがけて降下してくる。あちこちへこみ、腐食した老朽船。ぎざぎざの金属片が船殻からつきだしている。レーダー装置の残骸だ。

「みんなを出し抜いたんだ！」とエド・ウッドマンが叫んだ。「一時間半もはやい！　レーザー・キャノンの発射準備はすんでるのかな。なんてこった、プロヴォーニはお膳立てのタイミングを完全に狂わせたぞ。政府は三十二時間後という話を額面どおりに受けとめてたんだ！」

警察のヘリとスキブがダンスを踊る蚊の群れみたいに、逆噴射ジェットの炎から逃げまどう。地上では、ＰＳＳ警察官や兵士たちが遮蔽物を求めて右往左往している。

「レーザー・ビーム」エド・ウッドマンがスクリーンに視線を釘づけにしたまま、抑揚のない声でいった。「どこにあるんだ？」

「レーザーに登場してもらいたいの？」とエルカ。

「遅かれ早かれ、レーザーを使うんだ」とエド。「どうせなら、いますぐためしてもらいたいね。あわれな能なしどもめ、いまごろシャフター・ビルの屋上じゃ、みんなアリの群れみたいにてんてこまいの大騒ぎだぞ」

そのとき、シャフター・ビルの屋上から、赤いエネルギー・ビームが発射され、すでに地上に降りたっていた船めがけてまっすぐ注ぎこまれた。テレビを通じて、ますます出力をあげてゆくレーザー・ビームの凶暴なうなりが聞こえる。もうこれで、ほとんど出力いっぱいになっているはずだ、とニックは思った。なのに——船には傷ひとつついていない。

巨大で醜悪ななにかが、船のそばに実体化した。ニックはそくざに、その正体をさとった。いま彼らは、異星生物を目のあたりにしているのだ。カタツムリみたいだな、とニックは思った。その表面がかすかに波だち、二本の偽足が、まっすぐレーザー・ビームの進路に向かってのびてゆく……ビームが偽足を照射するにつれて、それはしだいに大きくなり、かたちがはっきりしてきた。ビームを食ってるんだ。ビームを浴びせれば浴びせるほど、あれは強くなっていく。

画面のキャスターは、生涯ではじめてとりみだし、しどろもどろの口調になった。

「ど、どうやら、レーザー・ビームを吸収して成長している模様です」

相棒のキャスターが口をはさみ、

「べつの恒星系からやってきた生物です。信じられないことですが、しかし、本物です。

重量は数千トンにおよぶでしょう。その体は船全体をそっくりのみこんで――」

船のハッチが音もなく開いた。

トース・プロヴォーニが姿をあらわす。下着みたいな灰色の服をまとい、ヘルメットも武器も携帯していない。

オペレーターがレーザー・ビームの向きを変え、プロヴォーニに照準が合った。

なにも起こらない。プロヴォーニは眉ひとつ動かさず、そのままそこに立っている。

スクリーンに目をこらしてみると、蜘蛛の巣状のなにかが、プロヴォーニの体をおおっているのがわかった。異星人の体の一部。レーザー技術者に望みはない。

「はったりじゃなかったのね」とエルカが静かにいった。「ほんとうに生きものを連れてきたんだわ」

「しかも、すさまじい能力を持っている」と、エドがかすれた声でいう。「あのレーザー・ビームの出力がわかるかい？ エルグ単位に換算すると――」

チャーリーがニックのほうを向いて、

「いったいこれからどうするつもりかしら、レーザー・ビームが効かないとわかったら？」

しゃべっている最中に、ニュース・キャスターの声がぷっつりとぎれた。船の脇に立ったトース・プロヴォーニが、マイクを口もとに近づける。

「こんにちは」

とプロヴォーニはいった。その言葉はテレビから聞こえてきた。ネットワークを信用しなかったらしい。いままた彼は、全チャンネルを乗っ取ったのだ。ただし今回は、音声部分だけを。映像は、あいかわらずネットワークのカメラがとらえたものが流れている。

ニックは画面に向かっていった。

「やあ、プロヴォーニ。長旅だったな」

23

「彼の名は」と、プロヴォーニがマイクに向かってつづける。「モルゴ・ラーン・ウィルク。彼についてはくわしくご説明しましょう。まず、彼は非常な高齢です。テレパシーが使えます。そして、わたしの友人です」

ニックはテレビの前から離れて、洗面所に行くと、薬戸棚からいくつか瓶を下ろした。塩酸フェンメトラジンの錠剤ふたつを選んで飲み下し、それから塩酸クロルジアゼポキシドの二十五ミリグラム錠を追加した。手が震えているのに気づく。水を入れたグラスを持つのにも、錠剤を飲みこむのにも、ほねが折れた。

バスルームの戸口にチャーリーがやってきて、

「なにか飲まなきゃやってられないわ。なにがいい？」

「フェンメトラジンとクロルジアゼポキシド。最初のを五十ミリグラム、あとのを二十五」

「興奮剤と鎮静剤のカップリングじゃないの」

「でも、いい組合せだよ。クロルジアゼポキシドは大脳皮質を活性化させる。フェンメトラジンのほうは視床を刺激して、脳全体の代謝機構に活を入れる」

チャーリーはうなずいて、ニックの推薦する錠剤を飲んだ。

エド・ウッドマンが首を振りながらバスルームにはいってきて、並んだ薬瓶からいくつか錠剤をとった。

「驚いたね」とエドがいう。「あいつらにも殺せない。プロヴォーニはとにかく死なないんだ。そして、あの代物はエネルギーを食う。一秒ごとに滋養たっぷりのジュースをどんどん補給してやってるってわけだ、あのバカどもは。あと三十分でブルックリンと同じサイズになるだろう。いくらふくらんでも破裂しない無限風船にポンプで空気を送りこんでるようなもんだな」

テレビから、トース・プロヴォーニの声が聞こえてくる。

「――彼の住む星を見たことはありません。モルゴとは深宇宙で出会いました。パトロール中だった彼が、わたしの船の送信する自動無線シグナルをキャッチしたのです。宇宙空間で彼はわたしの船を改造し、フロリクス8の同胞とテレパシーで交信して、わたしといっしょにここにやってくる許可をとりつけました。彼はおおぜいいる種族のひとりにすぎません。彼には、わたしたちの遂行しなければならない任務をやりとげる力があると思います。もし彼が失敗した場合には、ここから一光年の距離のところに、彼の同族がもう百人待機しています。ハイパースペースを航行可能な船団に分乗して。したがって、必要とあれば、彼らはごく短期間で地球にやってくることができます」

「こんどこそはったりだな」とエド・ウッドマンがコメントした。「ほんとうにハイパースペースを航行できるなら、プロヴォーニとあれとはそうしたはずだ。ところが彼らは通常空間を通ってやってきた。もちろん、スープラC駆動は使ったわけだが」

「しかし」と、ニックが反論する。「彼は自分の船を使ったんだ、〈グレイ・ダイナソア〉を。彼らの船はハイパースペース航行用につくられているかもしれない。〈ダイナソア〉はそうじゃないとしても」

「じゃあ、プロヴォーニのいうことを信じるのね？」とエルカ。

「ええ」

「わたしも信じる」とエド・ウッドマンがいった。「しかし、彼はショウマンだ。予定時刻よりはやくあらわれるというこのやりかたひとつとってもそうだ。プロヴォーニは全員をおおあわてさせた、それもまちがいなくわざとやったことだ。しかも、ああやってじっと立ったまま、数十億ボルトのレーザー・ビームを浴びている。それに、彼の〝友人〟、モルゴなんとかにしてもそうだ。プロヴォーニは異星人をわざわざ目に見えるように出てこさせて、われわれの度胆を抜いた――すくなくともおれは、度胆をぬかれたよ」

と、皮肉っぽい口調でつけくわえる。

チャーリーがリビングルームの窓辺に歩み寄って、ガラス窓をあけ、外に身を乗り出して叫んだ。

「ねえあんた、ニューヨークをそっくり食べちゃうつもり？　それだけはやめてね、わかった？」

チャーリーは窓を閉じた。その顔には、なんの表情も浮かんでいない。

「それで退散してくれるかな」とニック。

「ニューヨークはわたしの生まれ故郷なのよ」

とチャーリーがいった。とつぜん、額に指先を押し当てて、

「なんか感じる。まるで――ひとなでされたみたい。探針かなにかに。わたしの中を通り抜けて、また出ていく」

ニックの頭に、直観的なひらめきがあった。

「彼は〈新人〉をさがしてるんだ」

「まあ、なんてこと」とエルカがうめき声をあげた。「いま、わたしも感じた。ほんの一瞬だったけど。まちがいないわ、〈新人〉をさがしてる。〈新人〉をどうするつもりなのかしら？　抹殺するの？　そこまでしなきゃいけないの？　〈新人〉はわたしたちを殺したりしてないのに」

「デニーを殺した」とチャーリー。「それにあたしも、もうちょっとで殺されるとこだっ

た。連邦ビルじゃ、銃で撃たれる寸前だったのよ。それに、ニックを抹殺するために暗殺者をよこした。もしもその事実から——ええっと、なんていうんだっけ？——演繹するとしたら——」

「確率は高いな」

と、ニックがいった。それに、コードンも殺された、と胸の中でつぶやく。たぶん、射殺されたんだろう。真相が明らかになることはけっしてない——確実なのはただ、死んだということだけ。プロヴォーニはもう知ってるんだろうか？　神よ救いたまえ、プロヴォーニは怒り狂うかも。

テレビのスピーカーから、プロヴォーニの声がした。

「地球のTV電波を傍受して、エリック・コードンが死んだことは知っています」

プロヴォーニのいかつい顔が、苦痛とともに収縮し、小さくなったように見えた。

「一時間以内に、われわれはコードンの死の状況を解明します——メディアを通じて流されたものではなく、その真相を。そしてわれわれは——」

プロヴォーニはそこで間を置いた。エイリアンと相談しているんだ、とニックは思った。

「われわれは——」また言葉を切る。「いずれわかるでしょう」

ようやく謎めいた言葉でしめくくると、巨大な頭をがっくりとうなだれて、目を閉じた。痙攣するようなふるえがプロヴォーニの顔にはしる。まるで、非常な苦労をして自分自身のコントロールをとりもどそうとしているようだ。

「ウィリス・グラムだ」とニック。「あいつがやったんだ。命令の発信源はグラムだし、プロヴォーニはそれを知っている。どこをさがせばいいか、彼にはわかっている。これから起きることすべて、プロヴォーニがやることということ、彼の友人がやることすべてに、あの暗殺事件が影を落とすことになる。支配階級の命とりになる。ぼくの考えだけど、プロヴォーニみたいなタイプの男は──」

「異星人が彼にどんな影響を与えるかわからないじゃないか」とエドが指摘した。「プロヴォーニの悲しみと憎しみを中和するかもしれん」

エドは妻に向かって、

「あれに心をさぐられたとき──どんな感じだった？　残酷な感じだったか？　敵意があった？　破壊的だった？」

エルカはしばらく考えこむような表情になり、それからチャーリーのほうにちらっと目をやった。チャーリーは首を横に振った。

「そうじゃなかったみたい」とエルカ。「ただ──とてもへんな感じがしただけ。なにかをさがしてるんだけど、わたしの中には見つからなかったみたい。だから、出ていった。ほんの一瞬のあいだだった」

「あれが数百人の心をさぐれると思いますか？」とニックがたずねた。「あるいは数千人の心を、いっぺんに？」

「ひょっとしたら、数百万人だ」とエドが静かにいう。

「あれだけの短時間で？」とニック。

チャーリーはいらだたしげな口調で、

「頭がぼうっとしてる。生理が来そうな感じ。しばらく横になってるわ」

チャーリーはベッドルームに姿を消した。そのうしろでドアがしまる。

「悪いね、ミスター・リンカーン」とエド・ウッドマンがいった。「いまはあんたがゲティスバーグでやった演説を聞く時間がない」

とげとげしい、自嘲的な口調で、エドの顔は怒りにどす黒くなっていた。

「おびえてるんですよ、彼女は」とニックがいった。「だから、ベッドルームにこもってしまった。ショックが大きすぎたんです。ほんとは、あなたにとってはたいしたことじゃないんでしょ？　理性で受けとめてはいても、心の琴線にはふれていない、そういうことじゃありませんか？　ぼくもテレビを見ました。自分がなにを見てるのかはわかってる、でも――」と、ニックは手を振って、「脳の前頭葉が見るもの聞くものを理解しているだけのことです」

ニックはベッドルームの戸口に歩み寄り、ドアを細目にあけた。チャーリーはベッドの上に斜めに横たわり、顔を横に向けて、大きく目を見開いている。ニックはうしろ手にドアをしめると、ゆっくり歩いていって、ベッドの端に腰を下ろした。

「あれがなにをするつもりなのかわかる」とチャーリー。

「ほんとに？」

「ええ」とチャーリーは無表情にうなずいた。「〈新人〉たちの心の一部を置き換えて、なにも残さずに引き上げる。残るのは真空だけ。〈新人〉は、からっぽの殻の中で生きることになる。ロボトミーみたいなもの。学校で習ったの、覚えてない？　二十世紀のめちゃくちゃな精神療法よ。脳を奪いとるの、医者が人間の患者を相手にそういうことをしてたわけ。あれは〈新人〉のロジャーズ節を除去する。でも、それだけじゃない。〈新人〉を、わたしたちみたいなただの人間にするだけじゃすまさない。でも、あれはプロヴォーニには手を触れてない。彼が説得したのよ」

「どうしてそんなことがわかるんだ？」

「ま、そんな長い話じゃないわ。二年前、G2達成テストをごまかして、合格したの。だから、しばらくのあいだ、政府の記録に近づけたわけ。で、一度、なんの気なしにプロヴォーニに関する情報を要求したことがある。いわゆる『プロヴォーニ・ファイル』ってやつ。わたしはそれを、コートの下に隠してこっそり持って帰った――ほとんどはマイクロフィルムだったから。一晩中、寝ないで読んだ。あたし、読むのがすごく遅いの」

「で、そういうやつだったのかい？　復讐心にこりかたまってる？」

「プロヴォーニは強迫観念にとりつかれてる。コードンとはちがうのよ。コードンは理性的な人間だった。理性的な政治家タイプの男だった。たまたま、一切の反対意見を許さない社会に生まれついただけよ。世が世なら、大物政治家になってたかもしれない。でも、プロヴォーニは――」

「十年の歳月が流れたんだ、彼も変わったかもしれない」とニックがいった。「ほとんどの時間、ずっとひとりきりで……そのあいだ、内省と自己分析にふける時間はたっぷりあったはずだ」

「まだあれを聞いてないの？　いまはどう？」

「いや」と、ニックは正直にいった。

「あたしは仕事をくびになり、三百五十ポップスの罰金刑を食らった。そのせいで、またひとつあたしのファイルに犯罪記録が加わったわけ」

チャーリーはしばらく黙りこんでいた。

「デニーもそう。彼も二、三度足を踏みはずしてるわ」

チャーリーはベッドから頭をもたげた。

「もどってテレビを見てて。あなたが行かないなら、あたしが行くとこだけど、どうしても起きられないの。だから、行ってちょうだい、ね？」

「わかったよ」

ニックはベッドルームを出ると、テレビに注意をもどした。

彼女のいったことは正しいんだろうか、と自問する。プロヴォーニがどういう種類の男であるかについての、チャーリーの意見は？　いままでに聞かされていたのとはちがう……〈下級人〉出版物で読んできたこととは。あんなふうに思っているなら、チャーリーはどうしてコードン分子として、小冊子を売り歩いたりしてたんだろう？　が、あれはコードンの小冊子だ。コードンのことが好きで、その気持ちがプロヴォーニに対する不信感を上回っていたのかもしれない。

神の名にかけて、プロヴォーニたちが〈新人〉に対して、チャーリーのいったようなことをするつもりじゃないことを祈ろう——彼ら全員、六千人の〈新人〉全員をロボトミー処置するなんて！　当然、その対象には〈異人〉も含まれる。ウィリス・グラムのような人間たちも。

と、そのとき、なにかがニックの心をなでた。地獄から吹いてくる風のような感触。ニックは両手で額をおおい、頭を下げた。苦痛？　いや、痛みはない。ある種の奇妙な感覚に近い。巨大な真っ黒い穴をのぞきこみ、それからごくゆっくりと、スローモーションでその穴に転がり落ちてゆくような感じ。

その感覚が、唐突に消えた。

「いまさっき、ぼくも走査されたよ」

と、ニックはふるえる声でいった。

「どんな感じだった?」とエルカ。

「星のまったくない宇宙が見えた。もう二度と、死ぬまであんなものは見たくない」

エド・ウッドマンが口を開き、

「いいか。このビルの十階に、低ランクの〈新人〉が住んでいる……アパートメントBB293KCだ。そこをたずねてみるよ」

エドは玄関に向かって歩きだした。

「だれか、いっしょに来るか? たぶん、きみだけだな、ニック」

「行くよ」

ニックはそういうと、エド・ウッドマンのあとを追い、静かなじゅうたん敷きの廊下で追いついた。

「彼は探査してる」

エレベーター・ホールに着くと、エドがボタンを押しながらいった。このビル全体を占めるアパートメント・ドアの無数の列を指さして、

「このドアの向こうにいる人間全員を、彼は探査してる。中にはぜんぜんちがう感じ方をする人間もいるかもしれん。だから、その〈新人〉に会ってみたいんだ……たしか、マーシャルって名前だった。G5だと聞いたことがある。だから、ほんの下っ端だよ。ほとん

ど〈旧人〉ばかりのこんなビルに住んでるくらいだからな」

エレベーターのドアが開いた。ふたりが乗りこむと、ボックスが降下しはじめる。

「いいかい、アップルトン。わたしはこわい。わたしも探査されたが、さっきは黙っていた。プロヴォーニはなにかをさがしてるが、われわれ四人の中に、それは見つからなかったわけだ。しかし、どこかべつの場所で見つけたかもしれん。そして、目当てのものを見つけたとき、プロヴォーニがどうするつもりなのかを知りたい」

エレベーターがとまった。ふたりは廊下に足を踏みだした。

「こっちだ」

といって、ウッドマンが先に立ち、大股で足早に歩いていく。ニックは小走りでそのあとを追った。

「BB293KC。そこが目的地だ」

エドはめざすアパートメントのドアの前で立ち止まった。ニックもやっと追いついて、そのうしろに立つ。

エド・ウッドマンがノックした。

返事はない。

エドがノブを回すと、ドアが開いた。エドは慎重にドアを押しあけると、玄関に立ち、それからわきにどいて、ニックに場所をあけた。

床には、高価そうなハシェアのローブを着た痩身の男が、小さな黒板をかかえ、足を組んですわっていた。

「マーシャルさん？」エドがそっと声をかけた。

色黒の痩せた男は、風船のような大きな頭をもたげて、ふたりを見た。笑みを浮かべている。が、言葉は口にしない。

「なにで遊んでるんです、マーシャルさん？」

エド・ウッドマンが身をかがめて声をかけた。エドはニックのほうをふりかえり、「電子ミキサーだ。ブレードを手でまわしてる」といって、背筋をのばした。「G5。われわれの知的能力の約八倍相当なのに。ま、ともかく、苦しんではいないようだ」

ニックはそばに歩み寄った。

「お話できますか、マーシャルさん？　なにか話していただけませんか？　どんな気分です？」

マーシャルは嗚咽をもらしはじめた。

「ほらな」とエドがいった。「彼には情動も感情も、思考さえある。でも、それを表現できないんだ。病院でこういう人間を見たことがあるよ。発作を起こして、話すことはおろか、どんな方法でも他人とコミュニケートができなくて、こんなふうに泣いていた。ひとりにしといてやればだいじょうぶだ」

ニックとエドは連れ立ってアパートメントをあとにした。背後でドアがしまる。

「もっと薬がいる」とニック。「なにか、役に立ちそうな薬、いまのこの状況でちゃんと役にたってくれそうなやつを推薦してもらえませんか？」

「塩酸デシプラミンだな」とエド。「わたしのをすこし分けてあげるよ。きみは持ってなかったみたいだから」

ふたりはエレベーター・ホールにたどりつき、ボタンを押した。

「女たちにはいわないほうがいいな」

上昇するエレベーター・ボックスの中でエドがいった。

「どうせすぐにわかりますよ。みんなにわかってしまう。そこらじゅうでおなじことが起きてるんだとしたら」

「ここはタイムズ・スクエアに近い。プロヴォーニは同心円状に探査の輪を広げてるのかもしれない。マーシャルはもうやられた。でも、ニュージャージーの〈新人〉たちはあしたまでだいじょうぶかもしれない」

エレベーターが停止した。

「あるいは、来週まで。ひょっとしたら何カ月もかかるかもしれない。それなら、そのときまでにエイモス・イルドが——彼以外には考えられない——なにか対策を思いつくだろう」

「そうなってほしいんですか？」エレベーターを降りながら、ニックがたずねた。

エド・ウッドマンの目がきらりと光った。

「それは——」

「それはむずかしい決断ですね」

と、ニックがエドのせりふをひきとった。

「きみはどうなんだ？」

「これ以上の喜びはないくらいですよ」

ふたりは肩を並べてアパートメントにもどっていった。どちらも口を開かなかった。ふたりのあいだには、一枚の壁がそびえたっていた。壁について話すことはなにもなかった。そして、どちらも、そのことを知っていた。

24

「世話をしてあげなきゃいけないわね」と、エルカ・ウッドマンがいった。ミスター・マーシャルがどんな状態だったか、彼女はふたりの口から聞き出していた。

「でも、こっちは何十億人もいるんだから、やってやれないことじゃない。遊技場みたいなセンターを建ててあげればいいわ。それに寮、それから食事」

チャーリーは黙ったままカウチにすわって、スカートの縫い目をひっぱっている。すねているみたいな、不機嫌な顔つきだ。その理由はニックにも見当がつかなかったが、いまはそんなことどうだっていいという気持ちだった。

「どうしてもやらなきゃならないことだったにしても」とエド・ウッドマンがいった。「もうちょっとゆっくりやれなかったのか？　彼らの面倒をみる手配がととのうまで？　やつらは飢え死にするか、でなきゃスキブにひかれちまう。幼児といっしょなんだから」

「究極の復讐だな」とニックがつぶやいた。

「ええ。でも、見殺しにするわけにはいかないわ。あの人たちにはなんの力もないし——」エルカは身振りをまじえて、「それに、知的障害なのよ」

「知的障害か」と、ニックはいった。そう、まさにそのとおり。ただ、子どもみたいなのではなく、脳障害の子どもみたいなんだ。質問されたときのマーシャルの動揺からすると、脳の障害なのだ。彼らの小脳は、例の探査者によって、内側から傷つけられている。

まだついたままのテレビから、ネットワークの常連ニュース・キャスターの声が聞こえてくる。

「——わずか十二時間前、ウィリス・グラム委員会議長によって、目下の危機管理特別アドバイザーに任命された高名な物理学者エイモス・イルドは、全TVネットワークを通じて、トース・プロヴォーニが異星生物を連れ帰った可能性はまったくない——くりかえしますが、その可能性はまったくないと予言しました」

ニックはいまはじめて、キャスターの声に本物の怒りを聞きとった。

「委員会議長が頼りにしていたのは、どうやら——なんといいましたっけ——砂上の楼閣、机上の空論だったようです。わたしにはわかりません。神よ救いたまえ」

スクリーンの中で、キャスターは頭を垂れた。

「最初は——すくなくとも、われわれには——名案に思えました。ボルチモアのレーザー

・システムを〈ダイナソア〉のハッチに向ける。しかし、いまふりかえってみると、あまりにも単純なやりかたでした。十年も宇宙をさすらったあとで、そうやすやすと殺されるプロヴォーニではありません。モルゴ・ラーン・ウィルク。これが、問題の異星生物の名前もしくは称号のようです」

マイクから顔をそむけて、キャスターはカメラの外のだれかに向かっていった。

「生まれてはじめて、〈新人〉じゃなくてよかったと思ったよ」

彼はその言葉が全世界に流れていることに気づいていない——もしくは、気づいていても気にかけていないようだった。目をこすり、首をふりながら、なにもいわずにすわっている。やがて、スクリーンから彼の姿が消え、急遽さしかえられたとおぼしきべつのアナウンサーがあらわれた。新しいアナウンサーは深刻そのものの表情だった。

「神経繊維の障害は、意図的に引き起こされたもののようです——」

と、彼がしゃべりはじめたところで、チャーリーがニックの手をつかみ、テレビの前から引き離そうとした。

「聞いてるんだよ」とニックはいった。

「ドライブに行くのよ」とチャーリーがいった。

「どうして?」

「頭のネジがはずれたみたいな顔してぼんやりすわってるよりましでしょ。ぶっとばすのよ。紫セイウチで」

「デニーが殺されたあのビルにもどるっていうのか？」ニックは不信をあらわにして、チャーリーの顔を見つめた。「たぶん黒ピサーどもが張り込んでるか、警報システムをつけて――」

「もう気にしてないわよ」とチャーリーが静かにいった。「第一に、彼らはみんな、群衆の処理に駆りだされてる。第二に、もしセイウチでしばらくドライブできないんなら、あたしはたぶん自殺する。本気よ。ニック」

「わかったよ」

ニックは答えた。ある意味では彼女のいうとおりだ。ここでテレビにはりついていることに、たいした意味はない。

「でも、あそこまでどうやって行くつもりだ？」

「エドのスキブがある」チャーリーはエドのほうを向いて、「ね、エド、あなたのスキブを借りていい？　ちょっとドライブに行きたいの」

「いいとも」エドはチャーリーにキーをわたした。「でも、ガソリンをいれなきゃならんよ」

ニックとチャーリーは、いっしょに階段を上がり、屋上をめざした。たった二階分だから、エレベーターに乗るまでもない。しばらくのあいだ、ふたりとも口を開かなかった。

脇目もふらず、エドのスキブをさがす。

スキブに乗り、運転席につくと、ニックはいった。

「目的地をちゃんとエドに話しとくべきだったんじゃないか。セイウチのことを」

「わざわざ心配させる必要があるの？」

それがチャーリーの、唯一絶対にして完璧な答えだった。ほかにはなにもいおうとしない。

ニックはスキブを空に舞い上がらせた。いまでは、空の交通量はゼロにひとしい。やがて、スキブはめざすアパートメント・ビルの上空にたどりついた。屋上離着陸場に、紫セイウチが停まっているのが見える。

「降りるかい？」とニックはチャーリーにたずねた。

「ええ」チャーリーは下をのぞいて、「まわりにはだれもいない。ほんと、連中はもうどうでもいいと思ってるのね。なにもかもおしまいなのよ、ニック。PSSもおしまい、グラムもおしまい、エイモス・イルドもおしまい――あれがイルドの脳にたどりついたとき、なにをするか想像できる？」

ニックはエンジンを切り、スキブを滑空させて、セイウチのとなりに音もなく着地させた。いままでのところ、首尾は上々だ。

チャーリーはキーを手に、すばやく外に出た。セイウチのそばに歩いていき、運転席側のドアにキーをさしこむ。ドアが開いた。チャーリーはそくざにステアリングの前にすべりこむと、助手席側のドアをあけて、ニックに乗れと手招きした。

「急いで。どこかで警報が鳴ってるのが聞こえる。たぶん一階ね。だからって、どうってことないけど」

チャーリーは乱暴にアクセル・ペダルを踏み込み、セイウチは空をめがけて急上昇した。ツバメのように、円盤のように、空をすべりだす。

「うしろを見て」とチャーリーがいった。「だれも追ってきてない?」

ニックはふりかえって背後を見やった。

「なにも見えない」

「回避操縦をやるわ。デニーがそう呼んでたの。螺旋飛行とかインメルマン・ターンとかをたっぷり。ほんと、心臓が縮むわよ」

スキブは急降下して、高層ビルの谷間へとうなりをあげて突進した。

「ビュンビュン音がしてるでしょ」

とチャーリーはいって、アクセルをさらに踏み込んだ。

「こんな飛ばし方をしてると、警官にとめられるぞ」

チャーリーはこちらをふりかえって、

「まだわからないの? もう、警察はどうでもよくなってるのよ。体制全体、彼らが守ることになってる社会秩序全体が、土台ごと消え失せちゃったんだから。警察の上の連中は、あなたとエドが十階で見つけた〈新人〉みたいになってるわ」

「きみ、はじめて会ったときとくらべると、ずいぶん変わったね」

この二日間の変化だ、とニックは思った。あの沸き立つような活力が消えてしまっている。いまのチャーリーには、安っぽいといってもいいような粗野な感じがあった。まだ化粧はしているものの、いまではすっかり、血の通わないマスクとなりはてている。前にも感じたことだけれど、いまはそれが、さらに深いレベルにまで及んでいるようだ。チャーリーにまつわるすべてが、話したり動いたりしているときでさえ、血の通わないものに見える。まるで、チャーリーがなにかを感じることなどもうありえない――そんな印象。

とはいえ、これまでのいきさつを考えてみれば、無理もない。最初は十六番街印刷工場の一斉手入れ、それからウィリス・グラムみたいな虫けらとのおぞましい遭遇、そして、デニーの死。こんどはこれだ。反応すべき感情が、すり切れてしまったのだろう。

ニックの思考を読んだみたいに、チャーリーがいった。

「あたしは、これをデニーみたいには運転できない。彼は天才ドライバーだった。百二十で飛ばしたのよ――」

「町中で？」とニックはたずねた。「ほかのスキブも走ってる中でかい？」

「幹線のフリーウェイでよ」

「よくいままで生きてたもんだな」

チャーリーの運転のおかげで、ニックは気もそぞろだった。チャーリーはしだいしだいにスピードをあげている。速度計は時速百三十マイルを指していた。ニックにとってはじゅうぶん以上の速さだ。

「ねえ」

両手でステアリングを握り、まっすぐ前方を見すえたまま、チャーリーがいった。

「デニーはインテリだったのよ、本物の。彼、小冊子もパンフレットも、コードンが書いたものはぜんぶ読んでて、そのことをすっごく自慢してた。おかげで、ほかのだれよりもえらいんだって気になってたのね。自分がまちがうことはけっしてないっていうのが口癖だった。前提さえ与えられれば、絶対的な確実さで結論を導きだせる、そう豪語していたわ」

チャーリーはスピードを落とすと、スキブの針路を下に向け、小さな建物のあいだの脇道にはいっていった。どうやら、心あたりの目的地があるらしい。さっきまでは、飛翔感覚を楽しむためだけに運転していたが、いまは速度を落とし、高度を下げている……地上を見下ろしたニックは、ビルの立っていない正方形の空き地に目をとめた。

「セントラルパークよ」チャーリーはちらっとこちらに目をやった。「行ったことある？」

「いや。まだあるなんて知らなかった」

「ほとんどはなくなってる。たった一エーカーにまで削られてるの。でもまだ芝生はあるし、公園は公園よ」チャーリーは暗い声で、「むかし、デニーといっしょに朝の四時ごろドライブしてたとき見つけたの。靴が凍りついちゃった。ほんとの話。あそこに降りましょう」

チャーリーはスキブを降下させ、ぎりぎりまで速度を落として、ほとんど動かなくなるまで待ってから、ゴムのタイヤを接地させた。翼をしまいこんだスキブは、たちまち地上車に変身した。

運転席側のドアをあけて、チャーリーは外に出た。それにならってスキブを降りたニックは足の下の芝生の感触にびっくりした。芝生の上を歩くのは、生まれてはじめてだった。

「タイヤはどう？」とニックはたずねた。

「なに？」

「ぼくはタイヤの溝掘り職人なんだ。覚えてるだろ？　懐中電灯を貸してくれたら、タイヤを点検して、溝掘りされてるかどうか見てあげるよ。命にかかわりかねない問題だからね。タイヤを溝掘りしたスキブに知らずに乗ってるっていうのは」

チャーリーは芝生のあいだに体をのばして寝そべると、頭の下で両手を組んだ。

「あたしのタイヤはだいじょうぶ。あたしたち、夜しかセイウチに乗らないの。飛べるだけのスペースがあるときにしか。昼間は地上車だと思ってないのよ、デニーが殺されたときみたいな緊急の場合はべつだけど」

チャーリーは黙りこみ、それから、かなり長いあいだ、湿った冷たい草の上にあおむけに寝そべったまま、ただ星を見上げていた。

「だれも来ないんだね」とニックがいった。

「ぜんぜん。みんな、ここのことなんかすっかり忘れちゃったのよ。でも、グラムもこの場所にだけはやさしい気持ちを持ってたみたい。子どものころ、ここで遊んでたのかもね」

チャーリーは顔を上げると、不思議そうな口調で、

「ねえ、赤ん坊のころのウィリス・グラムなんて想像できる？　それをいうなら、プロヴォーニだっていいわ。どうしてここに連れてきたかわかる？　ここならセックスできるからよ」

「なるほど」

「驚かないの？」

「ぼくたちが出会ってから、そのことはずっとふたりの心にわだかまっていたからね」

と、ニックはいった。すくなくとも、ニックにとってはそのとおりだった。チャーリーだってそうじゃないかとにらんでいたのだが、もちろん、彼女は否定できる。

「あなたの服を脱がせていい？」

とたずねて、チャーリーはニックのコートのポケットをさぐり、芝生に落としてなくすと困るだいじなものがはいっていないかたしかめた。

「車のキーは？　IDカードは？　ああ、もうめんどくさい。起きて」

ニックが身を起こすと、チャーリーはコートを脱がせ、それをニックの頭のそばの地面にていねいに広げた。

「つぎはシャツ」

といって、どんどん脱がせてゆく。それからようやく、チャーリーは自分の服を脱ぎはじめた。

「胸が小さいんだね」

薄暗い星明かりを浴びたチャーリーの体を見ながら、ニックはいった。

「ねえ」チャーリーはぶっきらぼうにいった。「お金を出して抱くのとはちがうのよ」

その言葉で、ニックの心のしこりがほぐれた。

「ああ、もちろんちがうとも。こんなこととしてほしくないんだ――」ニックはチャーリーの肩に片手を置いた。「きみがここでデニーとしたっていうだけのことだろ」

きみにとってはむかしの話かもしれない。でもおれにとっては、まだ亡霊がうろついている。あの少年のディオニソス的な顔……あれだけの生涯を送ったあげく、あんなふうにあっさり殺されてしまった。

「詩の一節を思い出すよ。イェイツの詩だ」

ニックはチャーリーが一体成形のセーターを脱ぐのに手を貸した。着るのはかんたんだが、体の曲線にあわせてぴったり成形されてしまうと、脱ぐのがたいへんなのだ。

「体にペイントするだけのほうがましね」

やっとセーターから自由になると、チャーリーはいった。

「そういうのに使える繊維はないよ」

ニックはしばらく口をつぐみ、それから、期待に満ちた口調でたずねた。

「イェイツは好き?」

「その人、ボブ・ディランよりむかしの人?」

「ああ」

「じゃあ、そんな人のこと聞きたくない。わたしの意見では、詩はディランとともにはじまって、あとは落ちていく一方なの」

ふたりは残りの服を脱がせ合った。しばらく裸のまま、冷たい濡れた芝生の上に横たわっていたが、やがて、どちらからともなく抱き合って、地面をころがった。ニックはチャーリーの上になると、その体を抱きしめ、顔を見下ろした。

「あたし、醜いわ」とチャーリーはいった。「でしょ?」

「本気でそう思ってるのかい？」ニックは仰天した。「きみはぼくがこれまで出会ったいちばん魅力的な女のひとりだよ」

「あたし、女じゃない」チャーリーはあっさりといった。「お返しをしてあげられない。受け入れるだけで、与えられないの。だから、あたしになにも期待しないで、こうしてここにいる以外のことは」

「淫行罪だ」と、しばらくしてニックがいった。

「ねえ、世界の終わりがやってきたのよ。あたしたちは、殺せない相手に乗っ取られて、精神を破壊されようとしてる。そんなときに、あなたを逮捕しにくるピサーがいると思ってんの？　ともかく、そのためにはだれかが訴えないといけないのよ、だれがそんなことするっていうの？　目撃者はどこにいるの？」

「〝目撃者〟か」

ニックはつぶやくようにいって、チャーリーの体をぎゅっと抱きしめた。ＰＳＳの監視システム……忘れられた場所だとはいっても、たぶんセントラルパークにも一台は設置されているだろう。ニックは体を離すと、はじかれたように立ち上がった。

「急いで服を着るんだ」

といって、自分の服に手をのばす。

「この公園にピサーの監視装置があるんじゃないかと心配してるんだったら――」

「そうだ」

「あたしのいうこと信じなさいってば。連中はみんな、タイムズ・スクエアを見張ってるわ。バーンズ長官みたいな〈新人〉はべつだけど。きっと脳障害のお仲間の面倒をみてるわね」

そのとき、チャーリーははっとしたような顔になり、

「ウィリス・グラムもああなるわけか」

チャーリーは両手の指を、夜露に濡れた乱れ髪のあいだに埋めた。

「かわいそう。なんていうか、嫌いじゃなかったのに」

自分の服を拾い集めかけて、またそれを地面に投げ出し、懇願するような口調で、

「ねえニック、PSSはあたしたちを捕まえになんか来やしないって。もうちょっとだけいっしょにいてくれたら、あたしがなにをするつもりか教えてあげる、ほんの五分かそこらでいいのよ。それに、あれを――なんだっけ？――詩を読んでくれてもいいわ」

「本は持ってないよ、見ればわかるだろ」

「覚えてるんでしょ？」

「たぶん」

恐怖が潮のように心に押し寄せて、服を身につけるあいだも体がふるえた。ニックはあおむけに寝そべっている少女に歩み寄り、ひざまずいて、その体を両腕に抱いた。

「悲しい詩なんだ。デニーのことを考えていた。きみといっしょに、セイウチでここに来ていたころのデニーのことを。まるで、彼の霊がここに埋まっているみたいだ」

「痛いわ」とチャーリーが不満を洩らした。「もっとゆっくりやって」

ニックはまた立ち上がった。順序よく服を身につけていく。

「こんなところで捕まる危険はおかせないよ。黒ピサーの暗殺者たちに追われてるっていうのに」

チャーリーはじっと動かずに横たわっていた。それから口を開いて、

「詩を暗唱して」

「服を着るかい？　ぼくが詩を暗唱してるあいだに？」

「いいえ」

チャーリーは頭のうしろで手を組んで、空の星を見上げていた。

「プロヴォーニはあそこから来たのね」とチャーリーはいった。「ああ、いまは〈新人〉じゃなくてほんとにうれしい――」

こぶしを噛み、歯のあいだから、荒々しい口調で、

「彼のやってることは正しい。でも――あの人たちのこと、〈新人〉のことをかわいそうだと思ってあげなきゃ。ロボトミー手術されるなんて。ロジャーズ節がなくなって、そのあとどうなるかは神のみぞ知る。宇宙から来た外科手術」

チャーリーは声をあげて笑った。

「ちゃんと書き留めといて、これからあれをそう呼ぶことにしようよ。〈遠い星から来た宇宙外科医〉。ね？」

ニックは身をかがめて、彼女の身のまわりのものを拾い集めた。ハンドバッグ、セーター、下着。

「この詩を聞けば、きみとデニーがいっしょに行った場所にぼくがどうして行けないのか、そのわけがわかるよ。ぼくは彼の後釜にはなれない、新しいデニーにはなれないんだ。つぎにはきみは、彼の札入れをくれる。オストリッチ革かなんかでできてるやつを。彼のクライテリオンの時計、アジタイトのカフ・リンク――」

ニックは口をつぐんだ。

「『わたしは行かねばならない。水仙と百合の揺れる墓がある。そして――』」ニックはそこで間を置いた。

「つづけて。聞いてるわ」

「『そしてわたしは、眠たげな大地に埋められし哀れな牧羊神(フォーン)をなぐさめる、夜明け前の磊落(らいらく)な歌で』」

「らいらくって？」

ニックはチャーリーの言葉を無視して先をつづけた。

『フォーンの磊落に叫びし日々は華やかに幕を閉じた。それでもなお、わたしは夢見るのだ、芝生をふみ、露の中を歩む、影のごときその姿を』」

わが歓びの歌につらぬかれて、と、ニックは心の中で暗唱した。が、口に出していうことはできなかった。その詩句に心が大きく揺り動かされすぎていた。

「好きなの？」とチャーリーがたずねた。「そういう古いのが？」

「この詩は気に入ってる」

「ディランは好き？」

「いや」

「べつの詩を聞かせて」

チャーリーはすでに服を着て、曲げたひざの上に頭をのせて、彼のとなりにすわっていた。

「そらで覚えているのはこれだけなんだ。いまの詩だって、つづきがどうだったか忘れてしまった。何百回も読んだのに」

「ベートーベンって詩人だっけ？」

「作曲家だよ。音楽の」

「ボブ・ディランもそうだった」

「世界はディラン以前からあるんだよ」

「行こうよ。風邪ひきかけてるみたい。よかった?」

「いや」とニックはほんとうのことをいった。

「どうして?」

「きみがあんまり緊張してるから」

「あたしが経験してきたようなことを経験してたら――」

「たぶん、それが問題なんだ。きみは世間を知りすぎてる。あまりにも多くのことを、あまりにもはやく知りすぎてる。でも、愛してるよ」

ニックは片腕をチャーリーの肩にまわして抱き寄せると、こめかみにキスした。

「ほんとに?」

チャーリーのかつての活力が、いくらかもどってきていた。チャーリーは大きく両手を広げてぱっと立ち上がると、腕をのばしたままくるりと一回転した。

そのとき、一台のパトロール・カーがサイレンと回転灯を消して、ふたりのうしろから滑空してくると、音もなく着地した。

「セイウチよ」

とチャーリーがいった。ふたりはセイウチに向かって走りだし、中にとびこんだ。チャーリーが運転席についた。エンジンをかけると、セイウチは翼をのばし、うなりをあげて発進した。

PSSの覆面パトカーが赤いライトをつけ、サイレンを鳴らしはじめた。拡声器でなにか呼びかけてくるが、言葉は聞きとれない。その声がわんわんと耳に反響し、とうとうチャーリーが金切り声をあげた。

「振り切ってやる」とチャーリーはいった。「デニーは何百回もやってのけたわ。あたしは彼の教え子ってわけ」

チャーリーはアクセル・ペダルを床まで踏みこんだ。排気筒の咆哮がニックの耳をつんざき、それと同時に首がかくんとうしろにのけぞる。セイウチが急加速したのだ。

「いつか、これに積んでるエンジンを見せたげるわね」

といいながら、チャーリーは前後に視線を走らせる。セイウチはさらに加速をつづけた。中古車場に持ち込まれてきた改造車は山ほど見てきたニックも、こんなスキブははじめてだった。並みの改造車とは段違いだ。

「デニーは稼いだ金をぜんぶセイウチにつぎこんだの。で、こんな車をつ、つくりあげたわけ。ピサーから逃げるためにね。見てて」

チャーリーは、スイッチのひとつに手をふれると、ステアリングから手を離し、背もたれに身をあずけた。スキブはとつぜん落下しはじめ、急速に地面が迫ってきた。衝突はまちがいない——そう思ってニックは体をつっぱったが、その瞬間、ニックの知らない自動操縦装置かなにかが作動し、スキブはすさまじいスピードで、古い木造の店舗にはさまれたせまい路地を抜けて滑空しはじめた。地面との距離はせいぜい一メートルちょっと。「車輪が降りて地上走行に移る高度より低い」

「こんな低空飛行は無理だよ」とニックはいった。

「さあ、こんどはこれ」

チャーリーはふりかえってPSSパトカーをたしかめると——こちらとおなじ高度でぴったりついてきている——上昇システムのレバーをぐいと引いて、九十度にあわせた。

スキブはすごい勢いで闇に向かって上昇する。パトカーはすぐうしろを追ってくる。

こんどは南のほうから、二台目のパトカーが出現した。

「降伏したほうがいい」合流して追ってくる二台を見ながら、ニックがいった。「もういつ撃ってきてもおかしくない。停止命令に応じないと、あと一分でそうなる」

「でも、つかまったらあなたは殺されちゃうのよ」

チャーリーは飛行角度をさらに垂直に近づけた。それでも、背後からはサイレンを咆哮させ、赤いライトを点滅させながら、二台のパトカーが追ってくる。

セイウチはもう一度、垂直に急降下した。舗装道路の一、二メートル上で自動操縦システムが働き、落下がストップする。追ってくるパトカーもおなじように急降下を演じた。

「ああ、くそ」とチャーリーが毒づく。「向こうもリーヴズ－フェアファックス対地距離制御システムを搭載してる。どうしよう」チャーリーの顔が狂乱に歪んだ。「デニー、デニー、どうしたらいいの？　どうしたら逃げられる？」

　チャーリーは角を曲がった——街灯をひっかけたのに、ニックは気づいた。それから、前方で、まばゆい炎の玉が炸裂した。

「手榴弾ランチャーか、熱探知ミサイルだ」とニック。「威嚇射撃だよ。ラジオをつけて、警察無線の周波数に合わせろ」

　ニックはコントロール・パネルに手をのばしたが、チャーリーが荒っぽくその手をつかんで押しもどした。

「あいつらと話すのなんかまっぴら。いうことを聞くつもりもないわ」

「つぎの一発で、こっちは木っ端微塵だぞ。向こうにはその権限があるし、やるとなったらやる」

「だめ。セイウチを撃ち落とさせるもんか。デニー、約束するわ」

　セイウチは上昇し、一回、二回とインメルマン・ターンをくりかえし、それからバレル・ロールした……が、パトカーはぴったりついてくる。

「行くわ——どこに行くつもりかわかる？　タイムズ・スクエアよ」

　ニックはそれを予期していた。

「だめだ。あそこにはどんな船もはいれないようになっている。封鎖されてるんだ。白黒二色のスキブの密集隊形につっこむだけだ」

だが、チャーリーは針路を変えなかった。前方にサーチライトと、旋回飛行している数台の軍用ビークルが見えた。タイムズ・スクエアはもうすぐそこだ。

「プロヴォーニのとこに行って、かくまってもらうわ。あたしたちふたりを」

「ぼくを、だろ」

「あたしたちをあの防護シールドの中に入れてもらうように直訴する。きっと承知してくれる。まちがいないわ」

「たぶんね。そうかもしれない」

とつぜん、目の前に巨大な影があらわれた。水素核弾頭ミサイル発射装置を搭載した軍の船がゆっくりと飛行している。端から端まで、船体のいたるところにびっしり警告灯がついている。

「ああ、だめ、これじゃ――」

と、チャーリーがいった。そして、セイウチは衝突した。

25

目の前で光が輝いた。

ニックは、周囲でなにかが動く気配を感じた。光で目が痛み、片手をのばして光をさえぎろうとしたが、腕が動かない。でも、なにも感じないぞ。ニックは心の中でつぶやいた。頭の状態はなんともない。ここは地上だ。ＰＳＳの警官がおれの目を懐中電灯で照らして、失神しているだけなのか死んでるのかたしかめようとしている。

「彼女は？」ニックはやっと声を出した。

「いっしょにスキブに乗ってた娘かい？」

おだやかな声が、のんびりといった。おだやかすぎる。どうでもよさそうな口調。

ニックは目を開いた。緑の制服のＰＳＳ警官が懐中電灯と銃を手に立っていた。残骸がそこらじゅうにちらばっている。ほとんどは核ミサイル搭載船のものだ。救急車と、忙しく立ちはたらいてる白衣の男たちが目にとまった。

「あの娘なら、死んだよ」とＰＳＳ警官はいった。

「顔を見られるか？　見なきゃ」

　ニックは立ち上がろうともがいた。警官が手を貸して立たせてくれた。それから、手帳とペンをとりだして、

「名前は？」

「彼女に会わせてくれ」

「ひどいありさまだぞ」

「会わせてくれ」

「わかったよ」

　PSS警官は、懐中電灯で瓦礫の山を照らしながらニックを先導した。

「そこだ」

　紫セイウチだった。シャーロットはまだ中にいる。生きている可能性がないのは一目でわかった。チャーリーの頭蓋は、スキブのステアリング・ホイールできれいにまっぷたつにされている。セイウチが核搭載船の巨体につっこんだとき、すさまじい力でステアリングにたたきつけられたのだ。

　しかし、ステアリングそのものはだれかがひきずりだしたらしく、ステアリングのあった場所にぽっかり穴があいている。大脳皮質が血に濡れて露出していた。まっぷたつになった渦巻きが見える。つらぬかれている。イェイツの詩とおなじだ。わが歓びの歌につら

ぬかれて。

「いつかは起きることだったんだ」とニックは警官に向かっていった。「この事故がなくても、いつかはこうなった。近いうちに。酔っ払い運転とかで」

「ＩＤカードによると、彼女、まだ十六だが」

「そのとおりだ」とニック。

すさまじいソニック・ブームが轟きわたり、足もとの地面が揺れた。

「水素核弾頭砲だ」警官が手帳にペンを走らせながらいった。「フロリクス星のあれに、さらに砲撃してる」

手帳をしまって背筋をのばし、

「無駄なことさ。地球上の人間みんなの心にはいりこんでるんだから。名前は？」

「デニー・ストロング」

「強制携帯ＩＤを」

ニックはきびすを返して、せいいっぱいのスピードで走りだした。

警官がうしろから声をかけてくる。

「あわてるなよ、撃ったりしないから。いまさらどうしてそんなことをする？　あの子がかわいそうなだけだ」

足をゆるめ、立ち止まると、ニックはふりかえった。

「なぜだ？　どうして彼女のことなんか気にする？　赤の他人じゃないか。どうしてぼくのことを気にしないんだ？　黒ピサーの抹殺リストに載ってるんだぞ。どうでもいいのか？」

「べつに。映話（Vフォン）で上司の顔を見てからはな。あれを見たら、もうどうでもよくなっちまった。〈新人〉だよ、ほら。赤ん坊みたいだった。デスクの上のものをいじりまわして、いくつも山をつくってた。色別に分けたんだな、たぶん」

「送ってもらえないかな？」とニックはいった。

「どこに行きたい？」

「連邦ビルだ」

「いまのあそこは精神病院だぜ。〈新人〉連中がみんな自分の執務室から出てきて、ビルの中をうろうろしてる」

「グラム委員会議長に会いたいんだ」

「たぶん、ほかのやつらとおんなじだよ。〈異人〉〈新人〉のお仲間と」警官はそこで考えこむような顔になり、「もっとも、あれが〈異人〉をどうしたかはわからないな。実物を見たのは〈新人〉だけだから」

「連れてってくれ」

「わかったよ。しかし、あんた、けがしてるだろ——腕の骨が折れてるし、たぶん、いや、ほぼまちがいなく、内臓も傷ついてるはずだ。市立病院に行ったほうがいいんじゃないか？」

「グラム委員会議長に会いたいんだ」

「いいよ、送ってってやる。ただし、屋上離着陸場でお別れだ。あそこの混乱に巻き込まれたくない——おれの心にまであれが影響してきたらと思うとぞっとするよ」

「〈旧人〉なんだろ？」とニックはたずねた。

「ああ、もちろん。あんたとおんなじ。ほとんどはそうじゃないか。この街だってそう。例外は、連邦ビルみたいに〈新人〉がうようよいる——」

「じゃあ、あれが影響することはない」

ニックはよろよろしながらも、そばにとめてあるPSSの覆面パトカーに向かって二本の足で歩きだした。歩け、歩くんだ——気を失っちゃいけない。そう自分にいい聞かせる。いまはまだ、だめだ。まずグラム。どのみち、そのあとはどうなってもいい。たぶんグラムは無事だろう。あの警官がいったとおり、あれの精神操作は〈異人〉にではなく、主に〈新人〉に向けられている。

警官はのんびりと車に乗りこむと、となりにニックがすわるのを待って、空に向かってスキブを飛び立たせた。

「あの子のことはほんとに残念だったな」と警官はいった。「しかし、あの車が積んでたエンジン見たけど、とんでもなく改造されてたね。あれ、彼女の車？」

ニックはなにもいわず、折れた右腕を支えていた。心の中がからっぽだった。連邦ビルをめざして飛翔するパトロール・スキブの中で、眼下を過ぎてゆくビル群をぼんやり感じているだけ。ニューヨーク・シティから八十キロ離れたワシントンDCの飛び地に、連邦ビルはある。

「なんだってまた、あんなスピードで飛ばしてたんだい？」と警官がたずねた。

「おれのためだ」とニックはいった。「おれのせいで、あんなに飛ばしてたんだ。そして、そのせいで死んだ」

スキブはおなじみの掃除機みたいな騒音をたてながら、空を飛びつづけた。

26

連邦ビルの屋上離着陸場は、出入りする車両でごったがえしていた。もっとも、公用スキブ以外は見当たらない。どうやら、一般車両は締め出しているようだ……いつまでつづくかは神のみぞ知る。

「着陸許可が出た」

といって、ＰＳＳ警官がスキブの複雑な計器パネル上で明滅しているグリーンのライトを指さした。

ふたりを乗せたスキブは屋上に着陸した。警官の手を借りて、ニックはどうにか車を降り、ふらつく足でアスファルトの上に立った。

「じゃ、元気でな」

そういった一瞬後には、パトロール・スキブは姿を消していた。頭上の夜空に溶けこんで、あっというまに見えなくなる。明滅する赤いライトが星々にまぎれる。

離着陸場のつきあたりの進入路で、一列に並んだ黒ピサーたちがニックの行く手をはばんだ。全員がカービン銃を持っている。そして全員が、ゴミでも見るような目でニックを見た。

「グラム委員会議長に——」とニックは切りだした。

「失せろ」と黒ピサーのひとりがいう。

「——ここへ会いにこいと呼ばれたんだ」

「知らないわけじゃないだろ、四万トンのエイリアンが——」

「緊急の用件で来たんだ」

黒ピサーのひとりが腕マイクに向かってなにかいい、しばらく待ってから、耳スピーカーの声に耳を傾けた。それからうなずいて、

「通していいそうだ」

「おれが連れてってやろう」と、べつの黒ピサーがいった。「このビル全体が、いまじゃゴミためみたいなもんだからな」

先に立って歩きだしたピサーのあとを、ニックはせいいっぱいのスピードで追った。

「いったいどうしたんだ?」警官がふりかえって、「まるでスキブ事故にでも遭ったみたいじゃないか」

「だいじょうぶだ」

ふたりは、命令書を手に棒立ちになっている〈新人〉の前を通りすぎた。どうやら読も

うとしているらしい。読まなければならないという意識はあるようだが、その目に理解の色はかけらもなく、ただおびえた混乱だけがあった。

「こっちだ」

黒服のピサーのあとについて、ニックはいくつもの個人執務室を抜けていった。あちらこちらで、〈新人〉の姿を見かけた。床にすわっている者、手に持ったものでなにかしようとしている者。ほとんどは、すわったり寝ころんだりしたまま、うつろな目でぼんやり前を見つめている。中には激しい怒りにつき動かされている者もいる。この緊急事態で駆りだされてきた〈旧人〉労働者たちが、彼らをきちんと管理しようとしているらしい。

最後のドアが開いた。警官はわきに寄って、

「ここだ」

というと、もと来た道を引き返していった。

ウィリス・グラムは、あの大きなしわくちゃのベッドにはいなかった。部屋のつきあたりの椅子にすわっている。見たところ、異状はないようだ。その顔はおだやかで、おちつきはらっている。

「シャーロット・ボイヤーは死んだよ」とニックはいった。

「だれ?」グラムは目をぱちくりさせ、それからニックの顔に目を合わせた。「ああ、そうだったな」

グラムはてのひらを上にして両手を上げた。

「彼らはわたしのテレパシー能力を奪った。いまのわたしはただの〈旧人〉だよ」

グラムのデスクのインターカムがとつぜんいった。

「委員会議長、第二のレーザー・システムの設置が完了しました。キャリッジャー・ビルの屋上です。いまから二十秒後に、ボルチモアのレーザー・システムが攻撃しているのとおなじ場所に照準を合わせて、ビームを投射します」

グラムは声を大きくして、

「プロヴォーニはまだあそこに立っているのか？」

「はい。ボルチモアのビームはまっすぐ彼に浴びせられています。カンザス・シティのビームが加われば、ほぼ二倍の出力になります」

「連絡を絶やすな」とグラムはいった。「ありがとう」

グラムはニックのほうに顔を向けた。きょうのグラムはちゃんと服を着ている。ビジネス・パンタロン、袖にフリルがついたシルクのブラウス、パイ・プレートの靴。身だしなみをととのえ、こざっぱりした服装で、おちついている。

「あの娘のことは残念だよ」とグラムはいった。「もっとも、本気で残念に思ってるわけじゃない——きみのようにがっくり落ち込んではいない——あの子のことをもっとよく知っていればちがっただろうがね」

グラムは疲れたようすで顔をぬぐった。血色をよく見せるために化粧がほどこされていたらしく、ぬぐった手に白い粉がついた。グラムはうるさそうにその粉をはたき落とした。

「〈新人〉のために流す涙はない」と、唇をへの字に曲げていう。「自業自得だ。あの男、〈新人〉のエイモス・イルドのことは知っているだろう」

「もちろん」

「『プロヴォーニが異星人を連れ帰った可能性はまったくない』か。中立論理学は、〈新人〉以外の人間には、だれにも理解できん。〈旧人〉にも〈下級人〉にも〈異人〉にも。ま、しかし、べつに理解する必要などない。役に立たなかったんだからな。エイモス・イルドは、〈大耳〉プロジェクトのために何百万という部品をいじくり回してるだけの、ただの変わり者だった。頭がおかしかったんだ」

「いま、彼はどうしてる？」

「どこかで遊んでいる、ペーパーウェイトを使って。複雑なてんびんをつくってるよ、定規を支柱にして」

グラムはにやっと笑った。

「そうやって、これから余生を過ごすわけだ」

「神経繊維の破壊はどの程度まで進んでるんだ、地理的にいって？」とニックはたずねた。

「惑星全体？　それとも、月や火星まで？」

「知らん。通信回路についている人間がほとんどいないからな。回線の向こう側は無人だ。文字どおり、人っ子ひとりおらん。気味の悪い話だ」

「北京には連絡したのか？ モスクワは？ スマトラ・ワンは？」

「どこに連絡したか教えてやろう。公共安全特別委員会だよ」

「で、委員会はもう存在しない」

グラムはうなずいて、

「彼に——あれに——殺された。頭蓋の中身をすくいとられて、からっぽになってしまった。残ったのは間脳だけ。どういうわけか、間脳は目こぼしされてる」

「自律神経機能だけか」

「ああ。だから、植物みたいに生かしておくことはできる。しかし、その値打ちはない。何人かの医者に、死なせるようにいったよ、脳障害がどの程度のものかを理解したあとで。もっとも、それは〈新人〉の場合だけだ。公安特別委員会には〈異人〉がふたりいる。ひとりはプレコグ、ひとりはテレパス。わたしとおなじように、どちらもその能力をなくした。しかし、われわれは生きている。いまのところは」

「もうこれ以上、あれがあんたになにかすることはない。いまのあんたは〈旧人〉なんだ、ぼくとおなじくらい安全だよ」

「わしに会いにきたのはなんのためだ？」グラムはまっすぐニックの目を見てたずねた。

「シャーロットのことを告げるため？　わしに罪悪感を与えるためか？　冗談じゃない、ああいう小娘の淫売なら、世界じゅうに百万人はいる。三十分あれば後釜が見つかる」

「あんたは黒ピサーを三人よこして、ぼくを殺そうとした。が、かわりにデニー・ストロングが殺されて、そのせいでちゃんと紫セイウチが操縦できなかった。だから、衝突事故が起きた。そして、彼女が死んだ。もとはといえば、あんたのせいだ。すべてはあんたのやったことに端を発してる」

「暗殺部隊は呼びもどそう」とグラムはいった。

「それだけじゃたりない」

インターカムが鳴った。

「委員会議長、レーザー・ビームはいま、双方ともに、標的のトース・プロヴォーニに向けられています」

「結果は？」

グラムは巨体をデスクによりかからせて、凍りついたようにじっと立っている。

「まもなく連絡がはいるはずです」とインターカムの声。

グラムは黙ったまま、連絡を待った。

「目に見える変化はありません、閣下。いえ、まったく変化はありません」

「レーザー・システムは三基ある」グラムがかすれた声でいった。「デトロイトからあと一基持ってくれば——」

「閣下、現在われわれが保有しているものだけでも、きちんと操作できていないのです。〈新人〉を襲った精神障害の結果、人員不足が——」

「ご苦労」

といって、グラムはインターカムを切った。

「『精神障害』か」と嘲るようにいう。「その名のとおりのものであればな。サナトリウムで治療できるような病気なら。なんと呼ぶのだったかな？ 心因性精神病か？」

「エイモス・イルドに会わせてくれ」とニックはいった。「定規の上にペーパーウェイトを積み上げてるイルドに」

人類が生み出した史上最高の叡知。ネアンデルタール人、ホモサピエンス、そして〈新人〉——進化。そして、〈新人〉の中立論理学を使って、イルドはみごとに三振した。打率は・000。しかし、グラムのいうとおりなのかもしれない。エイモス・イルドははじめから頭がおかしかったのだろう……とはいえ、おれたちには、イルドのようなユニークな脳を測る方法がない。判断の基準が存在しないのだ。

イルドがお払い箱になったのはいいことだ。彼ら全員がお払い箱になったのはいいことだ。おそらく、〈新人〉はみんな、ある意味で狂っていたのだ。程度問題でしかない。それに、あの中立論理学も——狂気の論理だ。

「顔色が悪いな」とグラムがいった。「医者に見てもらったほうがいい。腕の骨が折れてるんだろう」

「ここの医務室で?」とニックはいった。「たしか、そう呼んでるんだったな」

「医療技術は優秀だよ」それから、半分ひとりごとのように、「妙な話だ。きみの思考にずっと耳を傾けているが、なにも聞こえん。わかるのは言葉だけだ」

グラムはくしゃくしゃの頭をもたげて、ニックの顔をじっと見つめた。

「きみがここに来たのは――」

「シャーロットのことを知らせたかった」

「しかし、きみは武器を持っていない。わしを殺すつもりじゃないだろう。武器の有無は検査済みだ。気づかなかっただろうが、ここに来るまでに五カ所のチェックポイントを抜けてきている。それとも、なにか持っているのか?」

巨体に似合わぬ敏捷さで、グラムはさっと身をひねり、デスクのボタンに手を触れた。そくざに、五人の黒服の兵士が部屋の中にあらわれた。呼ばれてやってきたのではなく、最初からいたように見えた。

「武器を持ってないか調べろ」とグラムは兵士たちにいった。「プラスチック製のナイフとか、細菌入りのマイクロ・カプセルとか、小さいものだ」

ふたりの兵士がニックを身体検査した。

「ありません」

「そのまま待機していろ」とグラムは命じた。「銃をこの男に向けて、もし動いたら殺せ。危険な男だ」

「ぼくが？」とニックはいった。「3XX24Jが危険人物？　なら、六十億の〈旧人〉もひとり残らず危険人物だよ。そして、あんたの黒ピサーも、彼らを押しとどめてはおけない。いまじゃみんな〈下級人〉なんだ。彼らはプロヴォーニを見ている。プロヴォーニが、約束どおりもどってきたのを知っている。あんたの兵器が彼に傷ひとつつけられないのを知っている。プロヴォーニの友人、フロリクス星系人が〈新人〉をどうするか――どうしたか――を知っている。ぼくの腕は骨折で麻痺している。どのみち引き金はひけないよ。どうしてぼくたちを放っておいてくれなかったんだ？　彼女がぼくのところに来て、いっしょになるのを、どうして放っておけなかったんだ？　どうしてあの黒ピサーたちをよこさなきゃならなかったんだ？　なぜだ？」

「嫉妬だ」

　と、グラムは静かにいった。

「委員会議長を辞職するかい？」とニックはたずねた。「いまのあんたには、特別な資格はなにもない。プロヴォーニに支配させるか？　プロヴォーニと、フロリクス8から来た彼の友人に？」

しばらく間を置いてから、グラムはいった。

「いや」

「じゃあ、あんたは殺される。〈下級人〉たちに。なにが起きたかを理解したら、彼らはすぐにここへやってくる。戦車や軍用スキブや黒服部隊が止められるのは、せいぜい最初の二、三千人だけだ。六十億だよ、グラム。軍と黒ピサーが六十億の人間を殺せるかな？　六十億プラス、プロヴォーニとフロリクス星系人を？　ほんのちょっとでもチャンスがあると、ほんとに思っているのか？　政府の支配権を、政治体制全体を、そっくりだれかに譲りわたす潮時なんじゃないか？　あんたは年寄りで、疲れている。それに、いい仕事をしたわけでもない。コードンの暗殺――あのことだけとってみても、裁判で死刑になりうる」

　しかも、その可能性は高い、とニックは思った。コードン暗殺を含めて、グラムが在職中にした決断を考えれば。

「プロヴォーニと話し合ってみよう」

　と、グラムはいって、黒服の兵士に向かってうなずいた。

「警察スキブを用意しろ。運転手をつけて待たせておけ」

　グラムはデスクのボタンを押した。

「ミス・ナイト、連絡局にいって、トース・プロヴォーニとの音声回線を開かせてくれ。

ただちにかかるようにいいたまえ。最優先だ」

グラムは内線を切ると、立ち上がり、ニックに向かって、

「わしは——」といいかけて口ごもり、「スコッチ・ウィスキーを飲んだことはあるかね?」

「いいや」

「二十四年物のスコッチがある。まだ封を切ってない瓶だ。特別な場合のためにとっておいたやつでね。いまは特別な場合だと思わんかね?」

「たぶんね、委員会議長」

右手の壁ぎわの本棚に歩み寄ると、グラムは何冊か本を抜き、そのうしろから、琥珀色の液体が満たされた背の高い瓶をとりだした。

「いいかね?」とグラム。

「ああ」とニックはいった。

グラムはデスクの前の椅子に腰を下ろすと、金属の封をやぶり、瓶の栓を抜いた。それから周囲を見まわして、散らかったデスクの上から紙コップをふたつ見つけだした。コップの中身をそばのゴミ箱にあけると、それぞれにスコッチを注いだ。

「なんに乾杯する?」

「アルコールを飲むときの儀式なのか?」とニックはききかえした。

グラムはにっこりして、

「身長六フィートのMP四人に囲まれながら逃げだした少女に乾杯しよう」

グラムは酒に口をつけず、しばらく黙りこんだ。ニックも、コップを持ったまま待っている。

「よりよい惑星のために」といって、グラムはコップの酒を一息にあおった。「フロリクス8から来た友人を必要としない、よりよい惑星のために」

「そんなものに乾杯はできないな」

と、ニックはいって、コップを置いた。

「ふむ。では、とにかく飲め！　スコッチの味をたしかめろ！　ウィスキーの最高峰だ」

グラムは困惑と憤りのいりまじった目でニックを見つめている……しだいに憤りの色が濃くなり、やがてその顔が暗い朱に染まった。

「飲ませてもらってるものの値打ちがわかってないのか？　ものごとに対する価値判断ができなくなっているな」

グラムは怒りにまかせて、どっしりした木のデスクのクルミ材の板をたたいた。

「これ一本の価値からしたら、おまえなんか無意味なんだぞ！　われわれは――」

「特別スキブの準備がととのいました、委員会議長」とインターカムがいった。「屋上離着陸場の五番ポートです」

「ご苦労」とグラムはいった。「音声通話回路のほうはどうだ？　連絡をつけて、こちらに害意のないことを知らせてからでないと出発できん。レーザー・ビームのスイッチを切れ。両方ともだ」

「閣下？」

グラムは早口で命令をくりかえした。

「はい、閣下」とインターカムはいった。「それに、音声回路を開く努力をつづけます。そのあいだ、船は待たせておきます」

グラムはスコッチの瓶をとりあげて、自分のコップに注ぎたした。

「きみが理解できんよ、アップルトン。ここに来たのは、神の名にかけて、いったいなんのためだ？　怪我をしているというのに――」

「たぶん、おれが来たのはそのためだ。〝神の名にかけて〟、とさっきあんたがいったとおり」

あんたを見下すためだ、あんたの死の準備がととのうまで、と心の中でつけくわえる。あんたとあんたの同類は、場所を譲らなければならないからだ。来たるべきもののために、場所をあけなければならない。おれたちがやることのために。おれたちの計画。〈大耳〉みたいな、半精神病的な代物ではなく。

〈大耳〉――政府にとっては、なんと都合のいい装置だったことか。全員をひとつにまとめておく役に立つ。けっして完成することがないのはあいにくなことだ。あの計画には、気をつけておかなければ——もっとも、すでにプロヴォーニと彼の友人が必要なことはすませてしまっているのだが。しかし、〈大耳〉にピリオドを打つのはおれたちの役目だ。

「映像／音声回線が開かれました、委員会議長」とインターカムがいった。「5番です」

グラムは映話の赤い受話器をとった。

「やあ、ミスター・プロヴォーニ」

スクリーンにプロヴォーニの骨ばったいかつい顔があらわれた。深い陰翳、しわ、骨とくぼみ……その目には、心を走査された瞬間ニックが感じた、絶対的な空虚があった……だが、それだけではない。その目は動物のようにぎらぎら輝いている。意志を持ち、呼吸する生物。目的のものを追い求め、そのために闘いつづける、強固な意志の生物。檻を破ってとびだしてきた動物。明らかに疲れてはいるが、力強い顔の力強い瞳。

「ここまで来ていただけるとありがたいのだが」とグラムはいった。「きみははかりしれない害悪を与えた。いや、きみと同行している、地球の法律に縛られない生命体が、というべきかな。政府、産業界、科学界において重要な地位にある、数千人の男女が——」

「会談の必要はある」とプロヴォーニが乱暴にさえぎった。「しかし、わたしの友人にとって、そこまで出向くことは困難だ」

「信義の証として、レーザー・ビームは停止させた」

グラムは、緊張にまばたきひとつしない顔でいった。

「ああ、あのレーザー・ビームには感謝しているよ」

プロヴォーニの岩のような顔に深いしわが刻まれて、奇妙な笑みが浮かんだ。

「あのエネルギー源がなければ、彼の仕事に支障があったはずだ。すくなくとも、あれほど迅速には運ばなかっただろう。二、三カ月かかったかもしれない——ま、時間はかかったにしろ、結果はおなじだがね。われわれの仕事は、いずれにしてもなされていたはずだから」

「まじめな話なのか？」とグラムは蒼白な顔でたずねた。「レーザー・ビームのことは？」

「ああ。彼はレーザー・システムのエネルギーを変換した。あれのおかげで活力を吹き込まれたんだ」

グラムはしばし映話スクリーンから顔をそむけた。必死に自制心を失うまいとしているようだ。

「だいじょうぶかね、委員会議長？」とプロヴォーニがたずねた。

「ここに来れば、ひげもそれるし、マッサージも、医療検査も受けられる。しばらく休息して……それから会談に臨めばいい」

「こちらに来ていただこう」プロヴォーニがおだやかにいった。

しばしの沈黙のあと、グラムはいった。

「わかった。四十分でそちらに行く。わたしの身の安全と、もどってくる自由を保証してくれるかね？」

「『身の安全』か」プロヴォーニはやれやれというように首を振り、「まだ起きたことの重要性を理解していないようだね。わかった、きみの身の安全は喜んで保証しよう。やってきたときとおなじ状態でおひきとりいただく。すくなくとも、われわれの行動に関するかぎりは。もしきみが冠不全を患っているなら――」

「わかった」

こうして、ものの一分で、ウィリス・グラムはその地位を完全に放棄したわけだ。プロヴォーニのもとに出向くのはグラムであって、その逆ではない……両者の中間の、中立地点で会うのですらない。そしてこれは、必要かつ理性的な決断だった。ほかに選択の余地はないのだ。

「しかし、冠不全はないよ」とグラム。「必要とあれば、こちらにはどんな条件でも呑む覚悟はある。以上」

グラムは映話を切った。ニックのほうに向きなおると、

「わしの心になにがとりついているかわかるかね？　他のフロリクス星系人がやってくるんじゃないか、あれは最初のひとりにすぎないんじゃないかという恐怖だよ」

「これ以上は必要ない」とニック。

「しかし、もし彼らが地球を乗っ取るつもりでいるなら」

「そんなつもりはないだろう」

「もう乗っ取っている。ある意味では。すでに」

「しかし、それでおしまいだ。これ以上の損害はない。プロヴォーニは望みのものを手に入れたんだから」

「でも、フロリクス星系人が、プロヴォーニの望みなど気にかけていないとしたら？　もしも――」

黒ピサーのひとりが口を開いた。

「閣下、四十分以内にタイムズ・スクエアに到着するおつもりでしたら、そろそろ出発しませんと」

男はモールをつけていた。高位のピサーだ。

グラムはぶつぶついいながら、ぶあつい合成羊毛（ウーレックス）のコートをとり、肩にはおった。兵士のひとりがうしろにまわって手を貸した。グラムはニックを指さし、

「この男を医務室に連れていって、手当てを受けさせてやってくれ」

といって、兵士たちにあごをしゃくった。ふたりの兵士が有無をいわさぬようすでニックのそばに近づいてきた。その目の光は弱々しいが、思いつめたような色がある。

「委員会議長」とニックは口を開いた。「ひとつ頼みがある。ちょっとだけ、エイモス・イルドに会わせてほしい。医務室に行く前に」

「なんのために?」

黒服の兵士ふたりと戸口に歩きながら、グラムがふりかえってたずねた。

「ただ、話をしたいんだ。会いたい。状況を、〈新人〉にどんなことが起きたのかを理解したいんだ、イルドに会って。いまの彼がどんな状態なのか——」

「知的障害者の状態だ」とグラムがぶっきらぼうにいう。「プロヴォーニとの会談についてきたくはないのか? 望みがあれば直接彼に——」

グラムは身振りをして、

「バーンズはきみが〈旧人〉の代表だといっていたからな」

「プロヴォーニはおれの望みを知っている——みんなの望みを。あんたと彼のあいだで起きることは単純だ。あんたはこのオフィスを明け渡し、彼がその場所を引き継ぐ。公務システムは根本的に改革される。ポストの多くが、任命ではなく選挙によって決まることになる。〈新人〉がしあわせにすごせるキャンプが開設される。われわれには、彼らのことを考えてやる必要がある。なんの力もない彼らのことを。だから、エイモス・イルドに会いたいんだ」

「では、好きなようにしろ」

グラムはニックの両側に立つ兵士ふたりにうなずいてみせ、

「イルドの居場所は知っているな――その男を連れていって、用がすんだら医務室だ」

「ありがとう」とニックはいった。

グラムは足をとめたまま、「彼女はほんとうに死んだのか？」

「ああ」

「残念だな」

グラムは握手をしようと片手をさしだした。ニックは無視した。

「おまえは、わしがこの世から抹殺したいと思っていた男だった。いまは――くそっ、いまはそんなことなどどうでもいい。しかし、わしはとうとう、私生活と公的な立場とをはっきり分けられたようだ。私生活のほうは終わってしまったからな」

「自分でいったじゃないか」とニックは冷たい声で、「『彼女みたいな淫売は世界じゅうに百万人はいる』」

「そのとおりだ」グラムはかたい声でいった。「たしかにそういった」

そして、グラムはふたりの護衛をしたがえて部屋を出た。背後でドアが閉じた。

「さあ、ついてこい」

残ったふたりの黒ピサーの片方がいった。

「ぼくは自分の好きな速さで歩く」

とニックはいった。折れた腕がひどく痛み、腹にも鈍痛がある。グラムのいったとおりだ——はやく医務室に行かないと。しかし、この目でエイモス・イルドを見るまではだめだ。人類が生み出した最高の知性を目にするまでは。

「この中だ」

ピサーのひとりが、官給品の緑の制服を来たＰＳＳ警官がガードしているドアを指さした。

「どけ」と緑ピサーに向かっていう。

「わたしにその権限は——」

黒ピサーは黙って銃を抜いた。撃つぞ、というように。

「お好きなように」緑の制服の警官はいって、わきに寄った。

ニコラス・アップルトンは部屋の中にはいった。

27

部屋の中央にエイモス・イルドがすわっていた。巨大な頭は金属のスポークがついたカラーでまっすぐにささえられている。イルドのまわりには種々雑多なものが散らばってい た。クリップ、ペン、ペーパーウェイト、定規、消しゴム、紙、空き箱、雑誌、切り抜き……破りとった雑誌のページがくしゃくしゃにまるめられて、いくつもころがっていた。

イルドはいま、紙切れに絵を描いていた。

ニックはそばに歩み寄った。線で描いた人間の形がいくつか。その上の大きな円は、空の太陽のつもりらしい。

「みんな太陽が好きなのかな?」とニックはエイモス・イルドにたずねた。

「あったかいからね」

「だから日向(ひなた)ぼっこに出てきてるの?」

「うん」

エイモス・イルドは描いていた絵に飽きて、新しい紙をとりだした。こんどは動物のようなものを描く。

「馬？」とニックはたずねた。「犬？　足が四本あるね。熊かい？　猫？」

「ぼくだよ」

とエイモス・イルドはいった。ニック・アップルトンの胸が、ぎゅっと痛みにしめつけられた。

「ぼくには穴があるんだよ」

とイルドはいって、紙の下のほうに、茶色のクレヨンでひらべったいいびつな円を描いた。大きな指でひらべったい茶色の円を指し示す。

「ここだよ。雨の日はこの中にはいるんだ。いつでもあったかい」

「ぼくらが穴をつくってあげるよ。それとそっくりのを」

エイモス・イルドはにっこりして、描いた絵をくしゃくしゃにまるめた。

「おとなになったらなんになりたい？」とニックはたずねた。

「ぼくはおとなだよ」

「じゃあ、いまのきみはなにをする人？」

イルドはちょっとためらってから、

「ものをつくるんだ。ほら」

といって、床から立ち上がった。頭が不気味に揺れる……なんてこった、あれじゃ脊椎が折れちまうぞ、とニックは思った。イルドは自慢げに、自分がつくったペーパーウェイトと定規の山をニックに見せた。

「とてもすてきだね」

「ペーパーウェイトをひとつでもとると、崩れちゃうんだよ」いたずらっぽい表情がその顔に浮かぶ。「これからひとつとってみようか」

「でも、崩れたら困るだろ」

エイモス・イルドは、精巧な金属の衿に支えられた巨大な頭でニックを見下ろしながら、

「きみはなにをする人？」

「ぼくはタイヤの溝掘り職人だよ」

「スキブについてて、ぐるぐる回るあのタイヤ？」

「そう。着陸したときスキブはそれで走るんだ」

「ぼくにもその仕事ができるかな、いつか。タイヤの――」イルドは口ごもった。

「タイヤの溝掘り職人」ニックは辛抱強くいった。不思議と、気持ちがおちついている。

「とってもひどい仕事なんだよ。楽しいとは思えないな」

「どうして？」

「だって、ほら、タイヤにははじめから溝がついてるだろう……その溝をもっと深く掘って、ゴムがすりへってないみたいに見せかけるんだ。でも、そういうタイヤのついたスキ

ブを買ったら、そのせいでパンクしちゃうかもしれない。そうしたら、事故になって、けがをするかもしれない」

「きみもけがしてるね」

「腕の骨が折れてるんだ」

「じゃあ、きっと痛いね」

「それほどでもない。麻痺してるから。まだ、なんていうか、ショック状態なんだ」

ドアが開いて黒服の兵士の片方が中をのぞいた。

「薬局からモルヒネの錠剤をもらってきてくれないか？」とニックはその兵士に声をかけた。「腕が――」と指さす。

「ああ、わかったよ」と兵士はいって、出ていった。

「すっごく痛いはずだよ」とエイモス・イルドがいった。

「そんなにひどくないよ。心配してくれなくていいんだ、ミスター・イルド」

「きみの名前は？」

「アップルトン。ニック・アップルトン。ニックと呼んでくれ、そうしたらエイモスと呼ぶから」

「いや。おたがいのことをまだそんなによく知らないからね。ぼくはアップルトンさんと呼ぶから、きみはイルドさんと呼べばいい。ぼくは三十四歳なんだよ。来月三十五になる」

「そして、プレゼントをいっぱいもらうんだね」

「欲しいものがひとつだけあるんだ。ぼくは――」イルドは黙りこんだ。「心の中に、かっぽの場所があるんだ。それがなくなってほしい。前はそんな場所なかったのに」

「〈大耳〉って覚えてるかい？　自分でつくってたのを？」

「ああ、うん。ぼくがつくってた。みんなの考えを読んで、それで――」一瞬の間。「みんなをキャンプに送れる。再配置キャンプに」

「それはいいことなのかな？」

「ぼくは――わからない」イルドはこめかみに両手をあてて目をつぶった。「ほかの人たちはなにをしてるの？　ほかの人たちなんていないかもしれないな。ただの見せかけなのかもしれない。きみみたいに――きみだって、ぼくがつくったのかもしれないよ。なんでも好きなことがさせられるのかも」

「ぼくになにをさせたいの？」

「持ち上げてほしい。体を持ち上げて、それからゲームをする――ぼくの両手を握って、ふりまわすんだ。それから遠――心力で――」

イルドは言葉につまり、思い出すのをあきらめて、

「ぼくを地平線の向こうまで飛ばして――」また言葉につまる。「持ち上げてくれる？」

イルドはニックを見下ろしながら、哀しげな声でたずねた。

「だめなんだよ、イルドさん。腕の骨が折れてるから」

「とにかく、ありがとう」

エイモス・イルドは、なにか考えこんでいるみたいに、のろのろと部屋の窓辺に歩み寄ると、夜空を見上げた。

「星だ」とイルドはいった。「人間はあそこに行く。プロヴォーニさんはあそこに行ったんだね」

「ああ。たしかに行ったよ」

「プロヴォーニさんはいい人？」

「彼はなすべきことをした。いや、彼はいい人じゃない——卑劣な男だ。でも、彼は助けになりたかったんだ」

「それはいいことなの、助けになるのは？」

「ほとんどの人はそう思ってるよ」

「アップルトンさん」とエイモス・イルドはたずねた。「お母さんはいる？」

「いや、もう死んでる」

「ぼくとおなじだね。奥さんは？」

「いや。もういないよ」

「アップルトンさんにはガールフレンドがいる？」

「いや」とニックは苦い声で答えた。

「死んだの？」

「うん」

「ほんのちょっと前に？」

「ああ」と食いしばった歯のあいだからいう。

「新しいガールフレンドを見つけなきゃね」

「そうなのかい？　そうは思わないな――ガールフレンドは二度とほしくならないと思う」

「心配してくれる人が必要だよ」

「死んだガールフレンドはぼくのことを心配してくれた。そのせいで死んだんだ」

「すてきだね」

「どうして？」

ニックはイルドを見つめた。

「きみのことをどんなに愛してたか考えてみればいい。そんなに愛してくれる人のことを想像してみるといいよ。だれかがぼくをそんなに愛してくれたらいいな」

「それがだいじなのかい？　それがいちばん大切なことなのかい、異星人に侵略されたり、一万の最高級の頭脳が破壊されたり、エリート階級の独占していた政治権力――すべての権力が――委譲されたりすることよりも？」

「そういうことはわからないんだ。ぼくにわかるのは、だれかにそこまで愛されるのが、どんなにすばらしいかっていうことだけ。そして、だれかにそんなに愛されるっていうことは、きみに愛される値打ちがあるっていうことだから、すぐにまただれか、きみをそんなふうに愛してくれる人があらわれるよ。そして、きみはその人をおなじように愛するんだ。わかる？」

「たぶん」

「それ以上のものはないよ。ひとりの人間が友だちのために命を投げ出す。ぼくにもそれができたらな」

イルドはしばし、考えこむような顔になった。いまは回転椅子にすわっている。

「アップルトンさん。ほかにもぼくみたいなおとながいるかな？」

「きみみたいなって、どんなふうに？」

ニックはわからないふりをした。

「考えることができないおとな。ここの中にからっぽの場所がある人たちだよ」と、イルドは片手を額にあてた。

「いるよ」

「その中にぼくを愛してくれる人がいるかな？」

「ああ」

ドアが開き、黒服の兵士が水のはいった紙コップとモルヒネの錠剤を持ってはいってきた。

「あと五分だぜ、あんた」とニックに向かっていう。「それから、医務室に行く」

「ありがとう」といって、ニックはすぐさま錠剤をのんだ。

「なあ、ほんとに痛いんだろ」と兵士がいった。「それに、いまにもぶったおれそうな顔してるぜ。そのガキに――」

いったん口をつぐんでいいなおす。

「――イルドさんにそういうところを見せるのはよくない。彼を心配させることになるし、グラムはミスター・イルドが心配するのを望んでないんだ」

「彼らのためのキャンプができる」とニックはいった。「自分たちに合ったレベルで暮らしていける場所が。ぼくたちみたいになろうとするんじゃなくて」

兵士はぶつくさいいながら、ドアをしめて出ていった。

「黒って、死の色じゃなかったっけ？」とイルドがたずねた。

「ああ、死の色だよ」

「じゃあ、あの人たちは死神なの？」

「うん。でも、きみを傷つけたりはしない」

「傷つけられることなんか心配してないよ。ぼくが考えてたのは、きみはもう腕をけがしてるから、あの人たちがやったのかもしれないってこと」

「やったのは女の子だよ。背が低くて鼻ぺちゃの、ちっちゃなドブネズミ。なにもかもなかったことにできるんなら——そのためなら命を売り渡してもいいとぼくは思ってる……。そういう女の子さ。でももう、あとの祭りなんだ」

「それが、死んじゃったきみのガールフレンド？」

ニックはうなずいた。

エイモス・イルドは黒のクレヨンをとって、絵を描きはじめた。見守るニックの目の前に、線で描かれた人間があらわれた。男がひとりと女がひとり。四本脚の、羊みたいなかたちの黒い動物。それから黒い太陽と、黒い家と、スキブが並ぶ黒い背景。

「ぜんぶ黒だね。どうして？」

「わからない」

「ぜんぶ黒でいいの？」

エイモス・イルドはしばらく黙っていたが、やがて、

「待って」

といって、絵の上にでたらめに殴り書きし、それから紙を細かく引き裂くと、まるめて

投げ捨てた。

「もうなにも考えられないや」とイルドはすねた口調でいった。

「でも、ぼくたちは真っ黒じゃないだろ？　わけを教えてよ。それから考えるのをやめればいい」

「その女の子は真っ黒だと思うよ。きみもすこしは黒だ。その腕とか、内臓とかは。でもほかのところは黒じゃない」

「ありがとう」立ち上がると、めまいがした。「そろそろお医者さんに診てもらいにいったほうがよさそうだ。またあとで会いにくるよ」

「いや、もう会いにこないよ」

「ぼくが？　どうして？」

「きみは望みのものを見つけだした。ぼくに地球の絵を描かせて、どんな色かをたしかめたかったんだ。とくに、その色が黒かどうかを」

イルドは紙を一枚とって、大きな円を描いた——緑のクレヨンで。

「生きてるよ」

イルドはそういって、ニックにほほえみかけた。

「『わたしは行かねばならない。水仙と百合の揺れる墓がある。そしてわたしは、眠たげな大地に埋められし哀れな牧羊神をなぐさめる、夜明け前の磊落な歌で。フォーンの磊落に叫びし日々は華やかに幕を閉じた。それでもなお、わたしは夢見るのだ、芝生をふみ、露の中を歩む、影のごときその姿を、わが歓びの歌につらぬかれて』」

「ありがとう」

「どうして？」

「説明してくれて」

イルドはまたべつの絵を描きはじめた。黒のクレヨンで女と地下と地平線を描く。

「お墓だよ」と絵を指さして、「きみが行かないといけないのはここ。彼女はそこにいるんだから」

「ぼくの声が聞こえるかな？」とニックはたずねた。「ぼくがいるのがわかるかな？」

「わかるよ。歌を歌えばね。でも、歌わなきゃだめだよ」

ドアが開き、黒服の兵士が声をかけた。

「さあ、来てください、ミスター。医務室まで」

ニックは立ち去りかねて、

「水仙と百合も置いたほうがいいかな？」とたずねた。

「うん。それに、彼女の名前を呼ぶのを忘れないようにしないと」

「シャーロット」

エイモス・イルドはうなずいた。

「うん」

「さあ」

と兵士がいって、ニックの肩を抱くようにして部屋から連れ出した。

「ガキんちょと話したってしょうがないだろ」

「『ガキんちょ』？」ニックはききかえした。「彼らをそう呼んでるのか？」

「ああ、なんていうか、そう呼びはじめてるな。子どもみたいだから」

「いや。彼らは子どもみたいじゃない」

彼らは聖人か預言者みたいだ、とニックは思った。占い師。老賢者。だが、おれたちが彼らの面倒をみてやらなければ。彼らだけでやっていくことはできない。自分だけでは体を洗うこともできないだろう。

「聞く値打ちのあることをなにかいったかい？」と兵士がたずねた。

「彼女にはぼくの声が聞こえるといってくれたよ」

ふたりは医務室にたどりついた。

「そのドアだ」と指さして、「中にはいってくれ」

「ありがとう」

ニックは順番待ちの男女の列に加わった。

「あの男のいったことなんか、たいした意味はないよ」と兵士がいった。

「ぼくにはじゅうぶんだった」

「哀れなもんだよな。いつも〈新人〉だったらよかったのにと思ってたが、いまじゃ——

——」

兵士は顔をしかめた。

「行ってくれ」とニック。「考えごとをしたいんだ」

黒服の兵士は歩き去った。

「つぎのかた。お名前は？」看護師がたずねた。ペンを持って立っている。

「ニック・アップルトン。タイヤの溝掘り職人です」それから、「考えごとをしたいんだ。もし、ちょっと横になれたら——」

「ベッドがいっぱいなんです。でも、その腕は——」と、看護師はおそるおそる手を触れて、「処置できますわ」

「わかりました」

ニックは近くの壁によりかかって待った。そして、待つあいだに、考えていた。


ホレース・デンフェルド弁護士は、ブリーフケースを携えて、グラム委員会議長室にずかずかと踏み込んできた。その表情と、歩き方にまで、辣腕弁護士ぶりがあらわれている。

「ミスター・グラムに、離婚手当てと財産分与に関する新しい材料が手にはいったと伝えてくれ」

ミス・ナイトはデスクから目をあげて、

「遅すぎましたわ、弁護士さん」

「失礼？　議長はいま忙しいのか？　待たなきゃならんのか？」デンフェルドはダイヤモンドをちりばめた腕時計に目を落とした。「長くて十五分なら待てる。さっきの件を伝えてくれ」

「行ってしまいました」

ミス・ナイトはほっそりしたあごの下で両手の指を組み合わせた。自信たっぷりの態度では、デンフェルドに負けていない。

「私生活上の問題すべて――とくに、あなたとアルマに関する問題は、もうみんなおしまいになったのよ」

「侵略のせいで、ということか」デンフェルドはいらだたしげに鼻の片側をこすった。

「ふむ、では、裁判所の出した令状を持って追いかけることにしよう」

デンフェルドは眉根にしわを寄せ、いちばんこわもてする表情をつくって、

「彼がどこへ行こうとも、追いかけて、つかまえてやる」

「ウィリス・グラムは、どんな令状も追ってこられない場所に行きました」

「つまり、死んだと？」

「わたしたちの生活の外にいるんです。わたしたちが暮らすこの地球を離れたところに。敵――古い敵と、そして、新しい友となるかもしれない存在といっしょですわ。すくなくとも、友人同士になる望みはあります」

「見つけだすよ」とデンフェルドはいった。

「賭けましょうか？　五十ポップスでは？」

デンフェルドはためらった。

「わたしは――」

ミス・ナイトは、またキーボードにもどって、かちゃかちゃキーを鳴らしながらいった。

「さようなら、ミスター・デンフェルド」

彼女のデスクのそばに、デンフェルドは立っていた。なにかに注意をひかれたらしく、いま、手をのばしてそれをとりあげた。ローブ姿の男をかたどった、小さなプラスチックの像。デンフェルドは、しばらくそれを持っていた――ミス・ナイトは無視しようとしたが、彼はいかめしい顔で小像をためつすがめつしながら、じっと立っていた。その顔に、驚きの表情があらわれている。まるで、一瞬ごとに、プラスチックの像の中になにか新しいものを発見しているみたいに。

「これはだれ？」とデンフェルドがたずねた。

「神の像よ」ミス・ナイトは、タイピングの手を休めて、デンフェルドの顔を見た。「みんな持ってますわ。流行なの。前に見たことありませんか？」

「神様はこんなかっこうしてるのかい？」

「まさか。ただの——」

「でも、神様だ」

「ええ、まあね」

ミス・ナイトはデンフェルドの顔を見つめた。その目に驚きの色がある。彼の全神経が、この小さなアクセサリーだけに集中している……そのとき、ミス・ナイトはなにが起きたのかをさとった。もちろん、デンフェルドは〈新人〉なのだ。いまわたしは、変化の過程を目のあたりにしている。彼は子どもに退行しつつある。

椅子から立ち上がって、ミス・ナイトはいった。

「おかけなさい、デンフェルドさん」

デンフェルドをカウチへ導き、そこにすわらせる……ブリーフケースを忘れてるわ、とミス・ナイトは思った。もう永遠に、思い出すことはない。

「なにかお持ちしましょうか？」なんといったらいいか、ミス・ナイトは途方に暮れた。

「コーク？　それともジンジャーエール？」

デンフェルドはまんまるい目でこちらを見上げ、期待に満ちた声でいった。

「これ、持っててもいいかな？　もらってていい？」

「もちろん、どうぞ」

といいながら、ミス・ナイトは同情を禁じえなかった。数少ない最後の〈新人〉のひとりが、いま消えてしまったんだわ。それに、あの傲慢さはどこへいったんだろう。それをいうなら、ほかのみんなの傲慢さも。

「神様は空を飛べる？」とデンフェルドがたずねた。「両手をのばして飛べる？」

「ええ」

「いつか——」デンフェルドは口をつぐんだ。「生きてるものはみんな、空を飛ぶと思うな。でなくても、歩いたり走ったりする。この世とおなじに、はやく進んでくものもいるけど、たいがいは飛ぶか、てくてく歩くかする。上へ上へ。永遠にね。ナメクジやカタツムリだってそうさ。とってものろくさい歩みだけど、それでもいつかはやってのける。みんな、どんなに歩みがのろくても、最後にはたどりつく。いろんなものを残していくことになるけど、それでもやらなくちゃならないんだ。きみもそう思う？」

「ええ。すごくたくさんのものを残していくわね」

「ありがとう」とデンフェルドはいった。

「なにが？」

「ぼくに神様をくれて」

「ああ」

とミス・ナイトはいって、タイピングを再開した。そのあいだ、ホレース・デンフェルドは、いつ飽きるともなく、プラスチックの小像で遊びつづけていた。広大無辺なる神の似姿で。

訳者あとがき

時は二十二世紀。世界は、おそろしく高い知能を有する六千人の〈新人〉(New Men)と、テレパシー、未来予知などの超能力を持つ四千人の〈異人〉(Unusuals)に支配され、六十億の〈旧人〉(Old Men)は政策決定から排除されていた。がんじがらめに縛られたこの強固な体制を打倒し、奪われた権利を回復するには、もはや外部の力を借りるしかない。反逆者トース・プロヴォーニは、〈旧人〉の期待を一身に背負って太陽系外の深宇宙へと旅立ち、いま、人類をはるかに凌駕する技術力を有する地球外生命体の〝友人〟を連れて、地球に帰還しようとしていた……。

こんな設定で開幕する本書『フロリクス8から来た友人』(*Our Friends from Frolix 8*)は、フィリップ・K・ディックの二十七冊目のSF長篇。『アンドロイドは電気羊の夢を見るか?』(一九六八年)、『ユービック』『銀河の壺なおし』(一九六九年)、『死の迷路』（一九七〇年）に続いて、一九七〇年六月にエース・ブックスからペーパーバック・オリジナルで刊行された。邦訳は一九九二年一月に創元SF文庫から刊行。その訳文に、二十七年ぶりに大幅に手を入れて、今回、ハヤカワ文庫SFから装いも新たに出版していただくこととなった。

原著はいまから半世紀も前に書かれたクラシックだが、だからといって古くさいとはかぎらない。じっさい、地球人類の絶望的な状況を打開するために地球外文明の助力を求めるというプロット構造は、三部作の邦訳がこの春完結したシルヴァン・ヌーヴェルの《巨神計画》三部作や、二〇一九年七月に邦訳が出た劉慈欣（りゅう・じきん）のヒューゴー賞受賞作『三体』と共通する。また、本書冒頭の、典型的な〈旧人〉である主人公ニック・アップルトンの息子が公務員試験を受けるエピソードを読んで、昨年この国で起きた医学部不正入試をめぐる問題を思い出した人も多いのではないか。ディックの問題意識が普遍的なのか、現代日本のディストピア化が進んでいるのかはともかく、同じハヤカワ文庫SFからひと足早く出た『いたずらの問題』と同様、本書もまた、あらためて読んでみると、いま、ここにある問題とストレートにつながっているように見える。

主人公ニックの職業がタイヤの溝掘り職人だというのも、本書の顕著な特徴のひとつ。磨耗したタイヤの溝を深く掘って新品に見せかける仕事だが、当然、ゴム部分が薄くなり、地上走行時にタイヤがバーストするリスクが高くなる。詐欺の片棒をかつぐようなこの仕事に、ニックはどこかうしろめたさを感じている。

そんな彼の前にあらわれるファム・ファタールが、チャーリーことシャーロット・ボイヤー。ディック読者にはおなじみの、胸の小さな〝黒髪の少女〟（十六歳）である。彼女と知り合ったばかりに、ニックは安定した家庭生活を失い、地球を揺るがす大事件に巻き込まれることになる。

ディックのエージェントであるスコット・メレディス社に残る手紙によれば、本書が誕生するきっかけは、一九六八年八月にサンフランシスコで開催されたBaycon（ベイエリアのSF大会）で、ディックがエース・ブックスの編集長、ドナルド・ウォルハイムとひさしぶりに対面したことだった。長年のつきあいのウォルハイムから、エースに長篇の新作を書かないかと打診されたディックは、ふたつ返事で依頼を引き受け、同年十一月（『死の迷路』を書き上げた直後）に、本書のアウトラインとサンプルページを送っている。執筆は順調に進み、（途中、愛用のタイプライターが壊れて修理に出したせいで締切に遅れてすみませんと言い訳するひと幕はあったものの）原稿は翌年ぶじ完成した。エースに書いた他の長篇と比べてちょっと長めなのは、契約書に記された語数がいつもの六万語ではなく七万語だったから――ということらしい。

ディックにとってはいつもの材料を使った定番のディストピアSF長篇だったようだが、主人公ニックの家庭生活や黒髪の少女チャーリーとの関係には、ディック自身の体験とオブセッションが投影されているのか、妙に生々しい。敵役のウィリス・グラムもまた、おそろしくひどい男であると同時に人間くさいキャラクターを備えている。そして、騒動が決着し、すべてに幕が引かれたあとに残る一抹のさびしさと抒情……。

金を稼ぐためにお決まりのフォーミュラ・フィクションを書こうとしても、いつもどこかはみ出してしまう――そんなフィル・ディックらしさがたっぷり味わえる長篇だ。

末筆ながら、本書を翻訳する機会を与えてくれた東京創元社の小浜徹也氏と、このハヤカワ文庫版で編集を担当してくれた早川書房の清水直樹氏、そしていつもながら綿密なチェックで訳文の解像度をぐっと高くしてくれた上池利文氏に感謝する。ありがとうございました。

二〇一九年七月

本書は一九九二年一月に東京創元社より
刊行された作品を再文庫化したものです。

訳者略歴　1961年生，京都大学文学部卒，翻訳家・書評家　訳書『銀河の壺なおし〔新訳版〕』ディック，『クロストーク』ウィリス，『すばらしい新世界〔新訳版〕』ハクスリー，『三体』劉慈欣（共訳）　編訳書『人間以前』ディック　著書『21世紀SF1000』（以上早川書房刊）他多数

HM=Hayakawa Mystery
SF=Science Fiction
JA=Japanese Author
NV=Novel
NF=Nonfiction
FT=Fantasy

フロリクス8から来た友人

〈SF2245〉

二〇一九年八月二十日　印刷
二〇一九年八月二十五日　発行
（定価はカバーに表示してあります）

著者　フィリップ・K・ディック
訳者　大森　望
発行者　早川　浩
発行所　株式会社　早川書房

郵便番号　一〇一 - 〇〇四六
東京都千代田区神田多町二ノ二
電話　〇三 - 三二五二 - 三一一一
振替　〇〇一六〇 - 三 - 四七七九九
https://www.hayakawa-online.co.jp

乱丁・落丁本は小社制作部宛お送り下さい。
送料小社負担にてお取りかえいたします。

印刷・精文堂印刷株式会社　製本・株式会社川島製本所
Printed and bound in Japan
ISBN978-4-15-012245-4 C0197

本書は活字が大きく読みやすい〈トールサイズ〉です。